L'enfant
aux cailloux

Sophie Loubière

L'enfant
aux cailloux

ÉDITIONS FRANCE LOISIRS

Édition du Club France Loisirs,
avec l'autorisation des Éditions Fleuve Noir.

Éditions France Loisirs,
123, boulevard de Grenelle, Paris.
www.franceloisirs.com

Le Code de la propriété intellectuelle n'autorisant, aux termes des paragraphes 2 et 3 de l'article L. 122-5, d'une part, que les « copies ou reproductions strictement réservées à l'usage privé du copiste et non destinées à une utilisation collective » et, d'autre part, sous réserve du nom de l'auteur et de la source, que « les analyses et les courtes citations justifiées par le caractère critique, polémique, pédagogique, scientifique ou d'information », toute représentation ou reproduction intégrale ou partielle, faite sans le consentement de l'auteur ou de ses ayants droit ou ayants cause, est illicite (article L. 122-4). Cette représentation ou reproduction, par quelque procédé que ce soit, constituerait donc une contrefaçon sanctionnée par les articles L. 335-2 et suivants du Code de la propriété intellectuelle.

© 2011, Fleuve Noir, département d'Univers Poche.
ISBN : 978-2-298-05415-6

Préface

Jean-Bernard Pouy

Oui, je sais, ce n'est pas très original, mais Sophie Loubière, c'est d'abord une voix, qui m'a longtemps accompagné, le soir, en Bretagne, quand, dehors, sous la pluie, j'essayais d'enfin apercevoir cette ordure de chouette qui m'empêchait opiniâtrement de roupiller. Ces intonations douces et inquiétantes à la fois, comme si la petite-fille de Jacques Tati nous racontait, avec patience, amusement et distance, une gentille histoire où le pépé et la mémé se transforment lentement en tueurs impavides, sans foi ni loi.

La mère Sophie n'est pas quelqu'un de très honnête, puisqu'elle vous enferme, avec malice, dans un édredon confortable, et fait en sorte que cet édredon finisse par gratter désagréablement, jusqu'au sang. Cette couette tragique parviendra, d'ailleurs, et toujours, à vous étouffer.

Le sourire de Sophie est ravageur. Vous lui donnez immédiatement la bête à bon Dieu sans confession. Vous avez tort. Cette Lilith cache, sous sa placide gentillesse, des trésors de perversité. Laquelle est, quand on y pense avec recul, le poivre de la vie.

Pour en revenir à Jacques Tati, j'avoue que ses films me terrifiaient et que je voyais dans le père du petit garçon de *Mon oncle*, un tortionnaire possible qui, vaincu par le décor de théâtre de la vie, révélait enfin sa vraie nature de néandertalien. Sophie Loubière, c'est pareil. Une Agatha Christie qui pète un plomb au lieu de, *in fine*, boire ce breuvage dégueulasse qu'on appelle le thé. Elle, elle déguste un Bloody Mary où l'hémoglobine se conjugue parfaitement avec le jus de tomate.

*À ma mère,
femme de courage et de drames.*

*Il vaut mieux hasarder de sauver un coupable
que de condamner un innocent.*

Voltaire, *Zadig ou la Destinée*

ÊTRE CE QUE L'ON CROIT

Sept heures de nuit, sept ans de veille :
tu joues avec des haches,
couché dans l'ombre de cadavres dressés
– ô les arbres que tu n'abats pas ! –,
le faste des choses tues à la tête,
la vétille des mots aux pieds,
couché, tu joues avec des haches
– et comme elles enfin tu étincelles.

Paul Celan, *De seuil en seuil*

Juillet 1946

Le jeu du vent et du soleil amusait les rideaux. Depuis sa chaise, le petit garçon eut un sourire. Il lui semblait qu'un être invisible, sensible aux caresses de ce dimanche d'été, jouait à cache-cache derrière le tissu en jacquard. Les yeux clos, l'enfant aurait juré entendre des gloussements de plaisir sous le motif de médaillon.
— Gérard !
Dos droit, les paumes de chaque côté de l'assiette, le garçonnet détourna le regard de la fenêtre donnant sur le jardin. Des bouquets de glaïeuls, de lis et de dahlias distillaient un parfum exaltant. Leurs couleurs éblouissantes formaient des taches de lumière dans la pénombre de la pièce. Les petits pois roulaient dans la sauce du poulet, balayés par les lames des couteaux, indifférents à la conversation de ce déjeuner.

Gérard reprit sa mastication, nez en l'air, martelant les pieds de sa chaise à coups de talon. Il ne s'intéressait guère aux sujets abordés par son oncle, ses parents et grands-parents : il était question de revendications salariales motivées par la hausse des prix de l'alimentation, du *plus petit que le plus petit des maillots de bains du monde*, d'un essai nucléaire américain réalisé voilà plusieurs jours sur l'atoll de Bikini dans le Pacifique et d'un procès à Nuremberg.

— La défense de Goering plaide non coupable. Ça fait froid dans le dos.

L'oncle de Gérard fit passer la corbeille de pain en argent à son voisin.

— Les accusés ne se sentent pas responsables des crimes pour lesquels ils sont inculpés, lâcha le père de Gérard avant de mordre dans un croûton.

Ayant remisé la chair du poulet transformée en boulettes dans ses joues, le petit garçon approcha de ses lèvres une serviette blanche. Il fit mine de s'essuyer, puis, en catimini, recracha la viande mâchée. Il ne restait plus à Gérard qu'à relâcher les boulettes sous la table. Comme tous les dimanches depuis la fin de la guerre, le chat viendrait plus tard effacer les traces de son forfait. Mais un événement perturba l'ordre des choses. Une voix s'éleva au-dessus des verres en cristal.

— Papa, hier soir, j'ai vu maman.

Tournant le dos à la fenêtre, immobile devant son assiette, la cousine de Gérard souriait. Les regards convergèrent vers la fillette aux cheveux épais, coupés court au niveau de la nuque. Une frange sombre s'arrêtait aux sourcils, et dessous brillaient des yeux émeraude.

— Elle est venue dans ma chambre et s'est assise sur le lit.

Gérard suspendit son geste. Une brise souleva les rideaux, fichant le frisson à la tablée. L'oncle tapota sa moustache de la pointe d'une serviette.

— Elsa, tais-toi, s'il te plaît.
— Tu sais, elle portait sa robe à fleurs. Celle que tu aimes tant, papa.

La grand-mère laissa échapper un gémissement. Elle agitait une main devant son visage comme l'on fait pour chasser les mouches.

— Elsa, monte dans ta chambre, insista l'oncle.

Le visage de la fillette avait la pâleur du savon.

— Elle te demande de ne pas t'inquiéter pour elle. Maman va bien. Elle a dit qu'elle vous embrassait. Tous. Toi aussi, Gérard. Mais elle ne veut plus que son neveu donne à manger au chat sous la table, c'est dégoûtant.

Gérard lâcha sa serviette. Le contenu se répandit sur son bermuda, révélant la tentative d'escamotage. Aussitôt, une gifle enflamma sa joue gauche.

— Je t'avais dit de ne pas recommencer ! gronda sa mère.

Des larmes montèrent aux yeux du garçon et il eut mal au ventre. Tête penchée sur le bermuda taché, il ne vit pas l'oncle quitter sa place et déloger sa fille sans ménagement pour la conduire à sa chambre. Les pleurs d'Elsa résonnèrent dans l'escalier, personne n'osa prendre du dessert. Le saint-honoré resta dans son emballage en carton, au grand dam de Gérard que sa mère poussa dehors sur le palier avant qu'il ait achevé de boutonner son gilet.

— Veux-tu te dépêcher un peu ? Quel empoté !

Gérard détestait sa cousine depuis qu'elle était folle.

Ils ne croient pas que tu es vivante mais ils ont tort.
Il me suffit de fermer les yeux pour te surprendre.
Tu portes ta jolie robe qui bourgeonne
Et tu as noué un foulard trop vite sur tes cheveux.
Je crois que tu m'embrasses en pleurant.
Mes joues sont parfumées de tes baisers.
Tu marches si vite que le train t'emporte déjà.
Tu vas revenir. Je suis certaine que tu vas revenir.
Ce n'est qu'un nom sur une liste.
Papa s'est trompé.
Ils se sont tous trompés.

Août 1959

Le jeune homme referma graduellement ses bras au-dessus de la poitrine d'Elsa. Sans faiblir, il la tint serrée contre son torse. Les paupières closes, la jeune fille gardait la bouche ouverte, comme chez le dentiste. Elle haletait à la manière d'un chiot ayant trop couru, la nuque renversée, gonflant son chemisier en vichy noir. Un soupir s'échappa des lèvres.

— Vas-y. Serre. Serre-moi fort, cousin.

Dans le jardin d'Elsa, entre la chaise longue dépourvue de coussin et le cerisier, Gérard se troubla. Émanait de la jeune fille et de cet endroit une sensation étourdissante. Le gazon semblait aspirer le jeune homme par les pieds et les pruniers plier vers Elsa, tendant leurs fruits mûrs. Lorsqu'il était en présence de sa cousine, le monde se réduisait à elle seule, gommant tout autour, les moindres contours ; Gérard ne discernait que la beauté de cette fille incandescente au bord de l'évanouissement.

— Les étoiles, dit-elle d'une voix à peine audible. Je vois de minuscules étoiles jaunes. Serre encore !

Les bras de Gérard se contractèrent, répondant malgré lui à l'injonction. Lorsque, soudain, le halètement cessa. Elsa s'effondra. Son corps glissa contre le ventre de son cousin et tomba au sol comme un sac de linge. Le jeune homme se hâta de la hisser sur la chaise longue. Il lui tapota les joues, gémit son prénom, et tâta son pouls sans parvenir à le trouver au poignet couleur d'ivoire.
— Elsa ? Elsa !
Il approcha sa bouche des lèvres pour en extraire le souffle, et ne recevant aucun signe de vie, il secoua la jeune femme par les épaules en sanglotant.
— Elsa ! Réponds-moi !
Il se maudit d'avoir cédé au caprice d'une fille, d'avoir accepté de jouer avec elle à ce jeu crétin où l'on cherche le vertige au risque de maltraiter le cœur. Mais, sous la menace de n'être aux yeux d'Elsa qu'une mauviette, il avait passé ses bras sous les aisselles tièdes, puis serré, serré.
— Elsa, je t'en prie !
Comme Gérard aura bien souvent l'occasion d'en être témoin, il se produisit alors un de ces miracles dont sa cousine avait le secret : revenir de parmi les morts avec un rire douillet, toussant, petite fille triomphant d'une séance de chatouilles. Endurcie par des années de pension, elle avait à n'en pas douter pactisé avec des garces, filles de bonne famille, et avec elles transgressé les règles d'un destin rangé. Elsa avait fait le mur et pris goût aux interdits, elle affichait désormais une grâce désinvolte, aussi têtue qu'un garçon.

— C'était délicieux, mon cousin.
Et les mains d'Elsa de saisir Gérard par le col de sa chemise pour rapprocher leurs bouches.
— Encore. Étouffe-moi dans tes bras. Fais-moi encore mourir.
La saveur de ce grain de folie était irrésistible.

*École de Saint-Prayel, Moyenmoutier,
le 15 septembre 1961*

Cher papa,

Les élèves de ma classe sont atrocement sages, contrairement à ceux de M. Mohr qui lui en font voir de toutes les couleurs. Je leur suis reconnaissante de me simplifier ainsi la tâche : mes premiers pas de maîtresse m'encouragent sur la voie de l'enseignement. Je crois que les enfants ont des choses à nous apprendre sur notre capacité à comprendre et saisir les vérités de ce monde. Ils dissimulent la leur derrière des mots tout neufs, à peine assimilés, et je trouve cela attendrissant.

Tu me manques, la maison aussi. Ici, je me promène souvent, les forêts sont magnifiques et je respire un air pur aux arômes de fougères. Mais maman trouverait la région trop fraîche.

J'ai un petit appartement de fonction confortable au-dessus de l'école, mais je suis assez isolée et loin de la grande ville. Gérard ne me rend visite que lorsqu'il a une permission et elles sont rares. En Algérie, il soigne surtout les civils et me dit pratiquer des amputations sur des enfants. Je crois que les Algériens ne se battent pas seulement pour l'indépendance de leur pays mais font une vraie révolution. On ne parle que de ça ici. Un fils, un mari, beaucoup d'hommes sont partis et ceux qui reviennent sont très abattus ou violents. Tous se sont endurcis et affichent une masculinité arrogante. Les événements en Algérie abrutissent les hommes. Ils vont devoir réapprendre à regarder leur épouse et leurs enfants. Certains ont rapporté avec eux un tel fardeau que les manches de leurs chemises dépassent sous les vestes, comme s'ils serraient dans leurs poings des pierres.

Pardon de t'écrire encore des choses tristes. Mais je n'ai personne à qui raconter cela à part ce chien errant qui pisse contre ma porte – je le chasse régulièrement de la cour de récréation, je ne voudrais pas qu'il transmette la rage aux enfants. J'espère que tu te portes bien et que je ne te manque pas trop.

Je t'embrasse bien affectueusement.

Elsa

Elle se tenait debout dans la chambre, à un mètre du lit, les yeux fixés sur le plafond. C'était un bruit déconcertant, comme une bille lancée sur un plancher. Le bruit cessa, puis reprit, évoquant cette fois le frottement des chaussons d'une danseuse que l'on aurait convoquée au grenier de la maison pour un ballet macabre. La femme se tenait debout au milieu de la chambre, vêtue d'une chemise de nuit, une main glissée sous son ventre rond.

Laisse-moi. S'il te plaît, laisse-moi.

Elle s'était levée pour boire un verre d'eau, activer la circulation du sang. Puis, en revenant dans la chambre, inquiète, elle avait ouvert les rideaux. Son visage incliné contre la vitre en partie couverte de givre, elle avait regardé au-delà du marronnier, cherché du regard quelque chose ou quelqu'un, une silhouette traversant le jardin enneigé, le souvenir d'une robe à fleurs disparaissant au coin de la rue un jour de printemps pendant la guerre. Puis le bruit s'était manifesté encore. Bille sur le plancher. Pas chassés.

Non. Je t'en prie. Va-t'en !

Elsa se tenait immobile au milieu de la chambre, et sa peau bleuissait sous l'éclairage du réverbère. Les genoux faiblement pliés, elle se tordait de douleur. Au-dessus de sa tête, les bruits avaient repris, plus forts, au rythme des contractions, comme si l'on passait ses reins au rabot. Ne pas gémir. Ne pas crier. Ne pas réveiller son mari.

Laisse-moi ! Je ne veux pas venir avec toi ! Pas maintenant !

Il était presque 2 heures lorsque le sol se déroba sous ses pieds glacés. Le bruit de la chute réveilla Gérard. Sa jeune épouse baignait dans une flaque de sang. Elsa accouchait.

Le 22 août 1974

Gérard,

Je ne peux plus supporter ta façon de vivre. Tes absences sont pires que tout. Te voir rentrer tard, négliger ainsi ton fils et ta femme, tout ça pour soigner d'autres personnes que nous, d'autres personnes qui ne souffrent pas comme je souffre, cela n'est pas acceptable. Pâtir de cette fatigue propre au médecin qui découvre ses limites, subir tes sautes d'humeur et ta lassitude, c'est trop pour moi. Je connais déjà le tableau. Pas besoin d'en rajouter. Ton projet de partir au Canada pour y reprendre tes études et faire une spécialisation est le reflet de ton égoïsme. Comment peux-tu envisager de consacrer ta vie aux cardiopathies toi qui méprises mon cœur et celui de notre garçon ? As-tu seulement pensé à nous, à ce que je serais obligée de sacrifier pour te suivre – ma place de directrice d'école, par exemple ?
Je préfère que tu ne rentres plus à la maison et que tu prennes un studio quelque temps, histoire de faire le point.
Cela ne change rien aux sentiments que j'ai pour toi. Je t'aime, tu es l'homme de ma vie, et le père de mon fils.
Je me charge d'expliquer la situation à Martin.

Elsa

Agenouillé devant la table basse du salon, l'enfant déballait son cadeau avec l'enthousiasme d'un condamné à mort. Les dimensions de l'objet entouré de papier vert sapin étaient bien trop modestes pour correspondre aux souhaits de Martin. Il avait commandé un Meccano géant et la boîte du petit chimiste pour son anniversaire. Des Lego étaient également sur la liste de Noël. L'enfant souleva le paquet : trop lourd pour être un jeu de société ou un puzzle géant.

— Vas-y, Martin, ouvre ton cadeau.

Sa mère avait forcé sourire et maquillage. Le rouge à lèvres faisait comme deux rails violines dans de la farine. Le cidre avait un goût acide et le gâteau au chocolat manquait de beurre. Il manquait aussi les camarades de classe de Martin : la petite fête n'aurait lieu que le deuxième mercredi de janvier. Naître au croisement de Noël et du nouvel an ne présentait aucun avantage. Il était généralement impossible de réunir tous les amis, les plus chanceux étaient partis skier, et la déception était de mise côté cadeau – à moins d'avoir des parents prévoyants, ce qui n'avait jamais été le cas des parents de Martin. Les cadeaux reçus étaient alors rarement aussi formidables que ceux que les copains ouvraient deux fois l'an. Cependant, la mère de Martin avait tenu à ce que *l'on marque le coup.*

— Une petite fête entre nous. Qu'est-ce que tu en dis ?

Depuis le grand fauteuil du salon, genoux serrés sous sa robe en lainage lilas, elle semblait prier, les coudes repliés, observant les doigts de Martin déchirer l'emballage de son premier cadeau. En découvrant l'encyclopédie, l'enfant pâlit.

— Tu es content ?
— C'est pas ce que je voulais.
— C'est un cadeau utile. Il te servira pour tes études.
— Oui, mais c'est pas ce que je voulais.
— On n'a pas toujours ce que l'on veut dans la vie, Martin. Ouvre ton autre cadeau.
— S'il est comme le premier, j'en veux pas.
— Mais non. Allez, ouvre. Ça vient des Galeries Lafayette à Paris.

Martin fut plus prompt à retirer le papier : il s'agissait peut-être d'un de ces superbes jouets qu'il avait vus la semaine passée dans les vitrines de ce grand magasin parisien ? À l'intérieur d'une boîte en carton gris, bordés d'une feuille de cellophane, l'enfant trouva un bonnet et une paire de moufles assorties.

— C'est de la pure laine. Avec ça, tu n'auras plus l'onglée en arrivant à l'école le matin.

Le bonnet était couleur rouille, brodé de flocons marron. De quoi se couvrir de ridicule dans la cour de récréation. Martin regarda sa mère, incrédule.

— Mais pourquoi tu m'as acheté ça ?

Elle se pencha sur son fils et caressa son visage.

— Écoute Martin, les temps sont durs, tu le sais. Ton père nous a abandonnés et je dois me débrouiller avec mon seul salaire, et...

— C'est pas vrai ! Tu dis n'importe quoi !

Au bord des larmes, Martin jeta la boîte et son contenu sur le sol puis courut s'enfermer dans sa chambre. La voix de sa mère résonna dans l'escalier :

— Allons, soit raisonnable, Martin ! Tu as bien plus besoin d'un bonnet que d'une boîte de Meccano !

Le 2 avril 1979

*À l'attention de
Monsieur le président du conseil général
de Seine-Saint-Denis.*

Monsieur,

Permettez-moi d'attirer votre attention sur une secte qui semble sévir actuellement en Seine-Saint-Denis et avec laquelle, malheureusement, j'ai été en contact quelque temps suite à un drame familial.
Cette organisation prétend soigner les blessures psychologiques ou les maladies graves par la nutrition ou par des jeûnes sévères. Il s'agit là incontestablement de dérives sectaires.
J'avais eu l'occasion de tester diverses méthodes parmi lesquelles l'instinctothérapie et je peux vous dire que ce genre de pratiques proposées plonge le patient dans un état de grande fragilité mentale. Elles permettent d'avoir une emprise rapide sur ceux qui s'y adonnent et aboutissent parfois à des ruptures sociales et familiales – quand celles-ci ne sont pas déjà à l'origine de leur isolement.
Certains individus se présentent à vous en tant que chamans mais ne sont que de dangereux

gourous. C'est le cas d'une personne dont vous trouverez ci-joint le nom et l'adresse. Il propose actuellement des week-ends facturés à prix d'or dans sa ferme à Neufmoutiers-en-Brie ou des séminaires au Pérou sous prétexte d'aider ses adeptes à parvenir à, je cite, la quête d'une vérité salvatrice sur soi. *Je pense que ce personnage est un filou. Personnellement, je lui ai laissé beaucoup d'argent en pensant qu'il aiderait mon père à guérir de son cancer. Résultat : mon père a rechuté brutalement suite à une importante carence en vitamine B. J'ai déjà fait un signalement auprès des services sociaux et du commissariat de police de ma ville, mais l'homme a toujours pignon sur rue et il fait de nouveaux adeptes chaque jour dans différents marchés de la région – c'est là qu'il opère, derrière son étal de fruits et légumes prétendument bio.*

Sous l'apparence du retour à la nature et d'une psychothérapie alternative se cachent de redoutables charlatans. Nous ne pouvons laisser mettre en péril non seulement un grand nombre d'adultes mais aussi leurs enfants. En tant que directrice d'une école maternelle, je connais certains parents actuellement sous l'emprise de ce monsieur qui ne jurent que par lui pour soigner les membres de leur famille. Je ne peux laisser faire sans réagir et alerter les instances médico-sociales.

Comptant sur votre intervention rapide,
Veuillez agréer, Monsieur, l'expression de mes salutations respectueuses.

Mme Elsa Préau, directrice de l'école maternelle Blaise Pascal.

P.-S. : *J'adresse copie de cette lettre au ministère de la Santé et au commissaire de police.*

Au troisième étage d'un centre hospitalier en Seine-Saint-Denis, une femme médecin en surpoids était assise dans une pièce étroite, derrière un bureau encombré de dossiers. Elle parlait à Mme Préau et Mme Préau l'écoutait aussi attentivement que possible, mains jointes et jambes croisées. Il lui semblait bien qu'autour d'elle se tenaient d'autres individus, du personnel médical, des infirmières, des aides-soignantes aux visages moqueurs. Ce que lui expliquait cette femme en blouse blanche était d'une grande importance. Et c'est pour cette raison qu'ils étaient si nombreux dans cette pièce à la toiser.

— Le combat va s'arrêter là, madame Préau. Ce que vous avez fait pendant des années pour votre père est exceptionnel. Vous avez réussi à le maintenir dans la meilleure condition physique possible, bien au-delà du pronostic que nous avions envisagé après la reprise de la maladie.

Ce qui inquiétait Mme Préau, c'était sa capacité à recevoir ce que cette femme aux joues soufrées allait lui annoncer. Ces dernières années avaient été difficiles et ses nerfs étaient capricieux. Le départ de Martin au Canada n'avait pas arrangé les choses. Mais elle comprenait que les études de son fils priment sur sa mère et qu'il ait besoin de se rapprocher de son père.

— Je sais qu'il est difficile d'entendre cela mais je vous sais capable de faire face. Si l'on regarde l'IRM...

Mme Préau tourna la tête en direction de la fenêtre et se concentra sur la vue du parc. Des peupliers frémissaient sous les rayons du soleil couchant. Comme il devait être agréable de s'y promener à cet instant, de quitter ce lieu de sentence.

— Son état général est très dégradé. Nous lui donnons les meilleurs soins possibles mais sachez qu'il va continuer à souffrir.

Sa mère aurait tant aimé ces allées de fleurs blanches, ces feuillages bleuissant dans l'ombre des hêtres pourpres. Mme Préau y conduisait deux fois par semaine son père, poussant le fauteuil jusqu'à un banc où, à l'ombre d'un chèvrefeuille, elle s'asseyait, plaçant le malade à ses côtés. Elle lisait le journal à son père, commentait avec ferveur les premières mesures que le nouveau gouvernement mettait en place – mesures qui donnaient aux Français des perspectives plus optimistes sur leur avenir.

— Au cas où il serait victime d'une détresse respiratoire, nous avons besoin de votre autorisation, vous comprenez ?

Ça, il ne perdait pas de temps, le nouveau gouvernement : revalorisation du Smic, augmentation du minimum vieillesse et des allocations familiales, suspension provisoire des expulsions d'étrangers... Et que dire de cette fête épatante imaginée par le ministre de la Culture ? Une journée dédiée à la musique ! Mme Préau demanda brusquement :

— Quel jour sommes-nous déjà ?
— Le 21 juin.
— Mais oui, où avais-je la tête...
— Madame Préau, nous donnez-vous votre accord pour que nous le laissions *partir* ?

À l'école maternelle, aujourd'hui, ils avaient fêté le premier jour d'été dans la cour de récréation. Mme Préau avait organisé un goûter agrémenté de chants et de rondes avec les enfants. Épuisante journée. On n'avait pas entendu pareils cris de joie depuis la dernière kermesse de l'école. Le cœur de la directrice battait encore la mesure de l'allégresse.

— Madame Préau, s'il vous plaît, il nous faut votre autorisation.

La parente du malade se tourna vers le médecin dont elle remarqua le regard hostile. Des blouses blanches et roses s'agitaient derrière elle, piaffant d'impatience, aiguisant leurs seringues.

— Dites-moi docteur, chuchota Mme Préau, ce soir pour la fête de la Musique, ne pourrait-on pas envisager que vos aides-soignantes tellement dévouées chantent les derniers tubes à la mode aux patients avant de leur administrer l'injection fatale ?

Le 13 mars 1997

Audrette,

Je suis désolée d'en venir à t'écrire cette lettre. Mais tu ne me donnes pas le choix.
Ce n'est pas parce que tu es ma belle-fille que tu peux tout te permettre. Refuser de me laisser voir mon petit-fils est d'une grande cruauté à mon égard. Je ne vois pas en quoi le fait qu'il passe le mercredi après-midi avec sa mamie te pose problème. Bastien est un enfant des plus charmants, il est très intelligent et c'est mon seul petit-fils. Je suis aussi très concernée par sa santé. À ce propos, Bastien a beaucoup de bleus. A-t-il des problèmes d'équilibre ? Tombe-t-il souvent ? Sinon, vois-tu une raison d'expliquer ces ecchymoses ?
Je crois que tu subis actuellement une mauvaise influence qui altère ta vision des choses. J'ai aussi une autre hypothèse à ton sujet mais je préfère que nous en parlions de visu. Et je ne vois pas en quoi le fait d'élever une chèvre et d'avoir un babouin dans mon jardin puisse être néfaste à mon petit-fils. Au contraire. Il est prouvé que le contact avec un

animal est particulièrement enrichissant pour les enfants. Et Bambou ne sort jamais de sa cage.

Mais je préfère te prévenir, si tu m'empêches de voir Bastien, je serai dans l'obligation de contacter le juge des affaires familiales. J'entends exercer mon droit de visite comme toute grand-mère peut légitimement l'exiger.

Embrasse Bastien et Martin pour moi.

Elsa Préau

Les maigres pâquerettes étaient cueillies avec les racines. Il en allait de même pour les fleurs de pissenlit. Desséchée par la chaleur, la terre se brisait sous les doigts.

— C'est pour moi, Bastien ? demanda Mme Préau.

— Non, c'est pour maman.

Le petit garçon tenait le petit bouquet improvisé fermement dans sa main gauche. Il marchait en dodelinant de la tête, une paume contre celle de sa mamie rendue humide par la transpiration. Pas un souffle de vent pour chasser la canicule.

— Moi j'aimais bien le commandant Cousteau.

— Moi aussi, Bastien.

— Pourquoi il est mort ?

— Parce que le bon Dieu avait besoin de lui.

— C'est pas juste. Qui c'est qui va s'occuper des baleines, maintenant ?

— Toi, quand tu seras plus grand.

— Mamie Elsa ?

— Oui, Bastien ?

— Pourquoi c'est toi et pas maman qui est venue me chercher à l'école ?

— Parce qu'elle avait du travail. Elle nous rejoindra plus tard.

Sur le trottoir, entre deux brins d'herbe jaunis poussés sous le bitume, une colonie de gendarmes attira l'attention de l'enfant. Il s'arrêta un instant pour regarder les insectes copuler joyeusement.

— C'est quoi comme insectes ça, mamie Elsa ?
Mme Préau leva un sourcil.
— Pas des bêtes à bon Dieu.
— Ah bon ?
— Viens Bastien, on va traverser.
— Mais c'est pas par là la maison.
— On ne va pas à la maison. On va faire un goûter pique-nique au parc Courbet.
— Chouette !
— J'ai fait un gâteau au chocolat.

Le visage de l'enfant s'illumina. Il rajusta une bretelle de son cartable et tira sur l'élastique de son short avant de s'engager sur le passage clouté.

Vingt minutes plus tard, Mme Préau et son petit-fils goûtaient sur l'herbe, à l'ombre des grands marronniers. Bastien grimaça. Il posa ce qui restait de sa part de gâteau sur une serviette en papier.

— Je ne me sens pas bien, mamie.
Une main passa dans ses cheveux.
— Tu as mangé trop vite ?
— Non, je sais pas, j'ai le tournis.
La main descendit sur le front brûlant.
— Je t'avais dit de ne pas rester trop longtemps au soleil à faire de la balançoire. Tiens. Prends un peu de grenadine.

Bastien but directement à la gourde en plastique. À présent, il somnolait, une joue contre la jupe de sa mamie, écoutant une histoire de lutins.

— ... Ils portaient des chapeaux aussi hauts que larges et de gros ceinturons en peau de loup sur des manteaux de laine noirs. Tous les habitants du village craignaient leurs vilains tours. Ce sont eux qui la nuit faisaient choir des objets ou craquer les planchers des maisons. Ils pouvaient ouvrir toutes les portes. Aucune serrure ne leur résistait. Et ils étaient si laids que lorsque les femmes les voyaient, elles s'évanouissaient de frayeur. Même les hommes les plus forts et les enfants les plus courageux prenaient leurs jambes à leur cou lorsqu'ils croisaient leur chemin.

La grand-mère de Bastien porta à sa bouche un dernier morceau de gâteau. Comme son bras tremblait légèrement, cela fit des miettes sur son chemisier.

— C'étaient de très méchants lutins missionnés par le conseil général. Ce sont eux qui parlent à ta gentille maman dans son sommeil pour mieux pouvoir la manipuler, l'obliger à faire de très vilaines choses à sa famille, et surtout à toi, mon petit Bastien.

Gagnée elle aussi par la torpeur, la grand-mère ferma les yeux.

— Mais toi, mon chéri, ils ne t'auront jamais. Ta mamie ne permettra pas que son petit-fils appartienne au Malin. Personne ne touchera à la chair de ma chair. Dors mon Bastien, dors tranquille. Mamie Elsa veille sur toi...

Immergées dans l'eau d'un gobelet calé contre le cartable, les petites fleurs cueillies par le garçon se noyaient comme une promesse oubliée. Bercés par l'écho des cris d'enfants jouant dans le parc, allongés l'un contre l'autre, Bastien et sa grand-mère semblaient dormir.

Les minuscules étoiles.
Des milliers d'étoiles jaunes.
Je veux mourir.
Cousin, étouffe-moi dans tes bras.
Fais-moi encore mourir.

Le lit cognait en silence contre le mur et la table de nuit. Les coussins que Martin avait placés derrière la tête de lit métallique remplissaient leur office. Seule la femme s'obstinait à faire du bruit, alternant gémissements plaintifs et halètements. Pour étouffer ses cris, Martin tenait une main plaquée sur sa bouche. Ce qui renforçait leur excitation. Elle le mordait au sang, il redoublait de vigueur. Sur la table de nuit, deux verres et une bouteille de whisky à moitié pleine s'entrechoquaient comme on trinque, menaçant de tomber sur le tapis. Le corps nu de la femme disparaissait sous celui de son partenaire, massif et poilu. Égarée sous les draps froissés, une cheville échappait à l'étreinte, frottant le tissu au rythme des assauts. Au bout d'un moment, l'homme se redressa, souleva les jambes de sa partenaire qu'il accrocha à ses hanches, puis il la pénétra dans une position qui mettait les muscles de ses bras et de ses cuisses à rude épreuve. La femme dut trouver autre chose à mordre que son poing.

Lorsqu'ils eurent retrouvé leur souffle, ventre à l'air et jambes écartées en travers du lit, un téléphone portable sonna. Martin venait de replonger dans le sommeil. Il ouvrit péniblement les yeux et répondit à l'appel.

— Bon, Martin, je ne peux pas rester ici, vraiment, te savoir là en permanence, même si tu fais cela pour mon bien, voilà, c'est au-dessus de mes forces. Le Dr Mamnoue m'a parlé d'un établissement qui serait très bien pour moi à Hyères, je serais logée dans un appartement avec terrasse, il y a un coin cuisine pour se faire à manger et même un lit d'appoint ; je pourrais y recevoir Bastien. Ça me semble parfait. Tu es rentré tard cette nuit ? Je ne t'ai pas entendu.

Martin passa une main sur son visage et soupira.

— Bonjour maman.

— Oui, bonjour mon fils. Tu sais qu'il est 8 h 30 ? Tu ne vas pas à ton cabinet ce matin ?

— Si si, j'y vais.

L'homme s'assit au bord de lit et alluma une cigarette.

— Je croyais que retrouver ta maison et ton jardin était ton vœu le plus cher, dit-il en se raclant la gorge.

— Tu sais bien que ce n'est plus ma maison mais celle de mon fils et, qu'en trois ans à peine, tu en as fait un taudis.

— Maman...

— Je ne supporte plus de rester ici. Il faut que je parte. Maintenant que Bambou est mort et que le cerisier a crevé, je me fiche bien du jardin. Et tu gardes les meubles. Je ne veux rien emporter avec moi. Pourquoi as-tu détruit la cage ? Tu pouvais t'en servir pour élever des lapins...

— On peut en parler plus tard ?

La question de Martin coupa son interlocutrice. Elle reprit, adoucie :

— Ah. Tu n'es pas seul, c'est ça ? Qui est-ce ? C'est Audrette ? Je vous prépare du café ?

Martin regarda la femme s'étirer sur son lit et lui réclamer une cigarette en portant deux doigts à ses lèvres entrouvertes. Son maquillage avait coulé, accentuant les cernes sous les yeux. Ses petits seins, rougis par l'amour, lui donnaient un air juvénile, et la cicatrice au-dessus du pubis disait un peu de son histoire.

— Maman, je ne peux pas te parler maintenant. Je vais raccrocher.

— Le Dr Mamnoue a dit que le soleil me ferait beaucoup de bien, tu sais.

— Oui oui, il a raison. On voit ça à ma pause déjeuner, ok ?

Après avoir jeté le téléphone au milieu des draps, Martin caressa négligemment la poitrine de sa partenaire.

— C'était qui ? demanda-t-elle.

— La propriétaire des lieux.

— Pardon ?

— Ma mère. Elle croit que je suis avec mon ex-femme.

Le plancher grinça. Debout, la femme nue cherchait ses sous-vêtements parmi le fatras de linge éparpillé sur le sol et la pagaille de la chambre. Elle avait retrouvé cet air triste que Martin lui connaissait depuis qu'elle avait franchi pour la première fois la porte de son cabinet. Il resta assis un moment au bord du lit, contemplant ses orteils, grattant ses joues sous sa barbe, la nuque douloureuse.

— Je peux utiliser la salle de bains ?

L'homme saisit la bouteille de whisky et se servit un verre pour avaler deux cachets dénichés dans le tiroir de la table de nuit.

— Je t'en prie, Valérie... Y a des serviettes propres sous le lavabo.

Martin la reverrait plus tard en consultation, comme les autres. Et elle n'insisterait pas pour qu'ils recouchent ensemble. Les femmes n'aiment pas les hommes qui glissent sur la pente de leur existence sans chercher à se retenir.

Deux étages plus bas, flanquée contre l'escalier dans le hall d'entrée, une valise en toile imprimée attendait toujours d'être vidée. Au salon, un vieux poste de radio répandait sa rumeur. Des journalistes commentaient les informations du jour : la prise officielle de Vladimir Poutine dans ses fonctions de président de la fédération de Russie, le penalty litigieux entre Nantes et le club amateur de Calais finaliste de la Coupe de France, et le comportement dépravé du Dr Martin Préau – une véritable humiliation pour sa mère. Debout face à la fenêtre, Mme Préau buvait sa deuxième tasse de café, attentive au murmure de l'eau dans les tuyaux. Quelqu'un prenait une douche dans sa salle de bains. Irrémédiablement, résidus de savon et cheveux de femme parcouraient déjà les canalisations de la maison. Mme Préau eut une grimace de dégoût et recracha le café dans l'évier.

VOIR CE QUE L'ON CROIT

Le mal est devenu ma religion. Je donnais des ordres au Diable, sans le moindre remords, en lui laissant entendre que ce n'était là que le commencement et que, plus tard, je me vengerais du monde entier.

Kebir M. Ammi, *Le Ciel sans détours*

Une roue arrière de la voiture rencontra un nid-de-poule sur la nationale. Le bouquet de fleurs rebondit sur les genoux de la passagère. Ballottée sur la banquette, Mme Préau s'accrochait à son fils, enroulant un bras sous son épaule droite.

Le chauffeur de taxi conduisait comme un imbécile.

Tous deux s'accordaient sur ce point.

Le trajet depuis la gare de Lyon jusqu'à la porte de Bagnolet leur avait semblé long. Battu par la pluie, le véhicule approchait maintenant d'une ville de la banlieue est, balisée de commerces aux enseignes criardes : fast-foods, vente d'accessoires automobiles, agences immobilières, location de machines-outils, Mme Préau peinait à reconnaître le centre-ville. Après avoir franchi une dizaine de carrefours, le taxi tourna à gauche, s'engageant dans une allée résidentielle bordée de lilas des Indes en pleine floraison. Ils passèrent devant un établissement scolaire privé qui déversait au compte-gouttes des élèves à capuches et des jeunes filles habillées de pantalons allumettes. Mme Préau pencha sa tête contre la vitre, curieuse de cette mode vestimentaire peu flatteuse pour les filles rondes. La passagère reconnut enfin le pont du chemin de fer et ses briques rousses sous lequel passa la voiture. À la place du joli bois de hêtres et de marronniers qui longeait encore la voie neuf ans plus tôt, un maigre square, deux établissements médicaux (une maison de retraite et un lieu d'accueil en long séjour pour handicapés) ainsi qu'un supermarché surmonté d'un parking et lesté de panneaux publicitaires avaient poussé là, sans vergogne. En face, un ensemble de maisons mitoyennes était en construction. À l'angle de la rue, une surface de cinquante mètres carrés de gazon détonnait dans le paysage constellé de pavillons ; sans doute une parcelle de la mairie en attente d'être cédée au plus offrant.

— Comme c'est devenu laid, lâcha Mme Préau.

Une main se referma sur son épaule. Son fils tentait de la réconforter.

— On y est presque, maman.

Encore une centaine de mètres. Rétrécie par une ligne de voitures en stationnement, la route rejoignait la gare.

— Vous prenez la prochaine à gauche et vous vous arrêtez devant la maison au portail vert.

Martin avait pris le train avec sa mère tôt le matin. Les bagages de Mme Préau se réduisaient à un sac à main et une vieille valise en toile imprimée. L'essentiel de ses affaires avait été déménagé en début de semaine par un transporteur depuis Hyères Les Palmiers. Un coup de frein un peu brusque fit glisser le bouquet de fleurs des genoux de la vieille femme. Martin le rattrapa avant qu'il ne choie sur ses chaussures. Cependant, ni Mme Préau ni son fils ne firent de commentaires sur la conduite du chauffeur. Ils étaient pressés de quitter l'habitacle surchauffé, de parvenir au bout de leur voyage.

En découvrant le muret qui bordait la propriété, Mme Préau ressentit un emballement du cœur. Au fil du temps, les pierres avaient noirci, détériorées par la pollution. Les piliers délimitant le terrain perdaient quelques morceaux, laissant apparaître leur chair granuleuse. Mme Préau leva les yeux sur le marronnier, majestueux derrière les grilles surplombant le muret. L'ossature torturée du tronc dardait ses branches garnies de bourgeons. Un soupir en chassa un autre. Avec son casque de cheveux gris coupés au carré, ses lèvres fines et pincées, Mme Préau paraissait minuscule sous le parapluie que tenait son fils pour la protéger de l'averse.

— Tu ne l'as pas fait couper. Dieu soit loué.

Le trousseau de clés fit entendre son cliquetis. Martin tourna la poignée du portillon et tira la valise sur les dalles du jardin jusqu'à l'escalier de pierre qui menait à la porte d'entrée de la maison. Un instant, comme suspendue au parapluie, Mme Préau resta dans l'allée, considérant les buissons et les plates-bandes desséchées qui bordaient le soubassement. Elle se demanda comment son fils avait réussi à faire crever des plantes vivaces qu'elle avait plantées là bien avant son départ. Mme Préau leva le menton, jetant un œil à la toiture. Elle n'avait pas trop souffert des dernières tempêtes. La queue-de-vache, en bas du versant du toit, était en bon état et projetait l'eau de pluie au-devant de la façade, compensant l'absence de chéneau. La vision de Mme Préau se fit moins nette ; des gouttes perlaient à la surface du verre de ses lunettes. Elle rejoignit son fils en haut des marches.

Ce qui frappa Mme Préau, ce fut l'odeur. On n'oublie jamais le parfum d'une maison. La sienne sentait le renfermé, la cire et la merde. L'explication ne tarda guère. Un mouchoir contre ses narines, Martin tentait en vain d'actionner la chasse d'eau des toilettes. Un déménageur aura voulu se soulager après avoir fini son boulot.

— Le connard. Y en a un qui a chié dans les toilettes !

Laissant là sa mère, il traversa le hall d'entrée encombré d'une dizaine de cartons entreposés et se dirigea vers l'escalier qui descendait à la cave. Mme Préau devina que son fils avait l'intention d'ouvrir le robinet d'arrivée d'eau et d'enclencher le compteur d'électricité. Elle replia le parapluie et l'accrocha à un radiateur en fonte pour l'y faire sécher. Le radiateur était froid. Comme le reste de la maison. Il faudrait plusieurs heures pour la réchauffer. Martin n'habitait plus ici depuis des années. Sans attendre que son fils remonte de la cave, Mme Préau fit quelques pas dans la salle à manger.

L'endroit lui était étranger. Tous les meubles avaient été changés. Il en allait de même pour chaque pièce de la maison. Commodes Louis XVI, guéridons et sellettes Art déco, boîtes en émaux, miroirs et pendules Régence, buffets Louis-Philippe, vases en porcelaine de Paris, l'héritage familial bourgeois avait quitté la demeure deux ans après le départ de Mme Préau pour le Sud. À cette époque, son fils avait choisi de s'installer près de son cabinet aux Pavillons-sous-Bois, jugeant la maison de famille trop vaste pour lui. Un vendredi après-midi, des hommes étaient venus à bord d'un camion de déménagement pour tout rafler, arrachant jusqu'aux appliques et aux manteaux des cheminées en marbre rose. Il n'était resté que le piano droit installé sur le palier du premier étage, celui où Mme Préau avait appris la musiqque puis donné des leçons de solfège à quelques élèves. Un cambriolage en plein jour. La coiffeuse en noyer fin XIXe de Mme Préau devait maintenant appartenir à de riches Américains ayant surpayé cette antiquité. Certaines personnes farcissent l'intérieur somptueux de leur villa d'objets authentiques comme on jette un os à son chien.

Mme Préau posa le bouquet de fleurs sur la table de la salle à manger et entreprit d'ouvrir les volets pour chasser l'odeur infecte émanant des toilettes. Étonnamment, il lui fut aisé de replier les volets métalliques contre les rebords de la fenêtre ; ce côté de la maison souffrait moins des intempéries. La haie de chalefs panachés avait triplé de volume et jaunissait l'horizon, protégeant le rez-de-chaussée du regard des passants. Quelques fruits rouges s'offraient en guise d'ornement – ces petites baies si tentantes pour les enfants et que Bastien, lorsqu'il était petit, portait à la bouche devant le regard épouvanté de sa mamie.

Mme Préau alla au salon ouvrir les autres volets. Le marronnier dépourvu de ses feuilles ne cachait pas encore le panorama.

Ce que Mme Préau découvrit alors la mortifia.

En quittant le taxi, elle n'avait eu d'yeux que pour le côté gauche de la rue, celui où se trouve sa maison. Il ne restait rien de l'immense terrain boisé qui s'étendait juste en face. Son propriétaire l'avait vendu et découpé en parcelles, lui aussi. Là où vivait jadis un renard, là où les gamins du quartier allaient chaque été à la rapine gonfler leurs polos de prunes, cerises et groseilles à maquereaux puis plongeaient leurs mains couvertes de griffures dans les mûriers, là où se dressait un calvaire agrémenté d'une fontaine construite au début du siècle dernier, deux pavillons de plain-pied avaient poussé, affichant leur crépi fadasse. L'un des deux se situait exactement devant la maison de Mme Préau, à une vingtaine de mètres. Un muret de béton ajouré sur la partie haute en délimitait le terrain. Si un bouleau pleureur dissimulait en partie le pavillon, depuis le salon, Mme Préau avait vue sur plusieurs fenêtres ainsi qu'une partie du garage et une balançoire.

— Ils ont construit il y a deux ans. Un couple avec enfants.

Martin se tenait à quelques pas derrière sa

mère. Pour se donner une contenance, il cracha dans son mouchoir avant de le remettre dans une poche.

— Quand le marronnier aura sorti ses feuilles, tout sera comme avant.

Mme Préau secoua doucement la tête.
Non.
Plus rien ne serait comme avant.
Elle dit d'une petite voix :
— Il me semble que je viens ici pour la première fois, Martin.

Mme Préau leva une main vers le visage de son fils pour lui caresser la joue. La peau était douce, apaisante. Elle préférait Martin sans barbe.

Mme Préau recevait la visite de son fils une fois par semaine, le jeudi. Ils dînaient régulièrement au restaurant Le Bistrot du boucher à Villemomble. La carte ne variait guère, ce qu'appréciait Mme Préau. Ce soir, on fêtait ses soixante et onze ans. Elle prit le menu habituel : viande rouge, haricots verts, vin et dessert. Une île flottante épaisse comme un *Larousse* recouverte d'amandes grillées venait de lui être apportée. Mme Préau se sentait presque joyeuse. Dommage que Bastien ne fût pas là pour la distraire avec ses bêtises, renverser son verre de grenadine sur la nappe, piquer des frites dans l'assiette de son papa et les fourrer dans ses trous de nez.

Rituel immuable, au dessert, Mme Préau posait à son fils une question désagréable. Et elle ne manqua pas de le faire.

— As-tu des nouvelles de ton père ?

Martin replia sa serviette et repoussa son assiette.

— Non. Mais tu peux l'appeler, tu sais.

— Je n'aime pas téléphoner, Martin. Il y a trop de friture sur la ligne. D'ailleurs, je ne suis pas certaine de vouloir garder le téléphone de la maison. Je m'en suis bien passée ces dernières années. Je pense que c'est une dépense inutile.

— Je ne crois pas, maman. Tu dois pouvoir me joindre en cas de problème. Et je veux pouvoir t'appeler. Tu n'es plus en appartement dans une résidence mais dans un pavillon isolé.

— Je suis née dans cette maison. Que veux-tu qu'il m'arrive ?

Mme Préau saisit sa cuillère. Ses sourcils se rejoignirent au milieu du front. Martin connaissait bien cette expression, celle de la mère martyre.

— Et puis, soupira-t-elle, mon fils peut bien passer me voir de temps en temps pour prendre de mes nouvelles plutôt que de me coller une infirmière idiote dans les pattes.

— Maman, tu sais bien qu'on n'est pas assez nombreux sur le secteur et qu'entre mes gardes et le cabinet, je suis débordé.

— Écrire, c'est très bien aussi. Ça fait travailler l'orthographe et la grammaire.

— C'est ça, ironisa Martin. Achète-moi du papier à lettres.

— Oh non ! Je ne comprends rien à tes pattes de mouche. Pire que ton père.

Mme Préau plongea la cuillère dans son dessert.

— Je ne sais pas comment tu as fait pour lui pardonner de t'avoir abandonné, lâcha-t-elle dès la première bouchée.

L'homme retourna sa serviette pour dissimuler une tache.

— Maman, on ne va pas reparler de ça. C'est toi qui lui as dit de partir. Pas l'inverse.

— Mouais. En attendant, ce n'est pas avec mon

salaire d'institutrice que je pouvais nourrir correctement mon gamin et pourvoir aux dépenses. Ton père le savait très bien.

Mme Préau vit apparaître sur le visage de son fils une grimace familière. Elle avait la bouche remplie de blanc d'œuf et de sucre caramélisé, et Martin ne supportait pas de l'entendre parler la bouche pleine. Enfant, il en ressentait un vif dégoût. Les déboires passés du couple que formaient ses parents déclenchaient en lui une sensation similaire – il avait grandi avec la nausée. Chaque jeudi, elle savait combien il en coûtait au Dr Martin Préau de dîner avec sa mère – son chemin de croix. Il lui tenait compagnie, piquait sa fourchette dans un morceau de viande pour faire bonne figure, mais sans appétit. Et qu'il soit pris de coliques lorsqu'il rentrait à son appartement n'aurait pas étonné Mme Préau. Elle s'empressa de vider sa bouche.

Martin se pencha sur l'île flottante de sa mère.

— Bon, écoute, je n'ai pas envie qu'on parle de papa. Et puis c'était il y a trente ans. Et tu étais déjà directrice.

— Hum. Je ne suis pas certaine de cela. Tu te souviens tout de même qu'ils m'ont gentiment *remerciée* alors que j'étais à trois ans de la retraite ?

— Tu confonds les époques. C'était en 97. Tais-toi et termine ton dessert.

— Licenciée pour faute lourde, tu parles ! C'était de la calomnie, évidemment. Je n'ai pas écrit la moindre lettre au conseil général. Pas mon style. Ils n'ont jamais rien eu contre moi.

— Tu me l'as déjà répété cent fois.
— Qu'est-ce qu'il y a dans ta poche ?
Martin rajusta sa veste sur les épaules.
— Mais rien maman.
— Parce que tu mets souvent la main dans ta poche intérieure.
— Il y a mon portefeuille, c'est tout.
— Cette île flottante est un régal.
— Tu prends un café ?
— Non merci. C'est ton père qui boit un café le soir. Pas moi.

Martin avait demandé l'addition avec cette lassitude propre aux fils de parents divorcés. Il regrettait de s'être une fois de plus fendu d'un cadeau pour sa mère. Cela se voyait comme un nain en plâtre au milieu des plates-bandes. Il avait déniché sur Internet une petite table en marqueterie de style Louis XVI avec un tiroir écritoire en bois de rose et sycomore. Elle était similaire à celle que Mme Préau tenait de son arrière-grand-mère et qui avait, elle aussi, été dérobée au cours du fameux cambriolage. Présent onéreux pour Mme Préau qui se gardait bien depuis huit ans d'envoyer quelque chose à son fils pour son anniversaire, persuadée que le colis serait volé par un employé des PTT avant de parvenir à destination.

— Sais-tu qu'ils n'ont plus besoin d'ouvrir les lettres pour les lire ? Ils utilisent des scanners, c'est plus pratique. C'est ça, le progrès.

Martin avait reconduit sa mère chez elle sans avoir osé lui parler. Il lui cachait quelque chose, quelque chose dont il avait honte ou qui l'embarrassait au plus haut point. Quelque chose qui avait probablement un rapport avec le fait que son téléphone portable n'avait pas cessé de vibrer dans la poche intérieure de sa veste durant le repas.

Tôt au tard, il devrait aborder le sujet.

Et cela attristait Mme Préau que son fils puisse connaître de tels secrets.

Une famille unie se fondait sur la sincérité, non sur les maux que l'on tait.

Le réveil sonnait le matin à 6 h 45. À 7 h 30, Mme Préau ouvrait les volets de sa chambre. Puis vingt minutes de gymnastique matinale. Isabelle, la femme de ménage qui logeait à deux pas, sonnait au portillon à 9 heures précises. Elle retirait ses chaussures, enfilait ses chaussons, nouait un tablier autour de ses hanches et refusait systématiquement le café proposé par Mme Préau. Pendant une heure, Isabelle passait l'aspirateur ou le chiffon à poussière, retapait le lit ou s'occupait du linge de la vieille dame, laquelle lisait au salon en buvant son Nescafé. Elle s'était inscrite à la bibliothèque où elle empruntait toutes les semaines deux ou trois livres. Elle prenait des notes sur chaque ouvrage, notes qu'elle consignait dans de grands cahiers, relevant les erreurs de style, les invraisemblances ou les points philosophiques et historiques qui lui paraissaient intéressants ainsi que toutes les références bibliques. À 11 heures, le mardi et le jeudi, Mme Préau avait rendez-vous en centre-ville chez le kinésithérapeute M. Apeldoorn pour soigner son arthrose cervicale. Les séances de tractions ou d'électro-stimulations la dispensaient de porter une minerve en mousse qu'elle s'astreignait cependant à nouer autour de son cou lorsqu'elle jardinait. Le mercredi, après la sieste, Mme Préau se rendait à pied au cabinet du Dr Mamnoue, au Raincy. Sur le chemin du retour, elle s'arrêtait au nouveau square accolé à la voie ferrée et cherchait parmi les enfants le visage de Bastien. Là, si le temps le permettait, elle déballait son goûter (des biscuits faits maison ou bien une pâtisserie sucrée à l'excès achetée chez Didier place du Général de Gaulle accompagnée d'un thermos de jus de fruits) qu'elle mangeait sur le banc, offrant aux moineaux effrontés les miettes de sa collation. Le vendredi, Mme Préau consacrait sa matinée à écrire quelques courriers et l'après-midi était dédié aux emplettes. Elle faisait ses courses au supermarché, tirant son caddie à roulettes, et n'achetait aucun produit sans en avoir au préalable consulté la composition. Colorants, conservateurs, épaississants, édulcorants, elle chassait de son alimentation tout produit susceptible de favoriser cancer et maladies cardiovasculaires. Elle choisissait viande, poisson, fruits et légumes au marché le samedi matin, se renseignait sur leur pays d'origine, et refusait toujours les tomates, oranges et fraises venues d'Espagne. Une fois par mois, elle faisait ses achats au magasin de produits bio rue Jean-Jaurès où elle se fournissait en noix de lavage indiennes, margarine, fruits secs et gélules d'huile d'onagre. Elle consommait uniquement le pain de la boulangerie-pâtisserie de la gare de Gagny où elle avait repris ses habitudes. Son choix se portait obligatoirement sur une baguette dite *festive* dont la croûte bien cuite et craquante faisait l'effet de mordre dans un pétard un 14 juillet.

À 19 heures, en même temps que son dîner, Mme Préau préparait chaque soir une gamelle de nourriture pour les chats errants du quartier qu'elle disposait près de la remise au fond du jardin. Les volets étaient fermés à 19 h 30. Mme Préau dînait légèrement dans la salle à manger en regardant le journal télévisé de France 3, puis elle s'offrait un second temps de lecture avant sa toilette. La lampe de chevet de sa chambre était éteinte à 22 h 30. Si elle ne trouvait pas le sommeil, elle comptait les TGV. L'écho de leur course infernale lui parvenait avec une régularité rassurante depuis la voie de chemin de fer située à une centaine de mètres.

Le samedi, entre 9 heures et midi, une infirmière, Mlle Briche, passait contrôler sa tension. Si elle constatait la moindre agitation ou le signe d'une crise d'angoisse chez la patiente, elle devait en informer alors le Dr Martin Préau – ce qu'elle n'avait jamais eu à faire jusqu'à présent.

Le dimanche restait la journée la plus difficile. Le dimanche, Mme Préau faisait jeûne, se nourrissant de bouillon de légumes et de tisanes bio concoctées par Mme Budin, la pharmacienne. Personne ne venait jamais chez Mme Préau le dimanche et Mme Préau n'avait personne à qui rendre visite. Elle n'entretenait pas de relations particulières avec les habitants du quartier, lesquels s'habillaient de discrétion. On se contentait de salutations échangées sur le trottoir un jour sur deux lorsque les poubelles fournies par la municipalité franchissaient les portillons. Seule une de ses anciennes élèves demeurant au numéro 4 de la rue marquait parfois l'arrêt devant la maison de Mme Préau pour échanger un sourire, quelques mots gentils. Âgée de la cinquantaine, Mlle Blanche en paraissait vingt de plus. La pauvre avait perdu l'esprit depuis bien des années. Elle occupait ses journées à entasser chez elle, dans son jardin et même dans le coffre de sa voiture tout ce qui pouvait être recyclé. Cartons, bouteilles, bouchons, emballages plastique, journaux, les fragiles édifices montés en chantilly étaient visibles derrière la grille d'enceinte à laquelle un fouillis d'arbustes s'accrochait, formant des lacets aléatoires. À force de grimper le mur de façade, une clématite s'était fourvoyée à l'intérieur de la maison par la fenêtre du premier étage que Mlle Blanche laissait ouverte en toute saison et où somnolaient d'autres empilements de matériaux récupérables. Les herbes folles avaient envahi bien plus que le jardin. L'esprit de la jeune fille qui jadis venait étudier le piano chez Mme Préau avait résolument pris un chemin buissonnier, les vêtements imprégnés d'une odeur de moisi.

Le dimanche était un terrible jour. Les enfants ne revenaient pas de l'école en chantonnant sur le trottoir, le facteur ne circulait plus en faisant teinter la sonnette de son vélo, le ballet des camions-bennes et tracto-pelles travaillant sur des chantiers avoisinants cessait brutalement, les vitres de la maison de Mme Préau ne vibraient plus à leur passage, la rue était déserte, le quartier comme siphonné de toute clameur, pas même un matou borgne pour traverser en fraude le jardin couvert de rosée, le silence épaississait jusqu'à l'insoutenable.

Alors Mme Préau regardait chez ses voisins.

Des cris aigus et le grincement d'une balançoire tiraient Mme Préau de sa sieste dominicale vers 15 heures. Elle se levait, ouvrait les doubles rideaux et découvrait les enfants jouant dans le jardin. Une fillette et deux garçons. Le plus petit des garçons n'avait guère plus de trois ans et pleurnichait beaucoup, victime des farces de sa sœur. Peut-être âgée de cinq ou six ans, elle le faisait délibérément chuter de la balançoire, lui arrachait le ballon des mains ou le poussait d'un petit camion pour prendre sa place. Elle usait de sa supériorité physique avec aplomb, profitant que ni son père ni sa mère ne les surveillaient. Ces derniers se contentaient de jeter de brefs coups d'œil à leurs enfants lorsque ceux-ci étaient trop turbulents. Parfois, le père sortait fumer des cigarettes en buvant un café ou une bière. Il s'asseyait sur un fauteuil de jardin en plastique blanc et s'intéressait surtout à son téléphone portable. La mère apparaissait peu en dehors de la maison ; si elle traversait le jardin, c'était au pas de charge et dans le seul but de décrocher le linge étendu devant le mur du garage. Tous les deux étaient blonds avec un type nordique assez marqué, comme le petit garçon et sa sœur.

L'autre garçon, le plus grand, était châtain foncé. Il devait avoir l'âge de Bastien, sept ou huit ans. Il se tenait à l'écart des deux autres. Calme, il restait dans son coin, sous le bouleau pleureur, ramassant des cailloux et des morceaux de brindilles pour les ordonner ensuite sur les dalles du jardin. Invisible depuis la rue, caché par les thuyas et le haut muret en béton, il se croyait sans doute protégé. Hormis la meulière de Mme Préau, aucune maison à proximité n'était assez haute pour que l'on puisse apercevoir cette partie du jardin. Assise devant la petite table en marqueterie qu'elle avait installée dans un angle de la pièce, près de la fenêtre, la vieille dame assistait aux jeux des enfants, nostalgique de ces récréations surveillées à l'époque où elle enseignait encore à l'école Blaise Pascal. Bercée par le tumulte familier qui régnait dans le jardin des voisins, elle occupait ses mains à raccommoder ou bien à trier tout ce qui pouvait l'être dans la maison : boutons, rubans, vis et boulons, crayons, factures, photographies de famille, lettres, cartes postales ou dessins d'anciens élèves. Parfois, lorsque la petite fille allait trop loin, martyrisant son jeune frère au-delà du simple amusement, Mme Préau se penchait contre le brise-bise de dentelle. Rajustant la monture de ses lunettes, elle mordait ses lèvres. Certes, il aurait été plaisant de rejouer le rôle de maîtresse d'école, d'ouvrir la fenêtre et de mettre en garde la gamine. Mieux valait ne pas intervenir. Mme Préau se réservait le droit d'aller parler aux parents si jamais la fillette dépassait les bornes.

Quant à l'enfant installé sous l'arbre, il était d'une sagesse tellement exemplaire qu'il en devenait curieux. Dimanche après dimanche, le garçon reproduisait des gestes semblables, construisant des totems à l'aide de brindilles rassemblées en fagots et de cailloux plats. Il demeurait immobile, accroupi ou bien debout, le regard perdu dans le rideau de thuyas. Sans doute observait-il des insectes ? Et lorsque, parfois, il levait brusquement la tête en direction de la maison de Mme Préau, dans un mouvement de recul, la vieille dame manquait de laisser choir sa boîte de boutons ou la pile de photographies posée sur le tiroir écritoire. La frange en bataille, elle ramassait ensuite les objets éparpillés en rougissant : convoiter les richesses du jardin de son voisin n'était-il pas un péché ?

L'habitude fut prise. Chaque dimanche et les jours de congés scolaires. Dès que Mme Préau entendait les cris stridents du petit garçon et le rire de sa sœur, où qu'elle fût dans ces instants, occupée à retirer les herbes folles de la rocaille, cueillant les prunes et les figues aux branches, préparant des confitures avec les fruits du jardin, écrivant une lettre à son fils ou recopiant un chapitre entier des mémoires d'un sergent-major ayant servi sous Napoléon, elle rejoignait son poste d'observation.

Le 24 juillet 2009

Cher Martin,

Tu t'es gentiment proposé de venir m'aider à ramasser les nombreuses prunes du jardin avant ton départ en congés mais ce n'est pas nécessaire, je m'acquitte de cette tâche chaque matin à la fraîche. Et elles sont pratiquement toutes tombées. Celles que l'on voit encore accrochées aux branches sont pourries. Même chose pour le figuier. Cette année n'a pas été bonne pour les fruits. Les bourgeons sont venus trop tôt dans la saison. Ils auront souffert des gelées.
Dimanche, au téléphone, j'ai cru comprendre que tu t'inquiétais pour moi. Le fait d'être seule n'a jamais été un problème, tu le sais. Je vis ainsi depuis vingt-huit ans et ne m'en porte pas plus mal. J'ai vu Isabelle ce matin et lui ai donné deux kilos de prunes ainsi que des draps dont je souhaitais me débarrasser. Ceux de ta chambre. Autant qu'ils servent à quelque chose. Elle part au Portugal fin juillet et reviendra début septembre. Inutile de la remplacer, je me débrouillerai parfaitement sans elle, la maison se salit très peu si l'on ne laisse pas les fenêtres ouvertes la journée (ah ! ces fichus travaux en haut de la rue, on ramasse une de ces poussières à cause des camions remplis de gravats) et je ne suis pas débordée par le linge à laver.

M. Apeldoorn le kiné aussi est en congés. Mais le Dr Mamnoue reçoit encore jusqu'à la mi-août.

Je trouve le quartier changé. Les gens qui prennent le RER le matin pour aller travailler stationnent leurs voitures n'importe comment dans la rue. Et il n'est pas rare que des jeunes tiennent meeting contre le mur d'enceinte de la maison, fumant et buvant des bières. Rien de bien méchant mais tout de même, je préférerais qu'ils fassent cela ailleurs. Surtout lorsqu'ils montent le son de leur radio.

Je souffre un peu de la chaleur. Ces derniers jours ont été particulièrement chauds et je n'ai pas bougé de la maison. Comme je garde les volets fermés, la température est supportable. À ce propos, j'aurais grand besoin de quelque chose pour trouver le sommeil. Je dors assez mal avec cette chaleur. Pas plus de cinq heures par nuit. Peux-tu me déposer une ordonnance avant ton départ pour la Corse ? Bastien va certainement apprécier ces vacances en tête à tête avec son papa. Je rêverais d'aller passer quelques jours là-bas. Cela se fera peut-être.

Je serais très heureuse si mon petit-fils pensait à m'envoyer une carte postale cette année.

Je t'embrasse affectueusement.

Ta mère

Mme Préau jouissait d'une vue correcte pour son âge. Il lui était cependant difficile de voir net au-delà d'une certaine distance, même avec ses lunettes. Aussi décida-t-elle début août d'acquérir auprès de l'opticien M. Papy une paire de jumelles de théâtre.

La raison à cela : le garçonnet sous le bouleau pleureur. Son absence de contact entre lui et le reste de la famille l'intriguait. Cela relevait sans doute d'un tempérament solitaire ou d'une tendance au repli sur soi. Mais cette attitude aphasique à la limite de la prostration était singulière. Jamais il ne tenait dans ses mains de jouet, se contentant de brindilles et de cailloux. Et s'il arrivait bien de temps à autre à Mme Préau de croiser le petit frère et la sœur sur le trottoir au retour de la boulangerie avec leur père, l'un sur son vélo, l'autre debout sur une trottinette, jamais encore la vieille dame n'avait vu le garçonnet en dehors de chez lui. Et cela était troublant.

Ce fut un dimanche de pluie que Mme Préau retira pour la première fois la paire de jumelles de sa boîte. Profitant d'une accalmie, les enfants étaient sortis jouer dans le jardin en évitant les flaques d'eau formées çà et là sur le gazon. La paire de jumelles lui permit de confirmer ce qu'elle soupçonnait. Le grossissement de la loupe offrait bien des détails. Les détails avaient toujours commandé à la vie de Mme Préau. C'est ce qui avait fait d'elle une redoutable correctrice de copies scolaires.

Au fil des semaines, la vieille femme nota le comportement et les attitudes de l'enfant dans un carnet de moleskine noire. Elle remarqua, par exemple, que le garçonnet ne sortait dans le jardin que le jour du Seigneur, même en période de vacances scolaires. Les habits qu'il portait étaient sales, et sensiblement les mêmes : pantalon trop court ou short, sweat-shirt rouge ou tee-shirt jaune, baskets ou tongs. Ses poignets étaient maigres, sa peau grisâtre et il se grattait souvent la tête. L'enfant souffrait probablement de carences en vitamines. Et son hygiène était douteuse, ce qui n'était ni le cas de sa sœur ni celui de son frère cadet.

Mme Préau nota un autre détail important dans son carnet ; cela concernait le comportement du garçonnet. Lorsqu'il apparaissait sur le palier du pavillon, il ne se précipitait jamais pour aller jouer. Il se frottait les yeux comme ébloui, puis descendait les quelques marches du perron d'un pas mal assuré.

Mais ce qui perturba Mme Préau avant toute chose fut la ressemblance avec Bastien. Les garçons n'étaient pas seulement du même âge. Tous deux avaient les yeux clairs et les cheveux châtains bouclés, une bouche fine et courte, un visage ovale.

Dorénavant, Mme Préau ne pouvait penser à son petit-fils sans imaginer *l'enfant aux cailloux*, tel qu'elle le désignait dans son carnet. Chacun des deux garçons d'une certaine manière en appelait à elle.

Le Dr Mamnoue fut la première personne à laquelle Mme Préau parla de ses voisins. Elle le fit avec prudence, sans trop en dévoiler, avec le même soin qu'elle mettait à se maquiller pour se rendre à son cabinet.

— Cet enfant qui ne joue pas avec les autres vous dérange ?

— Je n'irais pas jusque-là. Disons que je m'interroge.

Mme Préau avait répondu de sa voix douce et légèrement cassée. Le Dr Mamnoue ne parlait guère plus fort.

— Il cherche sans doute la tranquillité.

— Oui, sans doute. Mais ce n'est jamais bon signe, je parle par expérience. Un enfant qui ne joue pas avec les autres dans la cour de récréation est un enfant à problèmes une fois sur deux.

Mme Préau faisait souvent référence à son expérience d'institutrice dans ses discussions avec le Dr Mamnoue. Ils abordaient des sujets passionnants ayant trait à l'éducation et à la psychologie des enfants. Durant son activité, Mme Préau avait dû faire face à quelques cas de maltraitance : celui de cette petite fille, par exemple, qui après avoir été visiblement aimée et désirée avait grandi dans un climat de grande violence psychologique. Isolée, critiquée par ses frères et sœurs qui refusaient de jouer avec elle, la fillette avait souffert d'énurésie jusqu'à l'âge de dix ans. Lasse, sa mère finissait par ne plus laver ses draps, se contentant de les laisser sécher sur le fil à linge. Ses mauvaises notes lui valaient d'être frappée par son père alors qu'elle était manifestement dans l'incapacité de se concentrer en classe. L'enfant avait une telle crainte de sa mère que, lorsque Mme Préau les avait convoquées toutes les deux dans son bureau de directrice, la fillette s'était évanouie, victime d'une syncope.

— Vous pensez donc qu'une simple observation permet de deviner tout de la vie d'un individu ? interrogea le Dr Mamnoue.

— Non. Ce ne sont que des indications. Il faut ensuite les vérifier.

L'homme à peine plus âgé que sa patiente croisa les doigts sur son ventre, adossant sa nuque au dossier d'un fauteuil en cuir. Sur le haut du crâne, une mèche de cheveux rabattue jouait la coquette.

— Et je suppose, chère Elsa, que c'est ce que vous avez l'intention de faire ?

Mme Préau sourit. Il lui était agréable que le Dr Mamnoue l'appelle par son prénom, comme elle appréciait qu'il accepte la réciproque. Ils avaient convenu de ce rituel depuis de nombreuses années, bien avant qu'elle ne s'offre une parenthèse à Hyères Les Palmiers, y cherchant l'apaisement.

— Je n'en sais rien pour l'instant, Claude, on va voir. Il faut d'abord que je me débarrasse de toute cette poussière.

— Oui, c'est incroyable.

Le Dr Mamnoue reprit en main le bocal en verre rempli d'une poudre ocre et de gravier. Il le soupesa.

— On n'imagine pas que ces camions laissent derrière eux autant de saletés.

— La récolte de trois mois. Enfin, depuis début août, ça s'est un peu calmé. Il faut les voir rouler comme des fadas dans la rue. On entend parfois le gravier rebondir jusque sur les vitres. Toute la maison en tremble. Pire que le train de marchandises qui passe la nuit sur la voie à 2 h 45.

— 2 h 45 ?

— Sauf dimanche et jours de fêtes.

Mme Préau exhiba le petit carnet de moleskine de son sac à main pour appuyer son affirmation. Sur son visage, on lisait l'expression d'une jeune fille sachant par cœur sa récitation. Le Dr Mamnoue hocha la tête puis reposa le bocal sur son bureau, faisant tinter les cailloux contre la paroi. Les rides sur son front ressemblaient à des sillons en attente de semis.

— Cela me rappelle quand j'étais gamin. J'avais une collection incroyable de cailloux que je mettais dans un bocal identique à celui-ci. Pas vous ?

L'air coquin, Mme Préau répondit que la seule collection qu'elle ait jamais faite ne tenait pas dans le bocal.

— Ah oui ? Et quel était donc le sujet de votre collection ?
— Les esprits frappeurs. Ou bien les brosses à cheveux de mes camarades en pension. Cela dépendait de mon humeur.

Le 15 août 2009

Monsieur le maire,

Permettez-moi d'attirer votre attention sur les nuisances que les habitants de la rue des Lilas dont je fais partie endurent actuellement. Cette rue proche de la gare de la ville n'est pas censée servir de parking aux usagés du RER. Or c'est le cas. Et tous les quinze jours, un concert de klaxons est là pour nous le rappeler. En effet, sachez que le stationnement dans la rue est alterné et que, deux fois par mois, les véhicules doivent se garer le long du trottoir opposé. Vous imaginez bien que les riverains respectent cette règle. Ce qui n'est pas le cas des automobilistes qui stationnent leurs voitures dans notre rue sans se soucier d'un quelconque panneau avant d'aller prendre leur train. Résultat : ils perturbent très fortement la circulation, allant parfois jusqu'à bloquer tout passage de voiture.

Vous comprendrez, Monsieur le maire, que cette situation est pénible pour les riverains. Aussi je ne saurais que trop vous suggérer de renoncer au stationnement alterné pour la rue des Lilas qui a déjà fort à faire avec les nuisances sonores et les détériorations occasionnées aux murs d'enceinte, portillons de nos maisons par les usagers du RER les samedis soir et veilles de jours fériés. Nos boîtes aux lettres ont été « repeintes » début août et le trottoir tapissé de bris de verre provenant de bouteilles de bière. J'ai personnellement trouvé dans mon jardin à deux reprises des cannettes vides et autres déchets (paquet de cigarettes vide, emballage de barre de chocolat), lesquels avaient été jetés par-dessus la grille.

Il serait bon de réfléchir à renforcer la surveillance de certaines rues plus exposées que d'autres au vandalisme de passage. Il serait dommage que nos jolies propriétés – qui font le charme de cette ville – se parent de barbelés et de miradors pour garantir à ses occupants un soupçon de tranquillité.

Comptant sur votre diligence,
Veuillez agréer, Monsieur le maire, l'expression de mes salutations respectueuses.

    Mme Elsa Préau, née et habitant la commune depuis plus d'un demi-siècle

Une pomme attendait l'heure de la collation dans une coupelle posée sur la petite table. Un gilet sur les épaules, Mme Préau triait par ordre alphabétique les dessins des élèves des classes de grande section de maternelle – années 1975 à 1981. Le grenier de la maison était garni de cartons contenant les archives de son ancienne école. Mme Préau avait grande satisfaction à revoir ces dessins où les parents sont souvent figurés d'une façon grotesque, hérissés de poils ou filiformes. Les princesses que dessinaient les petites filles nées dans les années soixante étaient parées de colliers de perles bigarrées, de robes de princesses en forme de chapiteau agrémentées de manches ballons figurant de gros biceps. Quant aux chevaliers apparus sous les pinceaux des garçons, ils ployaient sous le poids d'épées fabuleuses, combattant aux portes de châteaux forts ou chutant de leurs murailles dentelées. Des voitures rikiki menaçaient de tomber dans des ravins et l'on n'oubliait jamais l'antenne sur le toit des maisons ni la fumée sortant de la cheminée. Puis les enfants s'étaient mis à dessiner les paraboles sur ces balcons et des poissons carrés dans les assiettes.

Mme Préau jeta un œil sur le jardin des voisins où le petit frère et sa sœur s'étripaient pour savoir qui aurait le frisbee sous un ciel gris. Toujours statique, l'enfant aux cailloux demeurait sous le bouleau pleureur, jouant à faire sauter des gravillons dans ses mains. Plusieurs fois, il gratta une croûte à son coude droit et fit saigner la plaie avant de relancer les cailloux. Mme Préau délaissa un instant son tri pour noter sur son carnet *comportement autodestructeur de l'enfant. Signes de scarification*. Puis le téléphone sonna dans le salon et elle dut quitter son poste d'observation pour descendre décrocher.

— Maman, c'est Martin.
— Ah. Tout de même. Comment va mon fils ? Les vacances se passent bien ? Ici, c'est déjà l'automne.

La discussion avait duré vingt minutes : Martin renâclait à expliquer pourquoi, à son retour de Corse, sa mère devrait se contenter d'un dîner mensuel avec lui.

— Tu en as assez de moi, c'est ça ? Plutôt que de manger une assiette de frites avec ta mère, tu préfères sauter tes patientes ?
— Maman, tu es odieuse, je vais raccrocher.
— Je ne suis pas dupe, tu sais.
— Mais tu ne sais rien. Tu ne sais rien de ma vie, maman. Tu n'as jamais rien su.
— Oh que si !

Finalement, il se décida à lâcher le morceau.

— J'ai renoué avec Audrette. Nous nous sommes remis ensemble.

Mme Préau tira vers elle une chaise pour

prendre place à côté du guéridon sur lequel trônait le téléphone. Elle n'était plus très certaine de pouvoir tenir debout. Le retour de l'ex-belle-fille dans la vie de son fils était la pire nouvelle qu'on puisse lui annoncer.

— Tu me caches la vérité depuis combien de temps ? dit-elle d'une voix blanche.

— Un an.

— Et c'est pour ça qu'on ne peut plus dîner ensemble le jeudi ?

— Oui.

— Elle ne veut pas que tu voies ta mère ?

— Écoute, ce n'est pas exactement ça. Audrette pense que…

— Tu fais comme tu veux Martin. Ça m'est égal. Du moment que j'ai des nouvelles de mon petit-fils… À propos, comment va Bastien ? Il ne m'a toujours pas envoyé de carte postale.

Lorsque Mme Préau eut achevé sa conversation et rejoint sa chambre, le jardin des voisins s'était vidé de ses occupants. Ce qui la contraria fortement.

Mme Préau laissa le pain griller trop longtemps dans le toasteur. Elle dîna d'une soupe à l'oignon avec un arrière-goût de soufre, écoutant le présentateur du journal de France 3 récapituler les cas avérés de grippe A en France. À 21 heures, une bagarre de matous éclata dans le jardin près de la remise. Mme Préau dut sortir en mules et robe de chambre pour rétablir l'ordre et chasser le chat borgne qui fichait encore la pagaille. Elle referma ensuite la porte et tira les verrous. Puis la lampe de chevet fut éteinte comme d'habitude à 22 h 30.

À minuit dix, Mme Préau appuya sur l'interrupteur de la lampe de chevet, réveillée en sursaut par un bruit provenant de l'intérieur de la maison, à l'étage inférieur. Un bruit de tôle contre laquelle on frappait brutalement. Suivi d'un cri étouffé et d'une plainte animale. Elle tendit l'oreille, immobile sous les couvertures, le cœur battant.

Ça ne va pas recommencer. Ça ne doit pas recommencer.

Mme Préau se raisonna. Elle avait remis le chauffage ce matin. Les boiseries jouaient, clamaient leur mécontentement. Les volets en métal se dilataient, victimes des frimas de la nuit. Et les chats se flanquaient des raclées dans le jardin dont ils se disputaient le territoire. Mais les explications les plus rationnelles ne guérissaient pas sa frayeur. Un instant plus tard, elle faisait le tour de la maison, un marteau à la main, allumant les lampes une par une. Faire le tour de la maison avec un outil ayant appartenu à son père, inspecter chaque pièce, chaque recoin, regarder derrière les portes, puis avaler un de ces cachets prescrits par son fils pour tarir d'éventuels cauchemars, voilà qui était mieux.

À minuit quarante-cinq, le marteau retourna à l'intérieur du tiroir de la table de nuit.

Mme Préau nota dans son carnet l'heure à laquelle le bruit s'était manifesté, puis elle se recoucha, laissant la lumière du couloir allumée, comme quand elle était petite fille et que sa maman, par surprise, venait lui rendre visite.

Le quartier de la gare n'était plus qu'un vaste chantier. Au vacarme des camions-bennes crachant leur contenu de terre et de gravats sur le terrain cédé par la mairie pour la construction d'une résidence privée et d'un centre de réinsertion sociale s'ajoutaient les aboiements des chiens dont le bruit des marteaux-piqueurs agaçait les ouïes.

Isabelle passa la balayette en soupirant sur le rebord extérieur de la fenêtre de la cuisine. Toujours cette poussière ocre.

— Quand est-ce que ça va finir leurs travaux !

À quelques mètres, Mme Préau taillait les plantes de la rocaille pour l'hiver, le cou raidi par la minerve en mousse.

— Nous, Isabelle, nous avons de la chance. Imaginez donc l'enfer que vivent les habitants de la rue des Petits Rentiers avec cette grue gigantesque au-dessus de leur tête et une bétonneuse qui laisse tourner son moteur toute la journée. Cette odeur de gasoil est une horreur.

La femme de ménage acquiesça d'un triste sourire, tenant sa pelle à l'horizontale.

— Je mets tout ça comme d'habitude dans le bocal ?

— Faites, Isabelle. Faites.

Elle retourna dans la cuisine, précisant à Mme Préau qu'il n'y aurait bientôt plus de produit de sol ni d'Ajax vitres mais que cela ne pressait pas. La femme de ménage sentit le sol vibrer sous ses chaussons. Un camion passait dans la rue, redonnant vigueur aux aboiements des chiens. Mme Préau ressentit également la vibration mais n'y prêta pas attention, trop occupée à écraser avec le manche du sécateur une fratrie d'araignées nichée dans la pierre de rocaille.

— Mme Elsa ?

La femme de ménage penchait sa tête par la fenêtre du salon. Le ton de sa voix était celui de quelqu'un ayant commis une bévue.

— Oui, Isabelle ?

— Vous pouvez venir voir, s'il vous plaît ?

Mme Préau se redressa, accrocha le sécateur à la ceinture de sa salopette et rejoignit le perron. Elle tapa les talons de ses bottes en caoutchouc contre le racloir fiché dans le mur et, comme rien n'était accroché aux semelles, elle entra. Isabelle se tenait toujours penchée par la fenêtre du salon, scrutant le rebord en pierre.

— Qu'est-ce que vous avez trouvé ?

— Les cailloux. C'est pas normal.

De sa balayette, elle fit rouler le gravier sur quelques centimètres. Une tache apparut sur la pierre. Mme Préau leva les sourcils.

— On dirait du sang aggloméré.

Le gravier était également couvert de cette couleur rouge. Isabelle secoua la tête en marmonnant.

— Manquait plus que ça !

Interloquée, Mme Préau resta un moment sans bouger.

— Je fais quoi, madame Elsa ? Je les mets aussi dans le bocal ?

D'un geste agacé, Mme Préau retira sa minerve.

— Laissez. Je vais m'en occuper.

Elle attendit que la femme de ménage ait quitté la maison pour étaler sur la table de la cuisine les petits cailloux et les regarder à la loupe, les manipulant avec précaution. Cela ne faisait pas un pli. Ils étaient colorés de sang séché. Comment ces cailloux avaient-ils atterri sur le rebord de la fenêtre du salon ? D'où pouvait bien provenir ce sang ? Les cailloux glissèrent dans un bocal à confiture. Mme Préau vissa le couvercle à fond, puis elle chercha un endroit ou entreposer le bocal. Elle décida que la meilleure cachette était le bac à légumes du réfrigérateur. De retour au salon, Mme Préau se planta devant la fenêtre : à une dizaine de mètres de l'autre côté de la rue se dressait le bouleau pleureur des voisins, soit l'endroit exact où se tenait habituellement l'enfant. Mme Préau posa une main sur sa bouche, réfléchissant. Était-il possible que les cailloux aient été jetés par l'enfant ? Que le sang soit celui de sa blessure au coude ? Jusqu'à présent, elle avait assimilé la présence de petits cailloux et de gravier sur le rebord de ses fenêtres aux passages des camions. Ce pouvait-il qu'il en soit autrement ? Le gamin avait-il déjà balancé des cailloux dans son jardin ? En ne visant pas trop haut, de façon certaine, on pouvait atteindre la fenêtre du salon sans être gêné par les feuilles du marronnier.

Le feuillage moucheté de l'arbre frémit sous la brise.

Une mèche de cheveux gris chatouilla le nez de Mme Préau.

Elle la chassa, tira d'une poche de sa salopette le petit carnet noir et y nota le jour et l'heure à laquelle avaient été découverts les cailloux. Elle écrivit également deux questions :

Pourquoi l'enfant aurait-il jeté contre ma fenêtre des cailloux couverts de son sang ?
Y aurait-il un rapport avec le bruit entendu la veille au milieu de la nuit ?

Elle monta dans sa chambre pour prendre la paire de jumelles et jeter un œil dans le jardin des voisins. Il était vide. Rien ne semblait bouger dans le pavillon. Seuls les aboiements des chiens se répétaient dans la rue comme un écho déformé par le vent. Mme Préau s'assit sur son lit. C'était un lundi. Il était presque midi. Il lui faudrait patienter jusqu'à dimanche avant de revoir l'enfant derrière le muret en béton. Elle avait une semaine pour réfléchir à ce qu'elle devait croire.

Il plut durant six jours. Mme Préau ne sortit que pour se rendre à ses rendez-vous médicaux, négligeant de faire les courses et de rapporter ses livres à la bibliothèque. Elle se contenta de repas confectionnés à base de conserves et accompagnés de pain décongelé. Mercredi, la séance chez le Dr Mamnoue fut consacrée à la réapparition de son ex-belle-fille dans la vie de Martin. Elle associait à Audrette de fâcheux souvenirs et fut soulagée de *déposer* les plus encombrants. Jeudi, Martin dut décommander leur dîner : il était revenu de Corse depuis quatre jours et la salle d'attente de son cabinet ne désemplirait pas avant 20 h 30. Il sautait les repas, abusant de barres vitaminées et de boissons gazeuses à la caféine. Un vrai Samaritain. Il se tricotait un magnifique ulcère. Comme jadis son père. Insensé.

Dimanche, personne ne se montra dans le jardin détrempé des voisins. Les volets restèrent clos toute la journée. Mme Préau ne vit pas non plus la voiture sortir du garage. Peut-être la famille s'était-elle absentée ?

Lorsque Mme Préau appela son fils au téléphone en fin de journée, il refusa de lui passer Bastien. À 19 h 30, elle avala une soupe aux légumes verts devant l'édition nationale du journal de France 3. Les nouvelles étaient minables : la menace d'une épidémie de grippe A s'amplifiait, la diffusion d'une vidéo montrant les propos polémiques de Brice Hortefeux soulevait un tollé à gauche, des collectes de fournitures scolaires étaient dorénavant organisées pour les familles les plus démunies, un reportage montrait l'état de dégradation et l'insalubrité des cités universitaires, et un artiste britannique n'avait rien trouvé de mieux que d'exposer à Londres un moulage de sa tête recouvert de son propre sang. Mais l'aspect régressif propre à la société actuelle bâtie au mépris des valeurs de la République n'était pas à l'origine de la contrariété de Mme Préau. Elle savait l'Homme condamné à crever d'un cancer, empoisonné par les antibiotiques, les composés volatiles de peintures, les conservateurs et les parabènes contenus dans les cosmétiques, le ventre bourré de ses propres déchets plastique comme un albatros de l'atoll de Midway dans le Pacifique Nord, et cela lui était égal.

Non, ce qui lui causait souci, c'était le gros matou borgne.

Le jardin de Mme Préau était une terre d'asile pour animaux errants. Aucun conflit n'était toléré. Or le chat éborgné s'était mis en tête d'interdire à ses semblables d'accéder aux gamelles déposées près de la remise du jardin. Il leur fichait de sacrées raclées, récoltait des balafres, affichant cette arrogance puérile de mâle dominant. Depuis peu, un abcès à sa patte avant gauche avait percé. Du sang et du pus s'en échappaient, souillant les gamelles. Mme Préau ne pouvait l'approcher pour le soigner, c'était un chat vraiment agressif dont la plaie renforçait le caractère. Elle le chassait donc dès qu'elle le voyait sauter le muret du jardin sachant que la nuit, en son absence, il reviendrait faire son terrible et revendiquer un territoire qu'il avait décrété sien.

Mme Préau avait toujours pris soin des animaux qui l'entouraient. Un temps membre actif et bénévole de la SPA, elle avait été jusqu'à recueillir une chèvre trouvée sur une aire d'autoroute en direction de Provins avec deux pattes cassées ainsi qu'un jeune babouin rescapé d'un laboratoire de cosmétiques qui versait à l'époque une belle taxe professionnelle à la région Champagne-Ardenne. Mais qu'un despote puisse terroriser et priver de nourriture autrui, fût-t-il borgne et pelé, ce n'était pas supportable.

Il fallait faire quelque chose.

À 20 heures, Mme Préau était parée. Installée dans la remise sur un tabouret, dissimulée sous une bâche en plastique, elle attendit que le matou montre le bout de son nez devant les gamelles chargées à bloc secouant une boîte de croquettes pour l'attirer.

— Allez, viens par ici, toi.

Cela prit un bon quart d'heure avant que l'éclopé ose défier l'obscurité de la cabane, gobant une par une les croquettes semées jusqu'au tabouret où se tenait sa bienfaitrice.

— Allez, viens mon gros matou, viens.
La voix de Mme Préau était ronde et chevrotante. Il fut si près d'elle qu'elle perçut son ronronnement.
— Je crois qu'il est temps de mettre fin à ce festin, jeune homme.
Le choc du marteau contre le crâne du félin arrêta net le doux ronron.

Le 15 septembre 2009

Mademoiselle Blanche,

Actuellement, le bruit court dans le quartier que vous vous adonnez à d'étranges pratiques dans votre maison de bric et de broc. De la fenêtre de ma chambre, je vous ai vue la nuit dernière, au clair d'une lune rousse, pousser un berceau dans lequel, aux dires des habitants du quartier (propos entendus chez le boucher), se trouverait le cadavre d'un chien.
Je tiens à vous dire que je ne fais pas partie de ces gens qui montrent du doigt comme aux temps jadis. Je ne crois pas aux sorcières contemporaines abonnées à Télé 7 jours. Je pense que si vous ne négligiez pas de vous laver et vidiez un brin votre fatras, on ne dirait pas tant d'âneries à votre sujet, et vous ne seriez aux yeux de nos voisins qu'une pauvre femme ne pouvant se résoudre à enterrer son animal domestique, impuissante à dompter la mélancolie de son cœur.
Si je peux vous aider d'une quelconque façon, dites-le-moi, je viens d'enterrer un chat dans mon

jardin, je ne suis pas à quelques coups de pioche près.

En souvenir des cours de solfège que je vous ai donnés, Delphine,
   Ô douce période de ma vie passée,
   Solidairement vôtre.

Elsa Préau

Le Dr Mamnoue affectionnait les rêves de sa plus ancienne patiente. Elle avait ce talent de conteuse et donnait à ses récits vraisemblance et densité. La nuit précédente, un cauchemar l'avait réveillée bien avant l'aube. Elle en avait aussitôt noté le contenu sur son carnet et il se trouvait à présent ouvert, sur ses genoux.

— C'était la nuit. Il y avait quelqu'un dans la maison. Une présence plus inquiétante qu'hostile. Et ce quelqu'un jouait du piano, en bas, dans le salon. La mélodie ne ressemblait à rien, et je ne saurais dire si l'air était gai ou triste. J'étais terrorisée depuis mon lit, et ma lampe de chevet refusait de s'allumer. Puis je me suis levée pour allumer le plafonnier mais l'interrupteur ne fonctionnait pas non plus. L'électricité était coupée dans la maison.

— Avez-vous eu peur ?

— Je savais que je n'avais pas d'autre choix que de descendre à la cave pour actionner le disjoncteur, et oui, j'avais très peur de me confronter à la personne qui jouait du piano. Mais je ressentais le besoin de savoir qui se cachait en bas. Alors je me suis décidée à descendre l'escalier à tâtons. Quand je suis parvenue au salon, j'ai vu la fenêtre qui donne sur la rue battre au vent, et les rideaux s'agiter comme s'ils étaient en colère.

— La fenêtre *battait*, et les rideaux étaient *en colère* ? releva le Dr Mamnoue.

Mme Préau eut un soupir contrarié.

— Pas tout à fait. On aurait plutôt dit qu'ils dansaient. Ils bougeaient de façon désordonnée, saccadée. Vous voyez ?

— Continuez, Elsa.

— Au fond de la pièce, assis devant le piano, il y avait un jeune garçon. Je suis allée à sa rencontre pour lui demander ce qu'il faisait assis dans le noir. Alors il s'est tourné vers moi. Son visage était couvert de terre ; il m'a dit : « Joue pour moi, mamie Elsa ». De la terre sortait aussi de sa bouche. C'était effrayant.

Mme Préau se tut. Elle referma le carnet puis croisa les mains sur ses genoux. Le vieil homme éclaircit sa voix.

— L'enfant, c'était Bastien ?
— C'était... Oui. C'était bien Bastien.
— Rien d'autre ?
— Rien d'autre.
— Et alors ?
— Alors quoi ?
— Je suppose que vous avez analysé votre rêve.

Mme Préau hocha la tête. Sa bouche était sèche. Elle prit le verre vide qui se trouvait devant elle sur le bureau.

— Je veux bien encore un peu d'eau, s'il vous plaît Claude, dit-elle d'une voix éraillée.

Le docteur attrapa la carafe posée derrière lui sur un buffet et remplit le verre de sa patiente.

— Eh bien, quelle est votre interprétation ?

La vieille femme but le contenu du verre à grosses gorgées. Puis elle le reposa sur le bureau avec un soupir.

— Je m'inquiète pour le petit garçon qui habite en face.

Puis elle ajouta presque honteuse :

— Et je crois que j'ai très envie de me remettre au piano.

Le docteur fit claquer sa langue.

— Vous rêvez souvent de Bastien ?
— Pratiquement jamais.
— C'est bien ce qu'il me semblait.
— En fait, depuis que je prends les cachets que m'a prescrits Martin, je n'ai plus de rêves.
— Et Bastien vous manque.
— Oui.

Le Dr Mamnoue remua la tête.

— Vous avez du mal à l'accepter.
— Accepter quoi ? Que Bastien me manque ?

Il tira légèrement sur le col de sa chemise qui dépassait sous un gilet vert et changea de sujet.

— Vous vous sentez bien dans votre maison ?
— C'est la maison de mon enfance.
— Elle est chargée de souvenirs. Trop peut-être, non ?

Mme Préau haussa les épaules. Avec sa jupe longue et son pull mauve à col roulé, elle avait un air de Petite Sœur des pauvres.

— Les souvenirs font partie de la vie, je ne vois pas en quoi cela peut être dérangeant.

Le Dr Mamnoue réunit ses doigts sous son menton et posa les coudes sur son bureau.

— Et la terre dans la bouche de Bastien ? Vous interprétez cela comment ?

Un camion de pompiers passa dans la rue. Mme Préau tressaillit en entendant la sirène.

— Ah ! Oui. Où avais-je la tête ? Mais c'est cela ! J'ai oublié de vous en parler.

— Quoi donc ?

— J'ai eu des soucis avec les chats.

— Les chats ?

— Les chats errants du quartier. Je les nourris de temps en temps. Il y en a un, très hostile, il attaquait les autres mais maintenant c'est fini.

— Que s'est-il passé ?

Mme Préau chuchota avec malice.

— Il mange de la terre.

Il ne fut plus question du rêve de Mme Préau jusqu'à la fin de la séance. Le Dr Mamnoue encaissa le prix de la séance, serra la main de sa patiente et la raccompagna sur le palier.

— Et n'oubliez pas, le soir avant de vous coucher : une camomille avec du miel, et vous dormirez mieux.

— Si Martin vous entendait, il crierait au loup. Les médecines douces, ce n'est pas sa tasse de thé.

— Je n'ai rien contre la chimie, mais essayons pour l'instant de ne pas trop en abuser. Je préférerais que nous nous voyions deux fois par semaine plutôt que de vous savoir sous somnifères.

— Deux fois par semaine ? Je ne vous croyais pas si gourmand, Claude.
Le vieil homme esquissa un sourire.
— Bien. Nous en reparlerons mercredi prochain. Au revoir, Elsa.

Une fois dehors, Mme Préau accéléra le pas devant la vitrine de la pâtisserie de la place du Raincy. Elle n'entra pas acheter de gâteau, pressée de s'éloigner de son lapsus, ce mensonge singulier : ce n'était pas le visage de Bastien qu'elle avait vu dans son rêve, mais celui de l'enfant aux cailloux.

Joue pour moi, mamie Elsa.

Il lui tardait d'être dimanche.
D'ici là, il y avait fort à faire.

La sonnerie fut brève. Un instant plus tard, des élèves jaillirent de l'école comme des abeilles sortant d'une ruche, impatients de se débarrasser de leur cartable. Devant la grille, quelques parents attrapaient leur progéniture au vol, recevant des bises brûlantes. Parmi eux, la voisine de Mme Préau guettait ses enfants. En retrait de quelques mètres, sur le trottoir d'en face, l'ancienne directrice de l'école maternelle observait la sortie des classes de 16 h 30, les mains au fond des poches de son manteau de laine prune. Le ciel était bleu, l'air frisquet, la plupart des gamins portaient des écharpes. C'était un de ces premiers jours d'automne annonçant l'hiver, éclatant et fier.

Mme Préau ne tarda guère à voir sortir le petit garçon traînant son écharpe sur le sol, puis sa sœur, marchant d'un pas alerte vers sa mère. Celle-ci prit ses enfants par la main et repartit en direction de leur domicile sans s'éterniser. Elle ne parla à aucune autre maman, et ne s'arrêta pas devant l'école primaire dont le bâtiment principal est adossé à l'école maternelle pour y attendre son fils aîné. Mme Préau ne fut qu'en partie surprise. Cela semblait logique. Dans le cas d'une maltraitance, l'enfant ne bénéficie pas du même régime que ses frères et sœurs. Le garçonnet rentrait certainement seul chez lui. Après tout, à sept ans, on est un grand, non ? Mme Préau demeurait sceptique : jamais elle n'avait vu l'enfant aux cailloux marcher dans la rue. Et il n'y avait qu'un seul accès au pavillon : le portillon en face de chez elle. À moins que le père ne passe chercher son fils en voiture après l'étude ? C'était une possibilité. La vieille femme secoua la tête et revint se placer devant les grilles de l'école maternelle, ne résistant pas au plaisir d'assister à la sortie des classes.

La totalité des élèves de l'école qui ne restaient pas au centre de loisirs défila, ravivant des souvenirs. Mme Préau crut voir passer Bastien à l'âge de trois ans, le jour de sa première rentrée, chaussé de derbys neufs en vachette marron. Un petit avec un bras en écharpe lui rappela Bastien à cinq ans, lorsqu'il s'était blessé en tombant de son vélo. Au milieu des joyeuses retrouvailles, une petite fille hurlait sans raison, emportée fermement par son père presque honteux. Les parents ne s'attardaient plus comme à l'époque où elle dirigeait encore l'établissement : pressés de rentrer, ils nouaient de brèves conversations et se rendaient chez Monoprix directement avec la poussette. Les conditions de vie d'une famille moderne favorisaient l'isolement et le repli sur soi. L'absence de communication entre les individus garantissait l'État contre toute mobilisation, terreau des luttes sociales. La société travaillait bien à la manipulation mentale et à la marginalisation.

Le flot d'élèves se tarit.

Mme Préau soupira.

Deux hypothèses s'offraient à elle : le garçonnet restait donc à l'étude jusqu'à 18 heures et elle allait devoir patienter jusque-là, ou bien il était chez lui, souffrant. Il fallait qu'elle se renseigne à l'école primaire. Mais sous quel prétexte pouvait-elle faire une telle démarche ? Elle ne connaissait même pas le nom de famille de l'enfant : la boîte aux lettres de ses voisins était désignée par les initiales P D – ce qui devait faire sourire bien des facteurs.

— Vous attendez un élève ?

Mme Préau sursauta. De l'autre côté de la grille de l'école maternelle Blaise Pascal, une ravissante femme d'une quarantaine d'années la dévisageait.

— Vous êtes la grand-mère du petit Damien Delcroix ?

La directrice de l'école maternelle, vraisemblablement.

— Il était malade ce matin, son papa est venu le chercher à 14 heures. Il ne vous a pas prévenue ?

Mme Préau lui sourit gentiment. Il était temps de révéler son identité.

Sésame, ouvre-toi !

Se retrouver dans l'école dont elle avait été la directrice de longues années durant réveillait en Mme Préau des images ravissantes. En dehors des peintures et des revêtements, peu de choses avaient changé. L'école avait été entièrement rénovée mais les volumes des pièces, les fenêtres, l'emplacement des toilettes, le bureau de la directrice, le réfectoire et les cuisines communes avec l'école primaire, tout était là, à l'identique, même son petit bureau à gauche de l'entrée donnant sur la cour.

— C'est une visite au pas de course, j'ai peu de temps à vous consacrer.

La directrice Mme Mesnil la précédait, trottinant dans une robe noire cintrée tout en lui montrant avec superbe son établissement. Un sautoir de perles frottait son gilet en mohair. Les collants noirs en Lycra ne faisaient pas un pli dans ses bottines cirées. Elle était nouvelle dans la région et avait pris en main l'école depuis la rentrée scolaire. Son programme pour les enfants était riche en sorties et activités artistiques diverses. La journée du goût était par exemple ici un rendez-vous quotidien avec une collation matinale favorisant les découvertes gustatives. La directrice fraîchement mutée mettait un point d'honneur à se conformer aux directives nationales.

— L'école maternelle a pour objectif de rendre l'élève autonome dans ses apprentissages et responsable. Mais ce que l'on recherche, c'est la réussite de chaque enfant.

La directrice recoiffa sa frange. Donner un accès à la culture au sens large à tous les élèves était aussi une de ses priorités.

— Quel que soit leur niveau de vie.

Mme Préau appréciait l'idée. Mais cela n'avait rien de nouveau pour elle. Ce fut même le fondement de sa pédagogie pendant des années avant qu'on ne la pousse gentiment vers la sortie.

— De plus, nous avons la chance ici de posséder ce formidable outil éducatif qu'est notre classe *nature et jardin*, et où les élèves apprennent à planter et entretenir les plantes, à découvrir et respecter la nature.

Mme Préau demanda à son hôte si celle-ci savait qui avait eu l'idée de créer cet atelier *nature et jardin* en 1991. La directrice leva les sourcils, épatée.

— Non, c'est vous ? Mais c'est formidable ! Vous savez que l'école Blaise Pascal est devenue une école pilote grâce à cela ?

Comprenant qu'elle était en odeur de sainteté, Mme Préau demanda s'il lui était possible de revoir une ou deux salles de classe. À sa grande joie, la directrice accepta.

Claire, colorée de dessins, avec son petit coin cuisine et repassage, ses pots de peinture, la boîte à doudous et ses jolis livres de lecture, la section des petits donnait envie de s'y lover.

— Voici ma classe.

Au-dessus du bureau, une photo montrait les enfants réunis devant le tableau. Mme Préau s'approcha et chaussa aussitôt ses lunettes. Assis en tailleur à gauche de la maîtresse, elle reconnut le petit garçon souffre-douleur de sa sœur. La chance lui souriait. Elle pointa du doigt l'enfant sur la photographie.

— Oh ! mais je connais cette frimousse.

— Kévin Desmoulins ? Sa sœur aînée est avec M. Di Pesa, en grande section.

Mme Préau jubilait. Elle n'avait pu saisir le prénom de l'enfant hurlé par sa sœur dans le jardin. La fillette, en revanche, ses parents la rappelaient souvent à l'ordre.

— La petite Laurie, c'est ça ? dit-elle, faussement attendrie.

— Oui. Laurie est assez bonne élève. Kévin est plus moyen. Concentration difficile. Mais ils ont l'air de suivre.

— Et le frère aîné ? Il est aussi à Blaise Pascal ?

La directrice souleva les sourcils, dubitative :

— Le frère aîné ? Il n'y a que deux enfants Desmoulins, à ma connaissance.

— Vous en êtes sûre ?

— Je peux vérifier dans le dossier d'inscription mais il me semble bien, oui.

Mme Préau sentit son cœur s'accélérer. Elle retira ses lunettes d'un geste maladroit. Une branche se prit dans sa frange. La directrice jeta un œil au cadran de sa montre.

— Voulez-vous voir la classe de Laurie ? J'ai encore cinq minutes.

La vieille dame balbutia une réponse.

— Je ne voudrais pas vous déranger, je sais combien une journée d'école peut être épuisante pour une maîtresse et directrice...

— Comme vous le dites ! Mais je peux bien vous consacrer quelques instants. Ça doit être émouvant pour vous, non ?

— Pardon ?

— De revenir ici, dans votre école.

— Oui. Très émouvant.

— C'est par ici, il faut prendre l'escalier.

La salle de classe de M. Di Pesa était moins ludique, mais tout aussi gaie et garnie de photos. Un alphabet de lettres correspondant à des animaux faisait le tour de la classe. Des planches pour apprendre à compter avec des fruits et des légumes étaient punaisées au-dessus du tableau. Un pan de mur entier était constellé de dessins.

— En début d'année, expliqua la directrice, ce professeur a l'habitude de demander à ses élèves de représenter leur famille. Chaque enfant dessine sa maison, ses parents et ses frères et sœurs. C'est un bon exercice. Cela permet de situer l'enfant par rapport à sa perception des choses et de faire une première évaluation de ses capacités. Certains ont encore du mal à tenir un crayon...

Mme Préau rechaussa ses lunettes. Elle put

admirer les œuvres étonnantes de jeunes artistes : papas rikiki, mamans rondelettes, chiens géants tenus en laisse, maisons en forme de suppositoires, tout cela ne manquait pas de fantaisie. Certains dessins étaient bâclés, d'autres colorés jusque dans les moindres détails. Un élève avait été jusqu'à tracer un cadre sur le bord de la feuille. Un futur conservateur de musée...

C'est alors qu'elle le vit.

Scotché au-dessus de l'interrupteur.

Le dessin de la petite Laurie.

Elle n'eut pas besoin de lire le prénom inscrit en bas sur la feuille. Mme Préau reconnut l'arbre aux grosses larmes qui tombaient de ses branches : le bouleau pleureur. La fillette avait représenté sa maison bien plus haute qu'elle ne l'était en réalité. Les fenêtres étaient ridiculement petites, la porte de guingois. Une cheminée noire recrachait de la fumée en volutes. Le jardin était hérissé de brins d'herbe raides comme des bâtons. Dans le coin gauche de la feuille, un gros soleil orange dardait ses rayons comme un ventre velu. Mais le plus intéressant était la manière dont elle avait représenté sa famille : le père et la mère étaient de la même taille. Lui tenait un bâton fumant (sans doute une cigarette), elle portait une jupe et une espèce de cloche jaune d'œuf sur la tête (ses cheveux). Laurie les avait placés dans le jardin, près de ce qui devait être la balançoire. Elle s'était représentée à leurs côtés aussi grande que sa maman, tenant une fleur rose. Quant à Kévin, il était près d'elle, symbolisé par un rond percé de deux trous (la tête) et cinq bâtons correspondant aux bras, aux jambes et au tronc. Autant dire que son petit frère ne l'intéressait pas. Mais ce qui fit frémir Mme Préau figurait dans l'autre partie du jardin. Quelque chose formé par cinq bâtons et un rond vide.

— Vous êtes certaine qu'il n'y a pas un troisième enfant chez les Desmoulins ? Regardez donc...

La directrice, à son tour, approcha son visage du dessin.

— C'est étrange, oui, je n'avais pas remarqué. On dirait qu'elle a représenté quelque chose... Un chien peut-être ?

— Vous trouvez que cela ressemble à un animal ?

La directrice semblait elle aussi déconcertée par cette découverte. Elle questionnerait demain M. Di Pesa. Peut-être savait-il ce que la fillette avait représenté sur son dessin ? En redescendant les marches de l'escalier, la directrice eut l'air tracassée.

— Pourquoi vous intéressez-vous autant à la famille Desmoulins ? Il y a un problème ?

Prise au dépourvu, la vieille dame faillit manquer une marche. Elle se raccrocha à la rampe. La directrice lui prit le coude.

— L'escalier est un peu raide, faites attention.

— Merci. Je l'avais oublié. La famille Desmoulins et moi sommes voisins. On ne se connaît pas encore très bien mais la maman m'a demandé si j'accepterais de donner des cours de soutien à leur fils. Et j'ai cru qu'il s'agissait de leur fils aîné... Parce que Kévin n'est qu'en petite section... J'ai peut-être mal compris.

— Je vois. Voulez-vous m'appeler demain au

moment de la récréation vers 15 heures ? Je suis à mon bureau. J'aurai peut-être la réponse à propos du dessin.

Mme Préau remercia vivement la directrice pour la visite improvisée. Sur le chemin du retour, elle marcha aussi vite qu'elle put, tenant relevé le col de son manteau. Le soleil avait disparu et le froid faisait rougir ses joues. À moins que ce ne fût l'excitation.

Notes du vendredi 25 septembre

Appelé comme convenu la directrice de l'école à 15 heures.
Tombée trois fois sur le répondeur.
À la quatrième tentative, obtenu la réponse attendue :
pas de frère aîné dans la famille Desmoulins.
Confirmé par le dossier scolaire des deux enfants.
D'après son maître, Laurie aurait dessiné son ami imaginaire.
La maîtresse m'a demandé de ne rien dire de ma visite de l'école. Elle semble craindre quelque chose, mais quoi ?
Se méfier de tout le monde.
Même des maîtresses.

De retour de l'Intermarché vers 17 heures, trouvé accroché au portillon un sac en plastique rempli de quetsches. Un petit mot rédigé au dos d'une carte postale publicitaire de La Poste l'accompagne :
« J'ai enterré Brutus. Mais je ne peux pas me laver les cheveux sinon ils vont tomber (à cause des radiations que provoquent les téléphones portables). Merci pour votre gentil message. Je m'en souviendrai. Delphine Blanche. »

18 h 30. Vu le véhicule de M. Desmoulins rentrer en marche arrière dans le garage. Aucun enfant sur la banquette ou sur le siège avant.

00 h 10. Bruits suspects dans le grenier.
Prends mes 4 mg de Risperdal et aussi mon Stilnox, ce qui va me permettre de me rendormir – très appréciable.
Penser à acheter des pièges à souris.

L'homme marqua un arrêt devant le piano.
— C'est un Gabriel Gaveau ?
— En placage de noyer, style Art nouveau, précisa Mme Préau.
— Le modèle Soleil. 1925 ?
— 1920.

Il posa sa sacoche sur le parquet ciré et s'approcha doucement de l'instrument. L'accordeur passa ses doigts sur le cadre et s'accroupit pour tâter plus bas.

— Clavier sur colonnes à console en crosse feuillagée...

Il caressa les doubles bras de lumière mobiles aux courbes si féminines, glissa ses mains dans les poignées latérales en laiton, pianota sur les touches recouvertes d'ivoire jauni puis, brutalement, ouvrit le ventre du piano. Assise en retrait, mains croisées sur les genoux, Mme Préau fixait l'accordeur, un reliquat de défiance au cœur. Elle n'avait pas apprécié qu'il sonne à sa porte avec une heure d'avance sur l'horaire prévu. L'accordeur avait un nom de famille à consonance bretonne et le type asiatique. Ce qui n'avait rien arrangé à l'affaire. Mme Préau n'ouvrait sa maison qu'à des personnes clairement identifiées. Il avait fallu que l'homme présente patte blanche, tende sa carte de visite à travers la grille du portillon, raconte comment il avait été adopté par ses parents dans un orphelinat du Cambodge et justifie son avance sur l'horaire par l'annulation d'un précédent rendez-vous pour que Mme Préau accepte finalement de le faire entrer chez elle.

— Le mécanisme est désaccordé et poussiéreux mais en bon état.

Il se tourna vers la propriétaire des lieux :

— J'en ai pour une bonne heure.

— Très bien.

— Vous allez rester ici ?

— Oui, pourquoi ? Ça vous gêne ?

— Je n'ai pas l'habitude, c'est tout.

— Moi, ça ne me gêne pas. Je veux voir ce que vous faites à mon Gaveau.

Il rit tout en retirant sa veste.

— Rien de bien méchant. Je vais essayer de le faire chanter juste, c'est tout.

L'accordeur connaissait son affaire. Qu'il soit un Asiatique breton en Seine-Saint-Denis ajoutait sans doute une pointe d'extravagance à la situation. Mme Préau observait le dépoussiérage de son piano avec sérénité. Il lui semblait que c'était elle que l'on débarrassait ainsi de ces années de négligence. Son piano, ne l'avait-elle pas abandonné, comme tout le reste, sans repentir ? Il demeurait l'instrument de tous ses secrets, celui auquel, enfant, elle racontait ce que les grandes personnes refusaient d'entendre et qui effrayait les autres gamins. C'est sur ce piano qu'elle joua son premier morceau à quatre mains avec le futur père de Martin. Gérard avait alors les joues rebondies d'un adolescent que les fantaisies de sa cousine, après l'avoir effrayé un temps, fascinaient au plus haut point. Mme Préau finit par somnoler sur sa chaise, écoutant chaque son hésitant à trouver la bonne place, remonter ou descendre la note au diapason. Jusqu'à ce que l'accordeur entame une version endiablée de la *Passacaille* de Haendel. Le moment était venu pour elle de quitter sa chaise et de prendre dans son sac à main quelques billets neufs retirés la veille à la banque.

Elle avait hâte d'être demain.

De jouer pour l'enfant qui le lui avait demandé.

Pourvu qu'il ne pleuve pas.

Par-dessus son sweat-shirt, il avait enfilé un anorak bleu foncé trop court. Ses poignets maigres dépassaient des manches. Cela ne semblait pas l'incommoder. Il avait récupéré un ballon crevé et s'évertuait à le remplir de terre pour lui rendre sa forme ronde, grattant sa tête paresseusement. Les deux autres enfants se chamaillaient pour avoir la balançoire. Estimant que c'était le moment adéquat, Mme Préau reposa la paire de jumelles sur la table et descendit au salon. Elle tira les rideaux, ouvrit la fenêtre, s'assit au piano, et entama une série d'exercices de Charles-Louis Hanon qu'elle connaissait par cœur. Elle poursuivit avec une étude de Czerny et, sentant qu'elle n'irait pas beaucoup plus loin, elle se lança dans un exercice d'improvisation, une suite d'accords à la main gauche sur lesquels la main droite cherchait une mélodie. Lorsqu'une mobylette passa dans la rue, couvrant le son du piano d'un bourdonnement strident, Mme Préau cessa de jouer. Ses articulations étaient douloureuses et son dos la faisait souffrir. Elle massa ses doigts puis sa nuque avant de se relever. Alors elle tendit l'oreille. De l'autre côté de la rue, les cris de

Kévin répondaient aux provocations de sa sœur. Le piano s'entendait-il seulement depuis le jardin d'en face ? La vieille femme s'approcha de la fenêtre et scruta le feuillage des thuyas derrière le muret de béton ajouré. Rien ne bougea sous le bouleau pleureur. Elle resta ainsi plusieurs minutes avant de remonter dans sa chambre se munir de la paire de jumelles. Accroupi, le garçonnet continuait de remplir le ballon crevé de terre et de se gratter la tête.

Qu'espérait-elle ? Que l'enfant déploie une banderole portant l'inscription *merci pour la musique* ? Qu'il applaudisse à la fin du concert ? Mme Préau n'en savait trop rien. Mais l'absence de modification dans le comportement de l'enfant l'affecta au point qu'elle oublia de dîner et se coucha vers 19 heures, sans se laver. Au milieu de la nuit, elle fut réveillée par le passage du train de marchandises de 2 h 45 puis par des bruissements provenant du grenier. Ne réussissant pas à se rendormir, elle descendit à la cuisine grignoter des biscuits et boire un verre de lait chaud. Elle remonta à la salle de bains y faire un brin de toilette, hydrata longuement ses mains aux articulations chantantes, écouta les miaulements pathétiques d'un chat provenant de la remise du jardin – y avait-il une idiote de chatte pour regretter le matou borgne ? – puis elle se recoucha.

Ce n'est qu'au matin, en ouvrant les volets du salon, qu'elle le vit.

Le ballon crevé rempli par l'enfant avait atterri dans ses plates-bandes.

Le dîner du jeudi soir s'était transformé en déjeuner du lundi chez Yakitoro Express, un restaurant japonais. Martin aurait pu l'inviter dans un grec, cela n'aurait fait aucune différence. Mme Préau était pressée d'en finir. L'endroit était bruyant, la carte poisseuse et la nourriture à coup sûr sans saveur. Mais Martin y avait ses habitudes. On leur apporta d'office deux kirs trop sucrés et des chips de crevettes que le toubib croqua négligemment.

— C'est pratique pour moi ici parce que je suis à deux pas du cabinet. Ça nous laisse une petite heure pour papoter. C'est déjà bien, non ?

— Si tu le dis.

Mme Préau déploya une serviette en papier si fine qu'elle faillit s'envoler.

— Et alors ? On mange quoi ici ?

— Du poisson cru ou des brochettes.

— Du poisson cru. Tu as confiance ?

— Je viens ici presque tous les jours. Je ne me suis encore jamais retrouvé aux urgences.

— Oui. Eh bien moi, je préfère m'abstenir. Tu as des nouvelles de ton père ?

Martin scruta le visage de sa mère. Les traits étaient tirés, la peau terne et relâchée.

— Qu'est-ce que tu as maman ?
— Quoi, qu'est-ce que j'ai ?
— D'habitude, c'est au dessert que tu me poses la question.
— Oui ? Eh bien, aujourd'hui, j'ai eu envie de changer.
— Tu dors bien ?
— Mais oui. Enfin, j'ai un problème de souris.
— Des souris ? Où ça ?
— Dans le grenier. Mais rassure-toi, ce problème est en passe d'être réglé.

Martin avala d'un trait son apéritif. Il reposa la flûte à champagne contre celle de sa mère.

— Tu ne bois pas ton kir ?
— Sans façon. Figure-toi que je me suis remise au piano...

La serveuse venue prendre la commande interrompit Mme Préau.

— Excusez-moi, vous avez choisi ?

Cette dernière la dévisagea.

— J'ai l'impression qu'on se connaît... Votre père ne serait pas accordeur de piano, par hasard ?

La jeune femme montra un certain embarras. Elle saisissait mal le sens du mot *accordeur*. Martin s'étouffa à moitié avec une chips.

— Ma mère plaisante.
— Je trouve que vous lui ressemblez beaucoup, poursuivit Mme Préau.

La serveuse acquiesça d'un rire gracile, croyant à un compliment. Satisfaite, la vieille dame chaussa ses lunettes puis se pencha sur la carte.

— Tu me recommandes quoi pour l'intoxication alimentaire express ? Le menu M1 ou le menu B13 ?

Mme Préau fit le choix de brochettes sur les conseils de son fils. Elle lui raconta ce qu'elle avait appris récemment sur Charcot et Daudet dans deux biographies empruntées à la bibliothèque, regretta que Michel Onfray puisse publier des imbécillités comme *L'Esthétique du pôle Nord* ou *L'Art de jouir* parmi des ouvrages philosophiques pertinents, elle pesta contre les élagueurs qui n'avaient de cesse de sonner chez elle pour proposer leurs services à toute heure du jour et passa rapidement sur sa visite de l'école Blaise Pascal.

— Tu es retourné là-bas ? s'étonna Martin. On t'a laissée entrer ?

— Pourquoi pas ? Je ne suis pas une terroriste, que je sache.

— Ce n'est pas ce que je veux dire. On ne rentre plus comme ça dans un établissement scolaire. Il faut être parent d'élève ou avoir une raison officielle de s'y rendre.

Mme Préau ne releva pas. Elle passa à un autre sujet de conversation. Isabelle.

— Je ne suis pas certaine de vouloir la garder.

Martin lâcha ses baguettes.

— Ça ne va pas recommencer, maman. Tu ne vas pas nous refaire le coup de la femme de ménage qui fouille dans tes affaires et vole tes bijoux. Isabelle est parfaite. Elle s'occupe de la maison depuis des années. Quand tu n'étais pas là…

— Quand le chat n'est pas là, les souris dansent.

Martin foudroya sa mère du regard.

— Que les choses soient claires : si tu vires Isabelle, tu vires aussi !

— Pardon ?

— Tu m'as très bien entendu.

Il ajouta, se penchant vers elle et détachant chaque mot :

— Je t'expédie en maison de retraite.

Mme Préau reposa prudemment ses baguettes sur le set de table plastifié. La réapparition de son ex-belle-fille dans la vie de son fils se faisait sentir : voilà que Martin tenait un discours nourri de sentiments hostiles à son égard. Ne jamais sous-estimer le pouvoir de son ennemi. Elle comprit qu'il était un peu tôt pour se débarrasser de la femme de ménage. Elle remettrait ça à plus tard. Pour l'instant, il y avait une affaire importante à régler. Se renseigner sur la famille Desmoulins. Tirer au clair cette histoire d'enfant qui n'existe pas : savoir pourquoi il n'est pas scolarisé et pour quelle raison sa petite sœur nie son existence tout en lui donnant une place dans son dessin.

— Tu vois toujours le Dr Mamnoue le mercredi ? demanda Martin.

— Évidemment.

— Comment ça se passe ?

Mme Préau se redressa, prenant cet air circonspect de directrice d'école.

— Eh bien, nous abordons pas mal de sujets. L'état lamentable des services publics sur le département, par exemple. La suppression de la taxe professionnelle a représenté une perte de plus de 300 millions d'euros d'impôts pour la Seine-Saint-Denis. Et, pour l'instant, toujours pas de dotation compensatoire de l'État. Je suis très inquiète pour l'avenir des contribuables du secteur. Bref. Tu peux l'appeler si tu veux.

— Je l'appellerai. Tu prends bien tes médicaments pour dormir ?

— Oui oui, ne t'inquiète pas. Tout va bien. Et ma tension est bonne. À moins de manger trop de cette nourriture pervertie au glutamate, je ne risque pas la syncope.

Malgré son âge, Martin avait encore besoin d'être rassuré.

Mme Préau fit en sorte qu'il le soit.

Elle posa la main sur son bras gauche et lui sourit tendrement.

Elle ne parla ni de Bastien, ni du ballon crevé dans le jardin.

Mme Préau agita une main depuis le perron en direction de son fils après qu'il l'eut déposée chez elle. La vieille dame n'ouvrit pas la porte. Elle redescendit les marches de l'escalier et ferma le portillon derrière elle. Un instant plus tard, elle prenait place dans l'autobus qui dessert la ligne 229. Mme Préau en descendit à quelques pas du 4 bis, rue Alsace-Lorraine. Elle fut aussitôt reçue par Mme Polin, l'assistante sociale de permanence, une femme d'une cinquantaine d'années à la peau encore dorée par le soleil de ses congés ; un cas supposé de maltraitance était prioritaire.

Aux murs du bureau où elles prirent place, des affichettes à destination d'un public en difficulté donnaient le ton de l'entretien : il se traitait ici des affaires sordides. Sur l'une des affiches était dessiné un bébé assis dans une chaise haute. Son regard épouvanté faisait écho au slogan inscrit sous sa chaise : « Le seul témoin de ce que vit une femme battue est souvent un enfant de deux ans ». Sida, hépatite B, analphabétisme, pédophilie, violences faites aux femmes, Mme Préau recevait ces images comme des claques, bien piètre devant tant de maux. Penchée sur son sac à main, assise sur une chaise dont le dossier en Skaï gris se creusait en son milieu, elle sentait le sang battre vite dans ses veines.

— Pouvez-vous nous en dire plus sur cet enfant ?

Nom et adresse des parents, âge approximatif et état général du garçonnet. Mme Polin nota scrupuleusement les éléments donnés par son interlocutrice sur un large bloc-notes. Sa main droite glissait nerveusement sur la feuille. Un pendentif assorti à une paire de boucles d'oreilles cerise oscillait au gré de ses mouvements.

— Vous dites qu'il n'est pas scolarisé ?

— Il semble que non. Ses frère et sœur sont actuellement à l'école maternelle Blaise Pascal. Les parents habitent le quartier depuis deux ans, l'enfant a forcément effectué sa dernière année de maternelle dans le même établissement. Or la directrice de l'école m'a assuré que Laurie et Kévin étaient les seuls enfants Desmoulins à avoir été inscrits.

— Vous avez parlé à la directrice ?

— Très brièvement.

— Cela ne veut pas dire qu'il n'était pas scolarisé : il était peut-être encore inscrit dans son ancienne école. Il faudrait connaître leur adresse précédente et faire une vérification. Avez-vous été témoin d'éventuelles maltraitances envers cet enfant ?

Mme Préau bougea sur son siège. L'entretien la mettait mal à l'aise.

— Je ne l'ai jamais vraiment vu de près.
— Vous voulez dire que vous ne l'avez pas rencontré ?

Mme Préau croisa les genoux.

— Non. Mais je le regarde depuis des mois jouer dans le jardin chaque dimanche, et de ma fenêtre la vue est dégagée.

Mme Polin tiqua.

— De votre fenêtre ?

Mme Préau tira sur le pan de sa jupe noire avec le sentiment d'être soudain passée dans le mauvais camp.

— De ma fenêtre, oui. Écoutez, je sais qu'une vieille dame qui espionne ses voisins derrière ses rideaux cela fait... Bon. Mais je ne serais pas venue vous déranger si... La vie d'un enfant est menacée, vous comprenez ?

L'assistante sociale frotta machinalement le haut de son stylo avec le pouce.

— Madame, puis-je me permettre de vous demander votre âge ?

— J'utilise des jumelles, répondit faiblement Mme Préau.

— Je n'ai pas bien entendu.

La vieille dame toussota.

— J'utilise des jumelles de théâtre. Et je vous souhaite d'avoir une aussi bonne vue que la mienne à soixante-dix ans passés.

Mme Polin rajusta ses lunettes rectangulaires grenat.

— Je crois que c'est plutôt mal parti.
— Pardon ?
— Je parle de ma correction, dit-elle en tapo-

tant sa monture avec un stylo avant de relire ses notes. Nous avons donc pour l'instant un premier témoignage basé sur l'observation d'un enfant d'environ sept ans habitant à une trentaine de mètres de votre domicile, enfant qui ne sort jamais de chez lui et qui ne serait pas non plus scolarisé. Bon. Pas d'autres témoins ? Des membres de votre famille, des voisins ?

Mme Préau secoua la tête.

— J'habite seule. Et la partie du jardin où se tient l'enfant n'est visible d'aucune autre habitation car il y a ce bouleau pleureur que la petite sœur a représenté sur un dessin à l'école et sous lequel on devine la silhouette d'un enfant.

— Je vois. Je vais communiquer ces éléments à la CRIP. Mais il me faudrait savoir si vous souhaitez que votre nom apparaisse au dossier ou si votre témoignage est anonyme.

— Qu'est-ce que c'est, la CRIP ?

— Cellule de recueil des informations préoccupantes. C'est un service qui dépend de l'ASE... Aide sociale à l'enfance, basée à Neuilly-sur-Marne.

Mme Préau refusa de communiquer son nom et son adresse, précisant qu'elle ne souhaitait pas que les voisins sachent qu'elle était à l'origine de ce signalement.

— Je ne les connais pas et je me méfie des réactions des gens, vous savez.

— C'est compréhensible.

— Combien de jours faut-il compter avant que la cellule dont vous avez parlé prenne en compte ce signalement ?

— Cela devrait aller assez vite, mais ne comptez pas avoir de nos nouvelles d'ici un mois si tout va bien.

Mme Préau se redressa.

— Un mois ? Mais c'est épouvantablement long ! Et si cet enfant est en souffrance ?

— Nous n'avons pas d'autre choix que de suivre la procédure. Nous allons devoir convoquer les parents avec leur livret de famille, et s'ils ne répondent pas à la convocation, cela peut même prendre plus de temps.

L'assistante se leva, fin de l'entretien. Elle raccompagna Mme Préau jusqu'au hall d'accueil et lui tendit une main froide.

— Eh bien, je vous remercie Mme Préau d'être venue nous signaler le cas de cet enfant.

— Est-ce que je pourrais vous appeler pour savoir si les choses progressent ? osa-t-elle.

— Bien sûr. Mais pas avant quinze jours.

Mme Préau quitta le centre social avec un sentiment de malaise. Elle préféra marcher plutôt que de reprendre l'autobus. Elle rejoignit son domicile aux environs de 16 heures. La pluie s'était mise à tomber et le jardin exhalait un parfum d'humus. Elle fit tomber deux fois sa clé avant de la glisser dans la serrure. Elle retira ses chaussures, mit de l'eau à chauffer pour le thé puis se ravisa. Épuisée, elle monta dans sa chambre et s'endormit avec ses chaussons sans avoir pris la peine de tirer les doubles rideaux.

Le 29 septembre 2009

*À l'attention de Madame Roselyne Bachelot,
ministre de la Santé et des Sports*

Madame la ministre,

Permettez-moi de réagir suite aux scandales qui éclaboussent aujourd'hui l'Église. Je suis brisée trois fois. Brisée par la honte de penser que des prêtres aient abusé d'enfants dont ils avaient la responsabilité comme j'eus moi-même en charge, au titre de directrice d'une école maternelle, le sort de milliers d'élèves. Je suis brisée par la tristesse pour les victimes dont la jeunesse a été gâchée. Je suis brisée en tant qu'enseignante retraitée, car être enseignant, c'est se dévouer à l'éducation et à l'avenir de nos enfants.

À un moment, le silence devient intenable, les gens parlent. L'institution Église y est confrontée actuellement mais elle ne sera pas la seule. J'attire votre attention, Madame la ministre, sur le fait que ces derniers jours ont été arrêtés un professeur de gymnastique ainsi qu'un général de l'armée. La pédophilie ne frappe pas que l'Église et les hommes célibataires. C'est souvent un phénomène familial, une perversion dont on ne guérit pas.

On parle beaucoup du célibat des prêtres. Ce célibat est souvent vécu comme une amputation. Non seulement pour l'aspect sexuel, mais aussi pour l'aspect affectif. Imaginez ces hommes qui jamais ne serrent quelqu'un dans leurs bras, qui jamais ne vont dans les bras de quelqu'un, à part leur proche famille. C'est très difficile à vivre, croyez-moi. Étant moi-même divorcée depuis 1975 et ayant fait le choix de ne pas me remarier afin de me consacrer à mon fils et à mon métier, j'en sais quelque chose. Je pense à tous ces hommes et ces femmes qui souffrent de solitude et de manque affectif, et je me dis qu'il ne faut pas s'étonner si certains plongent dans la dépression, l'alcoolisme ou la perversité. Combien de prêtres quittent leur paroisse pour se reposer alors qu'en réalité ils vont en maison de repos traiter leur état dépressif chronique ? À force d'entendre le malheur, on finit par être submergé. Personnellement, je médite une heure par jour.

Il me semble que la prise en compte des manques affectifs dont souffre une grande partie de la population française est déterminante dans l'avenir de notre société qui tente de médicaliser un problème relationnel. Je pense que si l'on multipliait les journées dédiées à l'entraide, à la solidarité et aux échanges, on pourrait amener à terme une réduction du déficit de la Sécurité sociale. Ce serait cela, la vraie sécurité sociale : rassurer ceux que l'on oublie, leur redonner une place parmi les autres, les aider avant qu'ils ne soient en détresse.

J'espère que vous entendrez ce message délivré par une modeste retraitée qui n'attend plus grand-

chose de la vie sinon de venir en aide encore quelque temps à son prochain.
Veuillez croire, Madame la ministre de la Santé et des Sports, en l'expression de mes salutations les plus respectueuses.

Elsa Préau

Au cours de la semaine qui s'écoula, la vieille dame vit avec épouvante se dresser derrière le pavillon de la famille Desmoulins une grue. La résidence rue des Petits Rentiers étant achevée, les travaux se poursuivaient avec la construction d'un foyer de réinsertion sociale face à la gare. Pas de répit pour les riverains : camions-bennes et tracto-pelles défonceraient un peu plus chaque jour le goudron, creusant des nids-de-poule à chaque intersection de la rue des Lilas.

De sa chambre, Mme Préau avait une vue parfaite de la cabine du grutier, juchée à une cinquantaine de mètres. Dommage que celui-ci ne travaillât pas le dimanche. À cette hauteur, l'enfant aux cailloux se trouverait forcément dans son champ de vision. Mais la présence de cette grue allait l'obliger à garder les volets des premier et deuxième étages fermés. Il était hors de question de se laisser espionner d'une si grossière façon.

Et il ne fut presque question que de cela chez le kiné : la construction du futur foyer de réinsertion. Les habitants du quartier s'inquiétaient de cette population potentiellement à risque. On parlait de repris de justice, d'anciens drogués ou d'alcooliques.

— À votre place, je prendrais au moins deux gardes du corps, plaisanta M. Apeldoorn.

Le kiné de Mme Préau avait toujours le mot pour rire et soulageait bien ses cervicales. Sa patiente rétorqua qu'elle gardait près d'elle le marteau de son père en cas de coup dur, et ça l'avait amusé, M. Apeldoorn, l'expression *en cas de coup dur*. Depuis quelques semaines, il bombait le torse : son pèse-personne lui donnait de bonnes nouvelles.

— Ça, c'est le régime Sarkozy ! Pas de pain, pas de pâte, ni de farine. On évite tout ce qui fait des miettes. Mais on a droit au chocolat et aux fraises Tagada !

Il avait aussi évoqué un régime alimentaire basé sur la lactofermentation, ce qui avait fort intéressé sa patiente.

La séance du mercredi après-midi chez le Dr Mamnoue fut dédiée au téléphone de sa patiente. Mme Préau recevait en effet d'étranges appels téléphoniques depuis la rentrée scolaire. La sonnerie retentissait automatiquement à 9 h 20 et 17 h 10 deux à trois fois par semaine. Elle décrochait alors et entendait la voix d'une femme inconnue lui demander de bien vouloir patienter *avant d'être mise en relation avec votre correspondant*. Puis, inlassablement, deux minutes plus tard, la communication était interrompue. Ces appels incommodaient Mme Préau : le message automatique qui lui était délivré ne lui laissait aucune possibilité d'intervenir et entraînait chez elle frustration et colère.

— Avez-vous pensé à mettre votre numéro sur

liste rouge ? demanda le Dr Mamnoue, examinant les manches de sa chemise l'une après l'autre à la recherche d'une trace d'usure ou d'une tache d'encre.

— Vous pensez bien que je suis déjà sur liste rouge, Claude.

— Peut-être avez-vous répondu récemment à un questionnaire concernant je ne sais quelle charte de qualité pour l'environnement où l'on vous demandait si vous aviez l'intention de changer vos fenêtres pour faire des économies d'énergie.

Mme Préau ouvrit grand les yeux.

— J'ai reçu un courrier d'EDF auquel j'ai répondu, en effet. Cela concernant l'isolation de mon logement et la pose de doubles vitrages.

— Ah ! Ils sont très marketing : cela ne m'étonnerait guère, chère Elsa. C'est certainement l'un des fameux *partenaires d'EDF Bleu Ciel* qui vous harcèle pour vous proposer de nouvelles fenêtres – service qui vaudra à EDF une petite commission, cela va sans dire.

— Alors, ça va continuer ?

— Sans aucun doute.

— Je vais devoir changer de numéro. C'est très embêtant.

Le Dr Mamnoue se cala dans son fauteuil et passa à l'examen de ses boutons de manchettes.

— Laissez passer un peu de temps. Il est probable que les appels se tarissent ou que leur système d'appel automatique finisse par vous mettre en relation avec un vendeur avant la déconnexion. Ces systèmes de démarchage par téléphone sont loin d'être au point.

À l'issue de l'entretien, une solution provisoire avait été trouvée : décrocher le combiné à 9 h 20 et 17 h 10. Mme Préau régla le prix de la séance durant laquelle elle s'était bien gardée de mentionner sa visite auprès de l'assistante sociale Mme Polin.

Vendredi, elle n'oublia pas d'ajouter sur la liste des commissions un paquet de Carambar. Elle en aurait besoin pour tenter une expérience dont elle avait eu l'idée jeudi lorsqu'elle était venue rendre et emprunter quelques ouvrages à la bibliothèque municipale : sur le présentoir du rayon jeunesse, un livre *à toucher* tout neuf attendait les petites mains qui allaient l'ouvrir et se régaler de l'histoire de *Hänsel et Gretel*.

Lorsque Mlle Briche visita Mme Préau samedi matin, elle lui trouva une tension élevée. Celle-ci expliqua à l'infirmière qu'elle était plongée dans un ouvrage passionnant signé par un universitaire et consacré à la rumeur, et qu'elle avait prolongé sa lecture bien au-delà du raisonnable la veille au soir. En conséquence de quoi, elle avait doublé sa dose de café matinale. Ni l'une ni l'autre ne crut à ce mensonge.

Attendre des nouvelles de l'assistante sociale et guetter l'apparition éventuelle de l'enfant dans le jardin mettait à mal ses nerfs.

En contactant les services sociaux, elle avait fait le choix de l'intranquillité.

Mais quel qu'en soit le prix, Mme Préau était prête à le payer si cela pouvait sauver l'enfant qui ressemblait à Bastien.

Chaque jour de la semaine, elle s'était évertuée à travailler son doigté. Durant presque dix ans, Mme Préau avait vécu entourée de personnes âgées et de palmiers avec pour seules activités : promenade, lecture et préparation de ses repas – jamais elle ne dînait au réfectoire avec les autres pensionnaires. Le piano demi-queue installé dans la salle commune de la résidence lui avait permis d'entretenir sa pratique de l'instrument et d'échapper à bien des pipelettes à dentier. Le public averti, lové dans des fauteuils club en velours, espérait toujours qu'elle entame les refrains de chansons à faire valser les cœurs, vieux succès de Piaf ou d'Yves Montand. Au mépris de son entourage, Mme Préau ne jurait que par Satie. Elle connaissait sur le bout des doigts son répertoire : *Pièces froides*, *préludes flasques*, *Enfantillages pittoresques*, *Rêveries nocturnes*, *Gnossiennes* – ô magnétiques ouvrages –, et de ses six pièces (période 1906-1913), *Effronterie* était sa favorite. En revanche, les *Gymnopédies* la barbaient. C'était pourtant les seuls morceaux appréciés des autres pensionnaires. Des internats d'établissements privés où l'on s'était épuisé à faire d'elle une bonne chrétienne, elle avait retenu le sens du sacrifice. La pianiste en servait donc au public une louche, bon an, mal an, comme on sert un potage dont la saveur ne nous surprend plus.

Tout à l'heure, elle allait jouer pour l'enfant aux cailloux. Et aussi pour Bastien, cela allait de soi. La concertiste avait fait le choix de trois *peccadilles d'infortune*. Elle les jugeait appropriées à l'ambiance de ce jardin, terreau de cris et de chamaillerie. Cela donnerait dans l'ordre : *Être jaloux de son camarade qui a une grosse tête*, puis *Lui manger sa tartine*, et enfin *Profiter qu'il a des cors aux pieds pour lui prendre son cerceau*.

Pour l'instant, il lui fallait s'occuper des Carambar.

Bastien ne parvenait pas à prononcer correctement le mot *Carambar* lorsqu'il était petit : dans sa bouche, le caramel se transformait en *Carabas*, suggérant que la sucrerie venait du lointain royaume d'un marquis. Souriant à ce souvenir, Mme Préau enfila son manteau, noua une écharpe rose thé autour de son cou, troqua ses chaussons contre une paire de bottes et sortit dans la rue, les poches remplies du fameux caramel.

Personne sur les trottoirs. Mme Préau traversa la rue d'un pas vif. Elle s'adossa au haut muret en béton qui protégeait des regards le jardin de la famille Desmoulins, exactement à l'endroit où, de l'autre côté du rideau de thuyas, se tiendrait moins d'une heure plus tard le garçonnet. La vieille dame tira un mouchoir de sa poche. Tandis que d'une main elle fit mine de se moucher, elle glissa subrepticement de l'autre des Carambar dans les interstices du béton ajouré. Avec leur emballage jaune et rose vif, ils attireraient à n'en pas douter l'œil de l'enfant. Une dizaine retomba de l'autre côté au pied des arbustes. Deux caramels restèrent coincés dans les interstices. Mme Préau replia son mouchoir, puis rentra chez elle.

Plus tard, toujours affublée de l'écharpe et du manteau, elle jouerait Satie, cœur ouvert aux quatre vents et fenêtres battantes jusqu'à ce que les cris cessent dans le jardin voisin. Alors elle grimperait dans sa chambre, et reprenant en main les jumelles, elle chercherait la trace de papiers d'emballage à l'emplacement occupé précédemment par l'enfant.

Elle ne trouva rien.

Elle eut beau promener les jumelles partout dans le jardin, aucune trace de papiers de bonbons. Se pouvait-il que l'enfant n'ait pas découvert les Carambar ? Le garçonnet était pourtant là, accroupi près des thuyas, elle l'avait vu, habillé de son blouson trop court et d'un pantalon de jogging informe, les traits tirés et la peau terne. Imperturbable, il alignait des brindilles et des petits bâtons devant lui. Les bâtons étaient d'ailleurs toujours sur le sol, en bataille, à un mètre de la haie d'arbustes, étalés d'une étrange manière. Presque géométrique.

Mme Préau eut un frisson.

Quelque chose était dessiné sur le sol de gravier gris clair avec les brindilles.

Comme un Carambar géant.

Notes du dimanche 4 octobre

Difficile de dire si ce dessin sur le sol, si les cailloux tachés de sang et si le ballon rempli de terre sont le signe d'une tentative de communication de l'enfant.
Peut-être de simples jeux ou de passe-temps.
Possible, par exemple, que l'enfant aux cailloux n'ait pas toutes ses facultés mentales, ce qui expliquerait son attitude de prostration, l'absence de communication avec les autres et sa non-scolarisation.
Dans le même ordre d'idée : il se pourrait que l'enfant, souffrant de troubles mentaux, soit pris en charge la semaine par une institution et que ses parents ne le récupèrent que le week-end. Et comme il n'est pas rare que ce genre de pathologie mentale soit associé à des troubles du comportement tels que l'anorexie et entraîne des carences, le mauvais état général de l'enfant aux cailloux trouverait sa justification.

Augmenté la dose de Stilnox il y a une semaine et dors mieux (plus de six heures de sommeil par nuit). Mais le réveil est laborieux : j'ai la sensation de flotter toute la journée, ce qui rend mes moments de lecture plus difficiles. J'ai également remarqué comme une faiblesse musculaire et les trajets que je fais habituellement à pied sont plus fatigants. L'effet devrait s'estomper avec le temps.

Cette nuit, à 01 h 10, encore des bruits dans le grenier.
Problème de souris pas réglé.
Doubler la dose.

Notes du lundi 5 octobre

Découverte d'Isabelle ce matin sur le trottoir devant le portillon : deux emballages de Carambar roulés en boulettes.
Oublier la théorie de la veille.
<u>L'enfant est entré en communication avec moi.</u>

Joint cet après-midi Mme Polin pour lui raconter l'anecdote des Carambar. A promis de faire une note dans le dossier. M'apprend que le courrier de convocation des parents Desmoulins est parti en fin de semaine dernière. Vu le caractère d'urgence de l'affaire (maltraitance et déscolarisation), elle a fait en sorte d'accélérer les choses. Le rendez-vous est prévu mardi 13 octobre au centre social.

J'ai appelé Martin pour annuler le déjeuner (suis trop tendue). Mon fils cache difficilement sa joie. A dit qu'il passerait tout de même ce soir prendre ma tension. A eu un message de l'infirmière samedi qui l'a inquiété (connasse). Martin envisage de revoir mon traitement de fond.
J'avale un quart de Stilnox pour être bien détendue s'il vient comme prévu.

NE PAS OUBLIER :
Demander à Isabelle de ne plus faire le ménage au deuxième étage.
Attendre la nuit avant d'installer les pièges.
Chercher à la bibliothèque un ouvrage consacré à la lactofermentation.

— Tu ne t'es jamais demandé ce qu'aurait été ma vie si j'avais eu une maman normale ?

Mme Préau eut un sourire ironique.

— Qu'est-ce que c'est, d'abord, une maman *normale* ?

Martin actionnait la pompe du tensiomètre. Le brassard se resserra autour du bras gauche de sa mère.

— Une mère comme les autres.

— Ah bon. Banale, quoi.

— Non, une mère qui offre de vrais cadeaux à son fils par exemple.

— Là, je ne suis pas d'accord, Martin. Tu ne peux pas dire que je ne t'ai pas gâté.

Le brassard rapetissa brutalement. Martin le remit dans sa sacoche et en sortit un stéthoscope.

— Même l'année où papa est parti ?

Le contact du métal froid à la base de son cou donna le frisson à Mme Préau.

— Peut-être pas cette année-là. J'étais très malheureuse à cette époque tu sais, et je crois que je n'ai pas fait les choses comme il faut.

— Merci de me le dire. C'est rare que tu reconnaisses tes erreurs. Offrir pour Noël un bonnet et des moufles, c'était rudement salaud. Tu peux relever ton pull, s'il te plaît ?

— Oh ! Mais ta mère n'est pas parfaite, Martin, répondit Mme Préau en découvrant le haut de sa combinaison, et je n'ai jamais prétendu l'être. En revanche, je t'accorde que je suis différente des autres mamans, en tout cas de celles que j'ai pu croiser pendant toutes ces années à Blaise Pascal. Elles semblaient toutes sorties du même moule.

— Ça m'aurait bien plu, moi, une maman sortie d'un moule, qui ressemble aux autres mamans, et qui ne parle pas aux fantômes.

— Qu'est-ce que tu racontes ? Je n'ai jamais parlé aux fantômes. J'entends parfois des bruits.

— Mais si voyons, je t'ai surprise plusieurs fois à parler toute seule dans la maison, à chuchoter des trucs au lavabo...

— Mais non. Je réfléchis à voix haute. Quand on est seul comme moi à longueur de journée, on n'a personne à qui parler, alors, forcément, on se met à parler aux murs, à la rampe d'escalier...

Martin rangea à son tour le stéthoscope.

— Tu parles à la rampe d'escalier maintenant ? Je me demande bien ce que vous avez à vous raconter.

— Mais rien, je te dis. Tu le fais exprès ou quoi ? Je parle toute seule. Ce que tu peux être agaçant.

— Je te taquine. Tu peux te rhabiller...

Martin referma sa sacoche élimée. Il était rassuré d'avoir trouvé en arrivant sa mère calme et détendue. Contrairement à ce que l'infirmière lui avait laissé entendre, elle allait parfaitement bien.

— ... Mais tu avoueras tout de même que pour un fils, avoir une mère qui consacre son temps aux autres enfants, ça peut être déstabilisant.

— Ne mélange pas tout, s'il te plaît. Il est vrai que je me suis beaucoup donnée à mon travail. Mais si je ne m'abuse, ton père aussi. Et c'est d'ailleurs pour cette raison qu'il est parti.

— Tu lui as dit de partir.

— Oui, non, enfin, je lui ai demandé de choisir, ce n'est pas pareil. Bref. Tu ne veux pas boire quelque chose avant de rentrer ?

— Non, merci, je dois y aller, j'ai encore des visites à domicile.

Martin quitta le canapé moelleux. Mme Préau se leva à son tour, rajustant son pull sur sa jupe longue.

— Dis-moi, mon fils, le numéro de téléphone de la maison, il est bien sur liste rouge ?

— Oui, pourquoi ? Tu reçois des appels de démarcheurs ?

— C'est emmerdant mais j'ai trouvé une astuce. À ce propos, n'essaye jamais de me joindre autour de 9 h 20 et de 17 h 10. Je décroche le téléphone... Où vas-tu ?

Martin s'apprêtait à monter l'escalier.

— Dans ma chambre, pourquoi ?

Mme Préau saisit un châle en laine mauve au portemanteau dans l'entrée.

— Maintenant ? Mais le ménage n'est pas fait...

— Oh, je vais juste prendre deux ou trois bouquins, lança-t-il en grimpant les marches.

— C'est que je préférerais que tu n'y ailles pas aujourd'hui. C'est à cause des souris.

La voix de Martin résonna dans l'escalier depuis le palier du premier étage.

— Les souris ? On a des souris, tu es sûre ? s'étonna-t-il.

— Oui, Martin, je te l'ai déjà dit : je crois qu'elles se cachent dans le grenier. Alors je suis passée chez le droguiste...

— Bon Dieu, maman, qu'est-ce que c'est que ce bordel ?!

Un claquement sec puis un autre. Martin lâcha une salve de jurons.

— Y en a au moins une cinquantaine !

Mme Préau couvrit ses épaules avec le châle, résignée. Il était parvenu au palier du deuxième étage. Martin allait encore croire que sa mère perdait la tête. Elle n'avait pas été prudente.

Elle aurait dû attendre que son fils soit parti avant de poser toutes les tapettes.

Mardi, Mme Préau eut bien du mal à faire ses exercices d'assouplissement. Elle s'en excusa auprès de M. Apeldoorn. Elle expliqua l'origine de sa fatigue par ce brusque radoucissement qui mettait en liesse les virus, tourneboulait la végétation et perturbait le bon ordre des choses. Le bruit incessant des travaux du chantier voisin était aussi un facteur non négligeable.

— De quoi vous mettre les nerfs à vif.
— Je veux bien vous croire, madame Préau. Pliez, poussez !

Ce matin, la vieille dame avait contrôlé les tapettes à souris. Mais elle avait quelques doutes sur le matériel fourni par le droguiste pakistanais : aucun nuisible ne s'était laissé prendre. Pourtant, elle avait bien entendu gratter au-dessus de sa tête jusqu'à 5 heures du matin. Peut-être le gruyère qu'elle avait découpé en morceau puis réparti sur les pièges n'était-il pas à leur goût ? À moins que les souris n'empruntent un autre chemin que celui de l'escalier. Il faudrait qu'Isabelle cesse de faire le ménage quelques jours et l'on pourrait, à la façon du Petit Poucet, rechercher sur le sol leurs petites crottes et ainsi suivre le chemin jusqu'à leur cachette.

— Comment est-il possible que ma maison renferme autant d'animaux nuisibles alors que, dans le cabanon du jardin, au moins cinq chats dont une femelle pleine viennent quotidiennement vider les gamelles ? Je me demande si je ne ferais pas mieux d'attraper les chats d'abord, et ensuite de les lâcher dans le grenier.

— Vous savez ce qu'a dit Albert Schweitzer : *Il y a deux moyens d'oublier les tracas de la vie : la musique et les chats.*

— On dirait du Michel Tournier.

— Peut-être bien. J'ai entendu ça sur RTL chez Bouvard. Pliez, soulevez. À propos, ce régime de lactofermentation ?

— J'ai commencé mes bocaux de carottes, navets et courgettes. Vous me faites mal, monsieur Apeldoorn.

— On a décidé de faire sa chochotte aujourd'hui ? Vous avez tout bien tassé dans de la saumure ? Pliez !

Mardi matin, la femme de ménage avait été d'une humeur exécrable. Elle avait noué son tablier et enfilé ses chaussons en maugréant. Ça ne lui plaisait pas d'enjamber les pièges à souris pour passer le chiffon à poussière au deuxième étage.

— Mais laissez donc la poussière du deuxième et concentrez-vous sur celle des autres pièces, Isabelle.

— Ça n'est pas logique, madame Elsa.

— Logique ? Parce qu'il existe une logique du ménage à présent ?

Isabelle avait pris appui sur son balai et soupiré sec.

— Si je ne peux pas nettoyer au-dessus, ça va tomber partout depuis la cage d'escalier. La poussière, ça vole, madame Elsa.

Plus tard, le téléphone avait sonné. Il n'était ni 9 h 20, ni 17 h 10. Les appels automatiques commerciaux changeaient d'horaire et grésillaient fort. *Ne quittez pas, votre correspondant est en ligne, nous lui indiquons votre appel par un signal sonore.* Suivait une musique légère accompagnée d'un message publicitaire soulignant l'importante économie d'énergie engendrée par une maison bien isolée. Exaspérée, Mme Préau avait fini par débrancher le téléphone dans le salon et la chambre.

Mercredi, sortant de sa maison pour se rendre chez le Dr Mamnoue, la vieille dame remarqua des fientes sur le chemin pavé reliant le perron au portillon. Un couple de mésanges avait élu domicile dans le grand frêne. Elle crut à un signe prometteur, un encouragement à tenir bon jusqu'à dimanche. Ne pas avoir vu l'enfant aux cailloux depuis dix jours lui pesait. Jamais elle n'aurait imaginé que le temps puisse s'écouler avec autant de paresse et les heures se frotter les unes aux autres au mépris de son impatience. La nuit, Mme Préau avait recommencé à rêver. Ses songes étaient spectacle de cirque. Des souris y chevauchaient des chats borgnes, M. Apeldoorn se contorsionnait dans un bocal d'eau salée, le Dr Mamnoue déguisé en clown promenait autour de la piste un énorme panneau *sens interdit* tenant par la main une femme nue, son fils Martin pleurait devant une barbe à papa et, au milieu du chapiteau, Bastien jonglait avec des cailloux dans une flaque de sang.

— Vous ne voulez pas que nous parlions d'autre chose que de votre téléphone et de ce régime de lactofermentation ? soupira le Dr Mamnoue.

La question surprit Mme Préau.

— De quoi devrais-je vous parler, Claude ?

— De vos rêves, par exemple.
— Je vous l'ai dit : je ne rêve plus depuis que je prends des somnifères.
— Et l'enfant ?
— L'enfant ?
— L'enfant de vos voisins. Le voyez-vous toujours dans le jardin ?

Mme Préau appuya son dos contre le dossier du fauteuil où elle prenait place à chaque séance. Elle allait devoir lâcher du lest.

— Une enquête est en cours.
— Ah bon. C'est du sérieux, alors ? Vous avez pris contact avec les services sociaux ?
— Oui. Les parents sont convoqués.

Le Dr Mamnoue gratta sa tempe gauche.

— Ah ! Bien. Vous êtes sûre de vous ?
— Vous voulez dire : si je suis certaine que l'enfant est maltraité ? J'en suis certaine.

L'homme hocha la tête.

— Vous me tiendrez au courant ?
— Bien sûr. Ça marche aussi très bien avec les blettes et les radis.
— Les blettes ?
— La lactofermentation. Vous les mettez en saumure dans un bocal deux ou trois jours au réfrigérateur. Ça décuple le potentiel enzymatique des légumes.

Le Dr Mamnoue émit un gloussement.

— Après le gravier, vous mettez les légumes dans des bocaux. Heureusement qu'il n'en existe pas d'assez gros pour m'y enfermer.

Mme Préau sourit à son tour.

— Qui pourrait avoir l'idée saugrenue de vous faire mariner, Claude ?

Le 9 octobre 2009

*Aux bons soins de son éditeur,
à l'attention de Monsieur Pascal Froissart,
enseignant à Paris VIII et auteur.*

Monsieur,

Je viens d'achever la lecture de votre ouvrage consacré à la rumeur. Vous faites la distinction entre histoire et fantasme. Vous prétendez qu'Internet tient le rôle de mémoire et aussi celui de diffuseur, mais qu'il ne crée pas la rumeur. Je pense qu'Internet est la plus monstrueuse invention que l'homme ait jamais créée. On y trouve les pires fantasmes. C'est le plus grand véhicule de perversité. Aussi, il est hors de question qu'un ordinateur puisse se retrouver chez moi un jour. D'ailleurs, j'ai toujours refusé de prendre le Minitel.

Vous dites aussi qu'on ne sait pas comment éteindre la rumeur. Sociologiquement, plus on dément, plus on diffuse la rumeur, et plus on augmente le nombre de personnes qui vont encore douter. Certes. Je pense cependant que les rumeurs qui circulent actuellement sur notre Président sont soigneusement orchestrées et qu'elles n'ont qu'un seul but : nous donner de lui l'image d'un homme que l'on pourrait fragiliser. Croyez-moi, monsieur Froissart, et ceci n'est pas une rumeur mais une affirmation, cet homme est à l'opposé du chaos. Et il sait parfaitement jouer de cette impression de cafouillage. Sachez qu'un régime alimentaire porte même son nom, « le régime Sarkozy, le seul régime sans miettes » ! Ne croyez-vous pas que nous sommes ici en présence du maître absolu dans l'art de sécréter la rumeur ? Vous imaginez le potentiel sympathie qu'il obtient auprès des adeptes de ce régime miracle ? (Je parle du régime alimentaire, vous m'aurez compris.)

Au plaisir de vous lire,
Avec mes salutations respectueuses.

Mme Elsa Préau

Depuis samedi, une centaine d'exposants avaient investi les allées du parc Courbet pour y vendre et faire déguster vins, produits régionaux et artisanaux. La fête des Vendanges durait deux jours. Elle avait débuté hier vers 15 heures par un grand défilé dans les rues de la ville. Un chariot campagnard tracté par deux bœufs, un pinardier décoré de tonneaux et attelé de quatre bêtes, des rouleurs de barriques, un tombereau tiré par un cheval, un troupeau de chèvres et ses chiens, des danseurs de country et des confréries viticoles et gastronomiques venues de toute la France étaient partis du stade de l'Est, rue Jean Bouin, pour rejoindre le parc où une foule oisive attendait le char de la reine des vendanges accompagnée de sa dauphine. Tous les notables de la ville y seraient. Et peut-être même le conseil général.

La famille Desmoulins s'y était rendue samedi, tout endimanchée. Mme Préau l'avait vue quitter le pavillon avec nonchalance, les deux plus jeunes gamins remontant la rue des Lilas en courant. Laurie et Kévin avaient sans doute assisté aux démonstrations de pressage de raisin à l'ancienne, mangé une saucisse-frites à la buvette, profité des manèges et réclamé un tour de poney. Peut-être avaient-ils croisé Bastien et ses parents devant le podium des associations ?

Mme Préau ne goûterait pas la cuvée 2008 provenant de la vigne municipale sur le stand de la Confrérie du Clos des collines. Elle avait des maux de tête et une méfiance naturelle pour ce genre de manifestation populaire et tout ce qui commence et finit par des cotillons. L'enfant aux cailloux, lui, devait ignorer l'existence de telles réjouissances. Peut-être n'était-il jamais monté sur un manège ? Il aura droit à sa sortie dominicale dans le jardin, ni plus ni moins, et ses petites jambes n'iraient pas plus loin que le bouleau pleureur.

C'est à cet endroit que Mme Préau le trouva, comme les semaines précédentes. Ce sombre miracle la bouleversait. Ses cheveux venaient d'être coupés à ras et sans soin. Sa peau exhibée à certains endroits du crâne formait de singulières taches blanchâtres. Ses yeux cernés de mauve fixaient le feuillage des thuyas. Recroquevillé sur lui-même, le garçonnet se tenait immobile, la tête penchée sur le côté, négligeant de s'amuser avec la terre et les brindilles.

Une toux rauque secoua son corps menu.

L'enfant aux cailloux était malade et semblait rapetisser comme un fruit sec.

Mme Préau reposa les jumelles non sans remords ; ne plus regarder l'enfant revenait à lui retirer toute consistance, à l'abandonner à son sort. Mais pas une fois il n'avait levé le front en direction de la meulière. Mauvais signe. Il fallait faire vite : entrer en communication avec lui. La vieille dame descendit au salon, ouvrit les fenêtres et se mit au piano, son châle sur les épaules. Prélude, entracte et final de *Jack in the Box*. Elle n'éprouva aucune satisfaction à jouer, bien qu'elle accordât la conviction et l'énergie nécessaires à l'interprétation. Comment les fantaisies d'Erik Satie pouvaient-elles consoler un enfant dans une telle détresse ? Alors qu'elle laissait les doigts de sa main gauche trouver les premiers accords réconfortants d'une *Gnossienne*, on sonna au portillon. Mme Préau attendit que retentisse la sonnerie une seconde fois avant de se lever et de marcher, dos raide, jusqu'à la porte d'entrée. Lorsqu'elle apparut sur le perron, elle devait ressembler à un enfant s'apprêtant à être grondé pour avoir fait trop de bruit en jouant du tambour.

— Bonjour ! Pardon de déranger...

L'homme qui se tenait devant le portillon ajouta *je suis votre voisin* mais cela n'était pas nécessaire. Mme Préau avait reconnu la brosse dégarnie de cheveux blonds de M. Desmoulins. Rajustant son châle, elle descendit les quelques marches et vint à sa rencontre. L'homme sourit, avenant derrière les grilles.

— J'ai interrompu votre concert ! s'excusa-t-il.
— Ce n'est rien. Je viens vous ouvrir.

Mme Préau sortit de sa poche le trousseau de clés et déverrouilla le portillon avec méfiance. Elle avait insisté auprès de l'assistante sociale afin que son nom ne soit pas mentionné dans le dossier, mais on pouvait s'attendre à tout de la part d'une personne rémunérée par le conseil général. L'homme avait quelque chose de militaire en dépit de sa tenue décontractée. Large cou, menton carré, épaules dodues, il semblait bâti pour porter des sacs de ciment.

— C'est ma femme qui a insisté, dit-il. L'idée vient d'elle. Mais au fait, je ne me suis pas présenté...

Sa voix manquait de velours et nasillait. Il lui broya la main droite. Une légère odeur de friture émanait de ses vêtements.

— Desmoulins Philippe. Et ça, c'est notre petite Laurie.

La fillette se tenait cachée derrière les jambes de son père, s'accrochant au pantalon de jogging.

— Allez, t'as pas fini de faire ta timide ?

L'homme attrapa la gamine par un bras puis la poussa devant lui.

— Dis bonjour à la dame. C'est à cause de toi si on est là.

Laurie leva des yeux mauvais sur Mme Préau.

Et ce fut comme si la vieille dame venait de courir de la gare à la boulangerie.

Son cœur se mit à battre si fort que le sang lui monta à la figure.

C'était indéniable, Laurie *savait*.

Elle l'avait probablement aperçue à sa fenêtre un dimanche. Elle avait vu son frère jeter des cailloux dans son jardin, deviné leur petit jeu, et peut-être même trouvé un des Carambar derrière la haie de thuyas. L'avait-elle dit à ses parents ? Ces derniers auraient-ils fait le rapprochement avec la convocation adressée par l'assistante sociale ? Et si M. Desmoulins venait lui tirer les vers du nez avant de lui régler son compte ? *Si c'est cette vieille salope de voisine qui nous a vendus, on va la crever !*

L'homme leva les yeux jusqu'au toit, clignant des paupières. Ses cils blonds étaient presque transparents.

— Vous avez là une bien belle maison, madame. Elle est de quelle année ?

Mme Préau serra le trousseau de clés contre

sa poitrine. Elle n'avait pas pensé à cela. Elle n'avait pas imaginé se retrouver dans cette situation. Une douce lumière d'automne baignait la végétation du jardin, les feuillages prenaient des accents ambrés et les hortensias dardaient derechef leurs pétales chamarrés. C'était une journée parfaite pour mal finir. Résolue au pire, Mme Préau s'inclina vers l'enfant.

— 1908. Bonsoir Laurie.

Ils n'étaient pas venus pour l'enfant aux cailloux. Ils étaient là pour le piano. Mme Desmoulins avait entendu dire à la pharmacie située près de la poste qu'une dame habitant rue des Lilas donnait à une certaine époque des cours de solfège. Elle en avait déduit qu'il ne pouvait s'agir que de Mme Préau dont les petits concerts du dimanche après-midi étaient visiblement appréciés. Elle avait donc mandaté son mari pour demander si Laurie pouvait être une de ses élèves.

Mme Préau avait cru mourir. Elle reprit pied. Elle s'excusa pour son accueil un brin frisquet, justifiant son attitude par une défiance instinctive envers toute personne inconnue sonnant au portillon. Elle confirma bien connaître la pharmacie Pommier dont elle était une cliente occasionnelle – appréciant leur gamme étendue de bas et chaussettes de contention. Elle hésita avant d'inviter M. Desmoulins et sa fille à venir chez elle mais elle n'avait pas le choix : rentrer dans leur jeu était la seule option logique.

— Je souhaiterais évaluer les capacités de Laurie avant de vous communiquer ma réponse.

Tandis que la fillette perchée sur le tabouret jouait de ses index les premières notes de quelques comptines enfantines, Mme Préau servit à son père un café qu'il avala *sans sucre et rapido*. Ils parlèrent du quartier et des travaux, du non-raccordement des habitations de la rue au tout-à-l'égout, des problèmes engendrés par le stationnement alterné et de l'absence de doubles vitrages aux fenêtres de la maison de Mme Préau.

— Je peux vous avoir de bons prix, si ça vous intéresse. Je travaille chez Lapeyre. C'est moi qui fais la pose.

— Le hasard fait bien les choses, répondit la vieille dame avec sarcasme.

— Vous auriez moins de bruit et plus chaud l'hiver, c'est sûr.

— Cela se fera peut-être un jour. Encore un peu de café ?

Ils tombèrent d'accord sur un tarif concernant les leçons que Mme Préau donnerait chaque mercredi matin à Laurie et le paiement mensuel tous les premiers du mois. En partant, la fillette esquissa un sourire sans se départir de son air renfrogné. Durant les quinze minutes passées sur le tabouret, elle n'avait cessé de soupirer et de gigoter, grattouillant le haut d'une cuisse ou reniflant dans la manche de son chemisier. Elle n'avait assurément aucune envie d'apprendre le piano. La cause était perdue d'avance. Mais si Mme Préau manœuvrait habilement, Laurie pourrait consentir à lui livrer quelques horribles secrets de famille.

De cela, elle en était certaine.

Aucun enfant n'avait jamais résisté à ses pâtisseries.

Notes du mardi 13 octobre
(Jour de convocation des Desmoulins
au bureau d'aide sociale)

02 h 50 – Réveillée en pleine nuit par le bruit d'un cintre tombé sur le sol de ma chambre. Trouvé le cintre à trente centimètres du lit. Impossible d'expliquer comment il a pu arriver là alors qu'il était accroché à une patère fixée derrière la porte à presque deux mètres. De grandes difficultés à me rendormir avant l'aube. Toujours ce chuintement la nuit au-dessus de ma tête. Pas pris une seule souris.

Parlé à ma pharmacienne de mes soucis de santé. La sensation de flottement et la faiblesse musculaire ressenties depuis plusieurs semaines seraient liées au mélange Risperdal-Stilnox. Je ne veux pas arrêter les somnifères. Mes petites angoisses sont liées au manque de sommeil, pas à autre chose. Je décide d'arrêter le Risperdal dont je ne vois plus la nécessité à l'heure actuelle.

Enfin résolu le problème de la femme de ménage : elle a décidé d'elle-même de ne plus monter au deuxième étage. Elle dit que ça pue à cause des toilettes et des mauvaises odeurs qui remontent de la fausse septique et aussi parce que je garde fenêtres et volets fermés dans les étages.

Pas besoin d'ouvrir ma maison au grutier qui passe son temps à regarder dans mon jardin et à épier mes faits et gestes.

Embrassé avec émotion mon ABC du rythme et du solfège *retrouvé dans un carton de partitions au grenier. Recollé la couverture rouge avec du scotch.*

18 heures – Gâteau roulé au chocolat enfin terminé. Glaçage parfait. Penser à mieux humidifier le torchon la prochaine fois pour le démoulage.

À FAIRE :
Commencer à vider la chambre de Martin. Descendre ses livres et les ranger dans la bibliothèque du salon. Racheter un métronome.

Mme Préau s'était trompée. La fillette y mettait du cœur. Son désir d'apprendre le piano n'était pas feint. Sertie d'un élastique fuchsia, une queue-de-cheval balançait d'une épaule à l'autre. Ses paumes frappaient la mesure avec un léger contretemps. Bien que fluette, la voix sonnait juste. Assise à la gauche de son professeur, la blondinette suivait sur la portée la note découpée dans du carton que Mme Préau déplaçait doucement d'une ligne à l'autre, substituant le *fa* au *sol*. Régulièrement, elle tapotait le dos de la fillette pour qu'elle se redresse, freinait le balancement nerveux des petits pieds avant qu'ils ne cognent le piano.

— Oui, Laurie. Bravo. Tu connais déjà tes notes.

Mme Préau reprenait ses marques. Elle n'avait pas eu d'élève depuis bien des années. Pour l'occasion, elle avait mis un chemisier à rayures blanches et violettes, une jupe droite en cachemire et des bottillons vernis. Chaque été, à l'époque où Bastien était encore bébé, elle organisait chez elle un récital auquel élèves et parents étaient conviés. On poussait allègrement les meubles, dépliait les chaises de jardin.

Habillés comme un dimanche, les mains moites de trac, les concertistes jouaient leur œuvre favorite, puis une collation était servie dans le jardin sous les pruniers chargés de fruits. Mme Préau servait le jus d'orange, la limonade et les gâteaux confectionnés la veille pour ses élèves, parfumés à la vanille, au citron ou farcis de morceaux de chocolat noir. Chacun repartait avec un sachet de bonbons, une partition roulée contre le cœur.

— Bon. Assez travaillé. Tu as faim ?

10 heures était l'heure idéale pour tendre un piège à une petite fille. Mme Préau la conduisit dans la cuisine et l'assit devant une belle tranche de gâteau roulé au chocolat.

— Régale-toi, Laurie.

La première cuillère fut aussitôt suivie d'une deuxième.

— Tu as soif ?

Hochement de tête affirmatif. Tandis que Mme Préau préparait une grenadine à la fillette, celle-ci leva la tête de son assiette.

— Maman, elle fait jamais de gâteau.
— Ah ? C'est dommage.
— Oui.
— Tu aimes ? Ça te plaît ?
— Oui.
— Si tu veux, tu peux en emporter un morceau pour ton frère Kévin.
— Peut-être.
— Et aussi un pour ton ami imaginaire.

Laurie saisit des deux mains le verre qu'avait rempli son professeur.

— J'ai pas d'ami imaginaire.
Debout contre la table, Mme Préau reposa la cruche d'eau en toussotant.
— Vraiment ? J'étais certaine que tu en avais un.
— Mais non, ajouta la fillette dans un sourire chocolat, je suis plus un bébé ! C'est les petits qui ont des amis imaginaires.
— Alors c'est ton frère.
— Quoi ?
— C'est ton frère Kévin qui a un ami imaginaire.
— Il a pas d'ami imaginaire, Kévin. Il a juste un doudou qui sent pas bon.
Mme Préau prit place à côté de l'enfant. Quelque chose en Laurie la touchait. Son côté revêche et direct révélait une personnalité intéressante. Comme on met une soupape à une cocotte-minute, elle devait user de son autorité sur le petit frère – ce dernier tenant le rôle d'exutoire – et occulter ainsi le drame du frère aîné. Ses rêves devaient valoir les cauchemars de Mme Préau.
— Une petite histoire ?
Croisant les jambes sous sa jupe, l'ancienne institutrice entama son récit : celui d'une vieille dame dont les parents étaient depuis longtemps montés au ciel et qui était malheureuse comme tout de n'avoir ni enfant, ni mari, ni frère, ni sœur.
— Elle n'avait personne avec qui partager ses peines et ses joies. Alors elle s'était inventé un ami imaginaire, fabriqué avec du sel, de l'eau et

de la mie de pain, et sur lequel elle pouvait toujours compter, un peu comme un époux ou un grand frère.

— Les grands frères, c'est pas bien, lâcha Laurie.

— Pourquoi ?

— Ça rend tout le monde malheureux.

— Ah bon ? Quelle drôle d'idée. Pourquoi ?

Les petits pieds s'agitaient sous la chaise. La fillette essuya soigneusement sa bouche.

— Parce que c'est méchant.

— Méchant ? C'est comment quand on est méchant ?

Laurie attrapa sa queue-de-cheval pour l'entortiller autour de ses doigts.

— Bah, c'est quand on met papa tout le temps en colère. Je voudrais rentrer à la maison, maintenant.

L'enfant était visiblement mal à l'aise. Mme Préau débarrassa son assiette.

— Bien sûr, Laurie. Je te raccompagne.

Mme Préau aida la fillette à enfiler un horrible manteau rose vif puis jeta un châle par-dessus ses épaules. Parvenue au portillon, l'enfant remarqua les fientes sur le sol, leva les yeux vers le frêne à la recherche de quelque chose ressemblant à un nid et s'étonna que les oiseaux fassent autant caca. Elle ajouta :

— Il est beau votre jardin.

— Merci Laurie, mais tu sais, c'est beaucoup de travail.

— Nous, il est pas beau le jardin. Y a pas de fleurs.

— Si Laurie, il y a toi.

La petite fille eut l'air d'apprécier la métaphore : pour traverser la rue, elle tendit la main à Mme Préau. C'était un peu collant et tiède. Une sensation qui rappelait à la vieille dame ses petites promenades main dans la main avec Bastien les mercredis et samedis après-midi. Elle eut envie de resserrer ses doigts autour de ceux de la fillette mais se retint.

— Laurie, je vais te dire un secret : il y a longtemps, j'ai été maîtresse dans ton école.

— C'est vrai ?

— C'est vrai. Et j'en ai vu des élèves, crois-moi.

Des petits et des grands frères. Des gentils, et aussi des moins gentils. Mais jamais de méchants.

— Moi j'en connais plein à l'école des méchants.

Elles se tenaient maintenant devant le muret de béton ajouré, là où Mme Préau avait glissé des Carambar. Laurie passa ses doigts exactement là où des caramels étaient restés coincés dix jours plus tôt.

— Une fois, y avait des bonbons ici, dit-elle.

Mme Préau tressaillit : se pouvait-il que ce soit Laurie qui ait mangé les Carambar destinés à son frère ? Quelle horreur. Un grincement se fit entendre. Mme Desmoulins se tenait devant le portillon de sa maison, affichant un sourire glacial. Plutôt maigre, les cheveux réunis par un turban dégageant un front plat, elle portait un pantalon et serrait les pans d'un gilet sur un col roulé bleu ciel assorti à ses yeux. Laurie lâcha la main de son professeur pour se faufiler derrière sa mère et s'accrocher à ses jambes. Celle-ci recula d'un pas.

— Bonjour, ç'a été avec ma fille ? demanda-t-elle, inquiète.

— Oui, très bien.

— Tant mieux ! dit-elle, s'apprêtant déjà à refermer la porte.

— Laurie possède une vraie sensibilité musicale.

— Oh ! Bien ! Ça alors...

Mme Préau brûlait d'envie de savoir si les Desmoulins s'étaient rendus hier à la convocation de l'assistante sociale. Elle ne put s'empêcher de jeter un œil vers le pavillon. Là, derrière une porte, sous un escalier ou bien dans un placard, se tenait l'enfant aux cailloux, avec la consigne de ne surtout pas faire de bruit. Derrière le pavillon, la grue du chantier se dressait, impérieuse. Avec ce vacarme, il était peu probable qu'on entende appeler au secours. L'échafaudage dépassait maintenant la toiture des Desmoulins.

— Sacré chantier, dit Mme Préau.
— Oh! C'est infernal, sourit Mme Desmoulins. Heureusement qu'on a mis du double vitrage à toutes les fenêtres.

Double vitrage. Encore. Brusquement, dans l'entrebâillement, le sourire glacial de la voisine tourna à la grimace. Mme Préau frissonna : elle aussi, elle l'avait perçu, entre deux coups de marteau.

— Vous avez entendu ? dit-elle.
— Entendu quoi ?
— On aurait dit les pleurs d'un enfant.
— Ah bon ?
— Oui, comme une plainte étouffée.
— Désolée, non…

Laurie osa un regard vers son professeur de piano depuis les jambes de sa maman. Elle avait repris cet air renfrogné, presque hostile. La présence de Mme Préau n'était pas prévue au-delà du portillon.

— Ah. Ça doit venir du chantier, alors, dit la vieille dame.
— Oui, je pense. Je m'excuse, j'ai… je suis en plein ménage… Merci beaucoup pour Laurie. Au revoir, madame.

— Bonne journée.

En traversant la rue pour rentrer chez elle, Mme Préau eut soudain très froid. Une forte brise s'était levée et les branches du frêne fouettaient l'air.

Cette nuit-là, une tempête traversa la Seine-Saint-Denis. Des panneaux publicitaires furent emportés par le vent au bord des rocades d'autoroutes, le nid des mésanges tomba de l'arbre et Martin dut se rendre en urgence au chevet de sa mère.

Le diagnostic ne laissait guère de doute. Mme Préau présentait tous les symptômes d'une grippe A. Martin administra du paracétamol à sa mère pour faire baisser la fièvre. Il décida de passer la nuit à ses côtés, assis dans la bergère, conversant avec Audrette par textos interposés.

Mme Préau refusait tout vaccin depuis des années. Bien que son fils partageât ses doutes envers la vaccination systématique – celle-ci faisait d'abord le bonheur de certains laboratoires pharmaceutiques –, il regrettait que cette année, avec la menace du virus H1 N1, sa mère n'ait pas fléchi sur ce point. Il craignait d'en payer bientôt le prix fort.

Douleurs articulaires et musculaires, maux de tête, Mme Préau fut vite trop faible pour se lever et avaler autre chose que du bouillon de légumes. Martin lui rendait visite plusieurs fois par jour, faisant l'aller-retour entre ses déplacements à domicile. Il redoutait la survenue d'une toux et de maux de gorge, signes d'une aggravation, ce qui l'obligerait à recourir aux antiviraux.

— Je ne veux pas aller à l'hôpital, Martin, murmurait Mme Préau à l'oreille de son fils chaque fois qu'il se penchait sur elle pour redresser son oreiller.

— Je sais maman, je sais.

— Tu sais qu'ils vont me tuer, à l'hôpital. Ils ont des consignes. Ils ont fait mourir ton grand-père, Martin. Ils l'ont gazé, comme ma mère.

— Calme-toi. Personne ne va mourir. Et tu n'iras nulle part pour l'instant.

La nuit, au plus fort de la fièvre, Mme Préau parlait dans son sommeil, réveillant son fils. Les phrases dépourvues de sens étaient ponctuées d'exclamations. *Laissez-moi tranquille* et *ah non, merde alors* revenaient constamment. Martin se rendormait bon an, mal an dans la bergère. Dormir assis était mauvais pour son dos. Mais veiller sur la santé de sa mère était son devoir. Son fardeau, ses tourments, il entendait les partager, quel qu'en soit le sacrifice.

Vendredi matin, Martin hésita. La fièvre ne tombait pas et Mme Préau rapetissait sous les draps brûlants. Si d'ici quelques heures l'état de la malade ne s'améliorait pas, l'hospitalisation s'imposerait. La femme de ménage relaya le Dr Préau de 9 heures à midi, puis ce fut au tour de l'infirmière Mlle Briche de rester au chevet de la malade durant quatre heures. Elle contrôla fièvre et pouls tout en remplissant son magazine de mots fléchés sans omettre de réhydrater la vieille dame.

Vers 19 heures, Martin trouva sa mère assise dans son lit, son châle sur les épaules et un livre de Virginia Woolf sur les genoux. Elle lui adressa un sourire.

— Tu as mangé ? s'étonna Martin, découvrant sur la table de nuit les restes d'une collation faite de biscottes, fromage et pomme.

— J'avais faim, oui. Alors, tu les as entendues ?

Martin pris place sur le lit à côté de sa mère.

— De quoi tu parles ?

— Eh bien, des souris. Tu dors ici dans la bergère depuis trois jours, non ? Tu les as forcément entendues.

Le médecin sortit le matériel médical nécessaire à l'auscultation.

— Je ne sais pas, je n'y ai pas prêté attention. La fièvre est tombée, on dirait…

Martin retira la main du front de sa mère.

— Qui t'a préparé à manger ?

— C'est moi, pourquoi ?

— Tu t'es levée ?

— Oui. Tu l'as dit toi-même, la fièvre est tombée.

Martin soupira.

— Maman, tu es encore très faible. Ce matin, j'étais à deux doigts de te conduire à l'hôpital. Tu ne dois te lever que si quelqu'un est à tes côtés pour t'aider. Pourrais-tu te tourner vers la fenêtre ? Je voudrais écouter tes poumons.

La vieille dame obéit, courbant le dos.

— Mais je vais très bien, mon fils. Je n'irais pas courir le marathon ni monter sur une échelle pour élaguer les pruniers. Mais me rendre aux toilettes ou descendre l'escalier jusqu'à la cuisine, c'est tout à fait dans mes cordes. Donc, tu dis que les souris se sont tenues tranquilles depuis mercredi ?

— Maman, on peut parler sérieusement ? Tu es très malade. Même si tu as l'impression d'aller mieux...
— Je vais mieux.
Martin déplaçait le pavillon du stéthoscope à divers points du dos de la patiente, écoutant le murmure de sa respiration.
— Il est possible que tu aies contracté une forme bénigne de la grippe. Mais une rechute est probable. Quoi qu'il en soit, tu es contagieuse, donc, consignée à la maison.
— Mais, et les courses, qui va les faire ? Et je dois rendre mes livres à la bibliothèque !
— Tu feras une liste des produits à acheter pour Isabelle.
— Tu sais bien qu'Isabelle ne sait lire que le portugais.
— Alors j'irai faire tes courses, voilà.
— C'est gentil Martin, mais personne ne peut faire *mes courses*. Je n'achète que certains produits, surtout du bio.
— Tu me fais une liste.
— Écoute, je crois que j'ai assez de provisions pour tenir encore quelques jours.
— Respire profondément s'il te plaît.
Mme Préau s'exécuta. Une gêne respiratoire déclencha une petite toux. Son fils soupira.
— Maman, je veux que tu limites tes déplacements dans la maison quand tu es seule. Je vais demander à Isabelle de venir préparer tes repas pendant quelques jours. À propos, j'ai rebranché ton téléphone.
— Tu ne crois pas que tu en fais un peu trop ?

Martin leva la main pour réclamer le silence. Il écoutait à présent les battements cardiaques de Mme Préau. Puis il croisa les bras, ses épaules s'affaissèrent.

— Ce matin, j'ai fait hospitaliser une petite fille au bord de l'épuisement. Elle étouffait à cause de sécrétions trop abondantes. Ses poumons sont gravement infectés, elle souffre beaucoup. La gamine est sous traitement. Je pense qu'elle va s'en sortir, mais son système respiratoire en gardera des séquelles.

Ne trouvant rien à redire, Mme Préau glissa le livre sous son oreiller puis rajusta son châle, laissant Martin prendre sa tension.

— Tu as remarqué cette drôle d'odeur dans ta maison ?

— Une odeur ?

— Oui, ça sent les égouts... Tu entretiens la fosse septique avec des sachets d'Éparcyl ? Isabelle m'a dit que tu gardes tout le temps les volets fermés au premier et au deuxième étage. Il faut laisser entrer le soleil et aérer ta maison, maman, sinon tu vas encore tomber malade.

Tandis que le brassard gonflait autour de son bras maigre, Mme Préau pria pour que l'enfant aux cailloux n'ait pas la grippe A et que, si tel était le cas, il ait lui aussi la chance d'atterrir aux urgences si jamais sa maladie s'aggravait. Elle se demanda si les parents Desmoulins s'étaient bien présentés au centre social mardi dernier, puis, inopinément, elle toussa si fort qu'elle en eut mal au crâne.

Notes du samedi 17 octobre

Est-ce qu'ils le frappent ? Est-ce seulement le père ? La mère fait-elle semblant de ne pas savoir ? Comment des parents peuvent-ils infliger pareil supplice à un si jeune être humain, chair de leur chair ? Comment peut-on vivre à côté de cela ? Quelle faute a-t-il commise ?

La toux ne se calme pas.
J'ignore combien de temps va durer ma quarantaine.
Martin avait raison à propos de la rechute.
Et aussi pour l'odeur.
Ma maison sent mauvais.
En dépit du traitement de la fosse septique.
Trouver une solution qui ne m'oblige pas à ouvrir les fenêtres la journée.

Notes du dimanche 18 octobre

L'enfant aux cailloux est apparu dans le jardin plus tardivement que les autres fois. Son état de santé ne s'améliore pas. Sa marche est laborieuse.

Martin est en colère après moi. Je jouais du piano fenêtres ouvertes lorsqu'il est arrivé. M'a demandé si je voulais mourir. Je lui ai répondu que je jouais du piano pour Bastien et qu'il entendrait mieux si j'ouvrais les fenêtres. Ma réponse a eu son effet : il s'est aussitôt radouci et m'a parlé tendrement.
Martin croit que je perds les pédales.
Il m'a demandé si je prenais bien mon traitement de fond.
Il ferait mieux de se méfier d'Audrette.
Je suis une femme misérable dans un monde de misère mais je ne suis pas folle.

Tenté de joindre Mme Polin à plusieurs reprises, sans résultat. Cette attente est intolérable. L'enfant aux cailloux m'obsède. La nuit, je l'entends respirer derrière les rideaux, ses gémissements me parviennent depuis la cage d'escalier et parfois, dans la cuisine, je trouve Bastien avec son petit tablier de pâtissier, les joues et les mains couvertes de *farine. Il me chuchote : « Joue pour moi, mamie Elsa, joue pour moi. »*

Boire les tisanes conseillées par le Dr Mamnoue et continuer le Stilnox.

Point positif : problème de mauvaises odeurs résolu grâce à de simples bouchons renforcés par des morceaux de serviettes-éponges usagées.

Au cours de la nuit de dimanche à lundi, Mme Préau ne desserra pas les dents. La dose de somnifère absorbée la veille accompagnée d'un verre de liqueur de pomme verte déclencha un cataclysme. Elle nota scrupuleusement les bruits inquiétants de la maison, craquements, murmures et autres sifflements, cassa trois fois la mine de son crayon, et descendit à deux reprises boire du lait dans la cuisine où Bastien l'attendait, silencieux, assis sur un tabouret. Elle s'affala sur son lit vers 5 heures du matin, épuisée par la toux. À 8 h 30, les cliquetis des marteaux-piqueurs reprenaient sur le chantier. Mme Préau descendit se faire chauffer une tasse de café. Bastien n'était plus dans la cuisine. Le téléphone sonna à 9 heures.

— Mme Polin à l'appareil. Pourriez-vous passer me voir dans la matinée ? Ce dont je voudrais vous parler ne peut se dire par téléphone.

L'urgence du rendez-vous et la nervosité de Mme Polin étaient inquiétantes. Qu'avait-elle découvert ? Une heure plus tard, la vieille dame se trouvait dans le bureau de l'assistante sociale, le cœur battant. Mme Préau avait fait l'impasse sur sa toilette matinale, enfilant à la hâte jupe longue et pull à col roulé. Les pieds bien au chaud dans des bottines fourrées, un béret en tricot de laine mauve recouvrant ses cheveux gris, elle avait pris l'autobus en dépit des consignes de Martin. Le sort de l'enfant aux cailloux valait bien une épidémie de grippe A dans la ville.

Mme Polin n'était pas seule dans son bureau aux réjouissantes affichettes. Une collègue permanentée se tenait debout à ses côtés, bras croisés sur un tailleur vert amande.

— Mme Plaisance, qui est psychologue au centre social, et moi-même tenions à vous informer comme convenu des suites de la convocation de la famille Desmoulins...

Les parents s'étaient effectivement présentés le jour fixé au centre social, munis de leur livret de famille.

— Le problème, c'est qu'ils n'ont pas de troisième enfant.

Le livret l'attestait. La nouvelle tomba comme un flan sur le carrelage. Mme Préau cligna des paupières. L'unité centrale d'un ordinateur bourdonnait sous le bureau, faisant vibrer le sol.

— Il doit certainement y avoir une erreur. Il s'agit peut-être d'un enfant d'un précédent mariage ? Dans ce cas, il est normal qu'il ne figure pas sur ce livret.

— J'ai cherché dans ce sens, et c'est la raison pour laquelle je n'ai pas répondu à vos appels tout de suite. Mais aucun des deux époux n'est divorcé. Il n'y a pas d'autre enfant né du père ou de la mère.

Mme Préau se ratatina sur son siège, victime d'une quinte de toux. Elle extirpa un mouchoir de son sac à main en s'excusant. L'assistante sociale croisa les doigts sur le dossier posé devant elle.

— Ce que nous voudrions comprendre, Mme Plaisance et moi-même, c'est la raison qui vous a poussée à nous contacter.

Mme Préau se redressa. Elle comprit tout de suite où l'assistante sociale voulait en venir.

— Nous ne saisissons pas bien le pourquoi de votre démarche.

— Je suis simplement venue signaler un cas de maltraitance. Quel est le problème ?

— Mais Mme Préau, comment voulez-vous qu'il y ait maltraitance d'un enfant qui n'a pas d'existence juridique ?

— Mais il existe, je vous l'assure ! Je l'ai vu comme je vous vois, pas plus tard que dimanche dernier ! Et je peux vous certifier que son état de santé s'est fortement dégradé en quelques semaines.

Les deux femmes échangèrent un regard. La psychologue posa les mains de chaque côté du bureau et se pencha avec un sourire glacé. La vieille dame était sur ses gardes.

— Mme Préau, je crois savoir que vous vivez seule.

— Oui, c'est le cas.

— Pardonnez-moi de vous poser cette question, mais est-ce que la solitude vous pèse ?

— J'y suis habituée. Ce n'est pas un problème pour moi.

— Mais ne pas avoir de famille, des enfants et

des petits-enfants à embrasser et qui jouent dans votre jardin, cela doit vous attrister, non ?

— Je vois très bien ce que vous insinuez. Et la réponse est non.

L'assistante sociale prit le relais :

— Ce genre de démarche n'est pas anodin, Mme Préau. En faisant un signalement concernant cette famille, vous avez touché à la vie privée de M. et Mme Desmoulins et cela peut leur valoir des ennuis.

— En voulez-vous d'une quelconque manière à vos voisins ? renchérit la psychologue.

— Mais pas du tout. Je ne connais même pas ces gens-là !

— Vraiment ? Pourtant, ils nous ont dit que vous alliez donner des cours de piano à leur fille.

C'était donc cela.

Comme les dents d'un piège se refermant sur elle.

— Comment savez-vous cela ? Vous leur avez parlé de moi ?

— Bien sûr que non. Nous les avons seulement questionnés sur les relations qu'ils entretiennent avec le voisinage.

Mme Préau n'en croyait pas un mot.

Elles étaient de mèche avec les Desmoulins !

Le grondement de l'ordinateur se fit plus menaçant.

À quoi s'attendait-elle ? Le service social dépend du conseil général. Tout ceci n'était que la suite logique des choses.

Mme Préau se sentit pâlir. Elle étouffait dans cette pièce trop sombre, aux images agressives et violentes, face à ces deux harpies. Les yeux bleu acier de la psychologue lui rappelaient une enseignante du pensionnat où son père l'avait scolarisée jadis contre son gré. Une sacrée peau de vache, avec une voix de velours et des mollets de coq.

— Écoutez, je maintiens ce que je vous ai dit. Il y a un enfant très mal en point dans le jardin de mes voisins. Et si vous ne voulez pas me croire, eh bien, j'irai à la police faire une déclaration de main courante.

— Nous voulons bien vous croire Mme Préau, reprit la psychologue à frisettes, mais sans preuve, c'est très difficile. Il faudrait démontrer que l'enfant existe bel et bien.

Mme Préau se leva et reboutonna son manteau nerveusement. Elle avait hâte de prendre congé.

— Vous n'avez qu'à venir chez moi dimanche prochain, mesdames, je vous ferai une bonne tasse de thé et vous prêterai mes jumelles. C'est dingue la foule de petits détails que l'on voit avec ces jumelles. On voit bien plus loin qu'un livret de famille et le bout de son nez, ajouta-t-elle avant de quitter la pièce sans refermer la porte.

Comme la fois précédente, Mme Préau préféra marcher plutôt que de reprendre l'autobus. Ses mains tremblaient. Elle prit par la rue Parmentier avec la tentation de s'arrêter au commissariat de police mais se ravisa. La vieille dame avait un début de migraine. Mieux valait être rétablie et d'attaque avant de se jeter dans la gueule du loup. Cette bataille-là serait délicate à mener. Eu égard aux antécédents de Mme Préau.

Martin reçut un appel de sa mère en fin de matinée. Elle lui demanda s'il n'existait pas un sirop plus efficace contre la toux que l'Helicidine et s'il pouvait lui procurer un appareil photo facile d'emploi. Martin la questionna sur la raison qui la poussait à se mettre à la photographie à plus de soixante-dix ans. Elle parla de son désir de photographier le présent pour garder une trace de la vérité plutôt que de vivre dans le passé, ce que Martin traduit par un formidable élan positif et un pas vers la guérison.

— Bon, tu vois, quelque chose de simple à manipuler, mais qui puisse prendre des photos nettes jusqu'à une trentaine de mètres.

Martin promit de s'en occuper dans la semaine. Il ajouta :

— Prends bien soin de toi, et surtout, plus de piano aux quatre vents. Si la fièvre ne remonte pas, tu pourras sortir vendredi faire tes commissions.

Mme Préau raccrocha en soupirant. Elle avait un fils adorable. Dommage qu'il partageât sa vie avec un démon.

Après avoir vérifié toutes les ouvertures de la maison depuis la fenêtre de sa chambre à travers les volets ajourés, la vieille dame passa l'après-midi à guetter le moindre mouvement dans le jardin de ses voisins. Mme Desmoulins sortit deux fois. Vêtue d'un gilet en laine polaire bleu ciel et d'un jean blanc, elle collait un téléphone portable contre son oreille droite et faisait les cent pas sur la terrasse. Elle quitta le pavillon à 16 h 20. Vingt minutes plus tard, Mme Desmoulins était de retour avec Laurie et Kévin. Tous les trois rentrèrent aussitôt dans la maison. Les volets des quatre fenêtres furent fermés à 18 h 30, plongeant le pavillon dans l'obscurité. Cependant, grâce aux briques de verre aménagées au-dessus de la porte-fenêtre de ce qui devait être le salon ou la salle à manger, Mme Préau pouvait savoir si la lumière était éteinte ou allumée à l'intérieur. Vers 19 heures, la Kangoo rouge métallisé conduite par M. Desmoulins entra dans le garage. La vieille dame en profita pour relâcher sa surveillance. Elle réchauffa une soupe bio en brique au poireau et à la pomme de terre, mangea deux tranches de pain décongelé passées au grill accompagnées d'un morceau de comté et finit son repas de quelques grains de raisin muscat devant le journal de France 3. Un sujet sur la virologie informatique et plus particulièrement les puces électroniques implantées sur les chiens et les chats retint son attention. Elle se promit de chercher un ouvrage spécialisé dans ce domaine à la bibliothèque lorsqu'elle irait mieux. Si la puce d'un chat pouvait « craquer » le code informatique d'un ordinateur par la seule présence de l'animal dans la pièce, des millions de personnes étaient peut-être sous surveillance à leur insu et leur vie privée violée en continu. Pourvu que les chiens soient interdits dans les centrales nucléaires. Quoi qu'il en soit, dorénavant, mieux valait se méfier des chats errants dans le jardin.

À 21 h 30, elle fit sa toilette. Puis elle enfila sa chemise de nuit, boutonna son manteau de laine par-dessus, se coiffa de son béret et monta dans sa chambre plongée dans le noir. Elle attrapa les jumelles et reprit son poste à la fenêtre ouverte, dissimulée derrière les volets. M. Desmoulins sortit un quart d'heure plus tard pour fumer. Il tenait comme d'habitude son téléphone portable en main et semblait très absorbé par sa contemplation, jouant sans doute à un de ces jeux de société dont Martin lui avait fait la démonstration ; à son cabinet, le fils de Mme Préau se payait parfois une partie de backgammon sur son Nokia. Mais rien n'était moins sûr. Peut-être s'agissait-il d'un de ces nouveaux outils de surveillance qui permettent de voir et d'entendre à distance. M. Desmoulins n'était-il pas en train de scanner la maison de Mme Préau, en toute quiétude ?

La porte s'ouvrit puis Mme Desmoulins apparut vêtue de son pantalon blanc. Elle vint à la rencontre de son mari et tous deux échangèrent quelques mots. D'où elle était, fenêtre ouverte, dans le calme de la nuit, Mme Préau n'entendait qu'un vague murmure porté par la brise. Le père et la mère semblaient complices, échangeant à voix basse. M. Desmoulins glissa même une main sous le pull de son épouse. Elle les entendit glousser. Mme Préau paria qu'elle était à l'origine de ces moqueries. Les Desmoulins devaient être contents du tour qu'ils lui avaient joué avec la complicité des deux salopes du centre social. Bientôt, un faible cri d'enfant jaillit du pavillon. Aussitôt la mère se détacha de son mari, affichant un fort mécontentement, et rentra chez elle, refermant la porte sur l'écho d'un nouveau cri.

Mme Préau inspira profondément et reposa les jumelles sur le guéridon.

Cela pouvait aussi bien être Kévin.

Ou Laurie.

Les deux salopes du centre social avaient raison. En dehors du dessin de la fillette et des apparitions dominicales de l'enfant aux cailloux dont elle était le seul témoin, rien ne pouvait laisser supposer que quelque chose ne tournait pas rond dans cette famille.

La lumière brillait encore chez les voisins après minuit. Mme Préau n'attendit pas qu'ils éteignent pour se coucher. Comme elle ne trouvait toujours pas le sommeil à l'heure où passe le train de marchandises, perturbée par sa toux, elle avala un verre de liqueur de pomme verte, une grosse cuillerée de sirop contre la toux, un Stilnox et ferma les yeux.

Elle passa la nuit tétanisée sous les couvertures de son lit, retenant sa toux, assoiffée, trempée de sueur, persuadée que M. Desmoulins escaladait le mur de sa maison puis tentait d'ouvrir les volets métalliques de sa fenêtre, provoquant d'horribles grincements.

Le 21 octobre 2009

*À l'attention de Monsieur l'adjoint au maire
délégué à l'Environnement.*

Monsieur l'adjoint au maire,

J'ai lu avec grande satisfaction dans le magazine municipal le dossier consacré aux espaces verts de la ville. Et je me réjouis d'habiter une commune pouvant s'enorgueillir d'afficher quatre fleurs à son panneau « Ville fleurie ».

J'apprécie le fait que vous vous exprimiez dans cet article en termes de « patrimoine paysager et végétal » *et de* « développement durable ». *Les produits chimiques sont proscrits de vos plantations, et les jardiniers de la ville travaillent avec des engrais organiques – je suis moi-même une adepte du compost naturel depuis plus de trente ans. Quant aux chiffres, ils sont éloquents : 40 hectares d'espaces verts, 9 000 arbres, 15 kilomètres de haies, 372 jardinières, 250 000 bulbes de tulipes, jonquilles, narcisses et jacinthes, on croirait lire le dépliant promotionnel d'une jardinerie.*

Je ne peux que vous encourager dans le développement de l'arboretum du Bois de l'étoile, ce véritable musée d'arbres comme il semble l'être et que je n'ai pas encore eu le loisir de visiter.

Mais permettez-moi de m'interroger sur les contrastes de notre belle ville : à quoi sert-il d'enjoliver les abords d'une gare avec des jardinières généreusement garnies alors qu'à quelques mètres les autobus stationnent moteurs allumés le long du trottoir où les usagers n'ont même pas un abribus pour se protéger des intempéries et respirent des gaz polluants ? Et que dire de cet épouvantable vieux pont noirci de crasse qui enjambe la rue principale de la ville, à l'origine de nuisances sonores terribles pour les passants et le voisinage ? Aucune de vos délicates balconnières ne tiendrait plus d'une journée accrochée aux barrières de sécurité contre laquelle un cycliste s'est d'ailleurs fait écraser par un camion voilà quelque temps si ma mémoire est bonne.

Marcher sous ce pont est ma hantise. Les trottoirs sont ridicules, on a le sentiment que les véhicules nous frôlent. Le fracas d'un TGV passant au-dessus de ma tête me terrorise. Et je ne suis pas la seule. Nombreux sont les bébés et les enfants à sursauter dans leur poussette. Je la surnomme « la bouche du diable » *!*

Ce pont est une verrue sur notre belle ville. Peut-être la circulation est-elle à revoir dans ce secteur ? Peut-être pourrait-il être envisagé de percer sur les côtés des passages réservés aux piétons afin de les préserver des voitures et de la pollution ?

Je sais que vous êtes un homme sensible et généreux, cela se voit à votre figure tellement sympathique. Voilà pourquoi je me suis permise de vous écrire cette lettre, car vous avez sans doute du poids auprès du maire pour faire entendre votre voix : celle de la préservation d'un environnement agréable pour tous, d'un espace urbain écologiquement correct.

Avec mes sentiments respectueux et mes vifs encouragements.

Mme Elsa Préau,
retraitée

Le caddie à roulettes en tissu écossais vert grelottait sur le goudron du parking. Mme Préau rajusta l'écharpe sous son menton. C'est d'un pas effarouché qu'elle entra dans l'Intermarché. Celui-ci n'avait rien de folichon. Les caissières déprimaient depuis que leurs tailleurs d'hôtesses de caisse avaient été changés en blouses anthracite moins flatteuses. Les rayons de fruits et légumes bio se réduisaient à la portion congrue, les prix affichés correspondaient quelquefois à ceux payés à la caisse et certains surgelés présentaient une fine couche de givre sur leur emballage (signe d'une décongélation antérieure). Il était conseillé d'éviter le rayon boucherie à la coupe où certains morceaux de viande prenaient le lundi un arrière-goût de produit nettoyant. Mais Mme Préau y avait ses habitudes et possédait sa carte de fidélité. Elle appréciait cet échange bref mais chaleureux avec les employés qu'elle commençait à reconnaître et qu'il lui arrivait de temps à autre de croiser dans la rue. Que la gamme des produits ainsi que leur emplacement ne varient pas d'un iota lui convenait à merveille. On n'était pas tenté par la nouveauté et le porte-monnaie ne s'en portait pas plus mal. Elle regrettait seulement l'accès difficile aux oignons rouges (placés dans un présentoir à ras du sol) et aux biscottes complètes bio disposées en haut du rayonnage de produits diététiques. Fort heureusement, il se trouvait toujours un charmant monsieur pour tendre le bras à sa place.

Dix jours s'étaient écoulés depuis que Martin avait contraint sa mère au confinement. Le rituel des courses la remettait en piste : dopée à la gelée royale, au ginseng et au magnésium, Mme Préau poussait son chariot à roulettes avec cet air résolu propre aux futurs médaillés du championnat du monde de natation. En dépit d'une pâleur de convalescente et d'un œil un peu brillant, elle avait retrouvé de sa prestance, petite femme au menton volontaire et au dos étonnamment droit pour son âge. Sous son manteau de laine, le cou serti d'une écharpe grise, elle déposait au fond de son chariot paquet de farine, beurre, chocolat, lait et œufs d'un geste gracieux, comme une danseuse en arabesque. S'il n'y avait ce léger sursaut des paupières, ces contractions sporadiques de sa bouche, rien ne pouvait donner à penser qu'elle se préparait à livrer bataille envers et contre tous, faisant fi de la désinvolture des services sociaux de son pays. Rien ne laissait deviner que les chuchotements d'un enfant accompagnaient chacun de ses pas.

Sauve-moi, mamie Elsa, sauve-moi.

Avant de se présenter au commissariat de police, Mme Préau se rendit chez son coiffeur, un salon sans prétention de la rue Jean-Jaurès, à deux pas de son pharmacien. Elle tenait à faire bonne impression. Sous le néon violet, quatre lavabos, quatre miroirs et deux casques chauffants dédiés aux permanentes rendaient plus étroit encore le modeste commerce. Mais Jessica la patronne avait peint les murs de la même teinte que le néon, ce qui plaisait à la vieille dame. Mme Préau avait eu jadis des cheveux noir corbeau lisses et soyeux dont les reflets bleus ou roux s'accordaient à son humeur. En 1981, elle s'était décidée pour une coupe au carré avec frange courte et nuque dégagée. « On dirait Jeanne d'Arc », s'était alors moqué son fils, Bastien comparant plus tard la coiffure de sa mamie à celle de ses bonshommes Playmobil. Au fil du temps, les cheveux s'étaient endurcis, virant couleur muraille. Un traitement spécial cheveux gris allait raviver tout cela et, en deux coups de ciseaux, la coiffeuse remonterait sa frange de quatre bons centimètres.

— Vous vous rendez compte ? « Parti chercher des cigarettes » qu'il a dit à la police. Mais le temps que la voisine téléphone au commissariat, il s'est bien écoulé deux heures. Et ils ont mis quarante-cinq minutes à le retrouver ! Si c'est pas malheureux. Laisser un bébé de quinze mois tout seul à la maison... On devrait les obliger à passer un permis, à ces pères-là. Si t'as pas ton *permis de parent*, t'as pas le droit de faire des gosses ! Penchez bien la tête, Mme Préau. Ça va la température de l'eau ?

Se faire laver les cheveux par Catherine, sa coiffeuse favorite, était bien agréable. Catherine avait des gestes doux et parlait peu aux clientes, sauf lorsqu'elle était en rogne. Son idée de *permis de parent* plaisait beaucoup à Mme Préau. Il faudrait qu'elle songe à écrire une nouvelle lettre dans ce sens au Premier ministre, monsieur François Fillon. Mais, la nuque en appui sur le rebord du bac, les cervicales enduraient le supplice et la cliente pria Catherine de ne pas s'attarder en appliquant un soin. Le crâne emmailloté dans une serviette telle une starlette d'Hollywood sortant de son bain, elle prit place dans un fauteuil côté baie vitrée, assistant au défilé des passants sur la rue battue par la pluie.

J'ai froid, mamie Elsa.

Le garçonnet lui parlait de plus en plus souvent. Il communiquait avec elle surtout dans la cuisine où Mme Préau entendait régulièrement des petits coups frappés de l'intérieur des placards. Cela avait sans doute une signification, à

moins qu'il ne s'agisse d'une dilatation du bois.
Il était là, chez Evan's coiffure, tout contre elle, déposant d'invisibles baisers sur ses joues.

— Un peu de lecture pour patienter ?

Mme Préau saisit la revue qu'on lui tendait, chaussa ses lunettes et entama la lecture de *Voici*. Elle en était à la rubrique « Classe/Pas classe » lorsqu'un sifflement aigu à son oreille gauche la fit lever le nez. Retirant ses lunettes, Mme Préau regarda autour d'elle, cherchant ce qui aurait pu provoquer un tel bruit. Se penchant sur le côté, elle observa la femme assise de dos à quelques mètres. La patronne lui coupait les cheveux.

Mme Préau reconnut le visage qui se reflétait dans le miroir.

Mme Desmoulins fréquentait le même salon !

Cela tournait au complot.

Prudemment, la vieille dame se redressa. Elle n'avait aucun désir de croiser le regard de cette femme. Lui écraser les doigts phalange après phalange avec le marteau qui se trouvait dans son sac à main jusqu'à ce qu'elle avoue où elle séquestrait son fils aîné, tel était son seul souhait. Mais Mme Préau avait le sens des réalités. Une telle attitude serait déplacée dans un salon de coiffure. Il fallait tenter une nouvelle démarche. Tenter le diable en se rendant à la police. Les Desmoulins n'avaient pas le bras aussi long. Du moins, fallait-il l'espérer.

— Le traitement n'a pas marché, alors ? Un rinçage au vinaigre, pourtant, ça vient à bout de tout.

Les bribes d'une conversation lui parvenaient entre le ruissellement des douchettes et le vacarme d'un sèche-cheveux. Il était apparemment question de lentes sur la tête de Kévin.

— Vous avez été voir la pharmacienne à côté ? Parce qu'elle a de bons produits, Mme Budin.

La vieille dame tiqua. Kévin aurait des poux ? Elle attendit que Mme Desmoulins ait quitté le salon pour poser quelques questions aux coiffeuses. À leur connaissance, il y avait bien deux enfants dans la famille Desmoulins. Les petits étaient clients du salon.

— Ils n'ont pas des têtes à poux, les petits Desmoulins. Normalement, tout devrait partir au premier shampoing sur leur nature de cheveux. En revanche, mon fils, sur ses bouclettes, les lentes s'enfilent comme des perles. Ça fera 32 euros, Mme Préau. Je vous mets un flacon de déjaunissant avec ?

— Cela ne sera pas nécessaire, merci.

La vieille dame glissa 4 euros dans un petit cochon rose fluo posé sur le comptoir et ajouta :

— Puis-je vous demander si, depuis la rentrée, vous recevez régulièrement des appels concernant la pose de fenêtres ?

La question parut surprendre les coiffeuses. À leur réponse négative, Mme Préau hocha la tête.

— C'est bien ce que je pensais.

Puis elle ajouta avec ironie :

— Pour votre information, M. Desmoulins peut vous avoir de bons prix sur les doubles vitrages.

Protégée par son parapluie, elle sortit du salon avec la certitude que l'enfant aux cailloux avait refilé des poux à son jeune frère et qu'elle était à présent victime de harcèlement. Il était temps d'aller à la police.

Notes du samedi 24 octobre

Officier de police charmant. M'assure que le commissaire et le commandant de police regardent chaque jour les mains courantes de la veille et qu'un cas supposé de maltraitance comme celui-ci est rapidement pris en compte.
Vu sur un mur du commissariat l'image d'une main tendue, un tract concernant l'existence d'une permanence dédiée au soutien des victimes. Une femme propose écoute et prise en charge tous les jours de 9 heures à 17 heures au commissariat depuis un an. Je suis soulagée de voir que de telles initiatives existent en France. L'officier de police qui est d'origine guadeloupéenne m'a confié que les mains courantes dénonçaient fréquemment des actes de violence faits aux femmes. Rares sont celles qui débouchent sur des plaintes. Les femmes ne connaissent pas leurs droits et crèvent de trouille. Surtout les jeunes Africaines.
En revenant, j'ai croisé Mlle Blanche rue des Lilas. Elle portait sur la tête un sachet en plastique pour se protéger de la pluie. Une baguette de pain détrempée ainsi que plusieurs journaux dépassaient de son cabas. Nous avons échangé quelques mots. Je l'ai mise en garde contre les chats mais elle savait déjà pour les puces électroniques. Elle

m'a signalé qu'une antenne relais destinée au bon fonctionnement des téléphones portables avait été installée récemment à cent cinquante mètres de ma maison, juste en face de la gare, côté Villemomble. Il paraît que ces antennes émettent des micro-ondes dont les effets sont désastreux sur la santé. Certaines personnes hypersensibles développeraient des pathologies graves. Elle m'a parlé d'un supplément du magazine Géo dans lequel il était question d'équipements de l'armée israélienne à la pointe de la technologie. Les militaires possèdent un appareil sensitif extraplat détecteur de mouvements qui envoie des informations à une unité de contrôle à distance. Et aussi un passe muraille à ondes ultra-haute fréquence qui permet de voir à travers un mur.

C'est très inquiétant.
Nous ne sommes nulle part à l'abri des regards.
Et pourtant, on ne nous a jamais caché autant de choses.
Mes maux de tête se sont aggravés depuis cette grippe étrange. Seraient-ils provoqués par des micro-radiations ?
Il devient prioritaire de se débarrasser des chats.

Dimanche matin, Martin n'avait toujours pas apporté l'appareil photo réclamé par sa mère. Mme Préau avait dû se rendre au Monoprix à pied pour s'équiper.
— Ça ne passe pas.
La vieille dame tressaillit en rajustant son béret.
— Je vous demande pardon ?
La caissière insistait encore, passant l'article devant le scanner. Sur sa blouse était épinglé le prénom Tiphaine.
— Rien à faire, répéta-t-elle. Vous l'avez trouvé où ?
Il fallait que ça tombe sur cet article. Mme Préau soupira.
— Au rayon fromage, répondit-elle, pourquoi ?
Ah ! La stupidité de certaines caissières. Elle ne s'y ferait jamais. Comment pouvait-on poser une question pareille à propos d'un appareil photo jetable ? La bouteille de liqueur de pomme verte, le rouleau de papier d'aluminium et le paquet de désherbant passèrent sans encombre l'épreuve du rayon laser.

Chante-moi quelque chose, mamie Elsa.

Sur le chemin du retour, elle donna la main à Bastien et fredonna la chanson du marronnier puis celle du petit homme qui s'était cassé le bout du nez.

À midi, elle prépara un menu spécial pour les chats aromatisé au désherbant Roundup, une véritable machine à tuer.

À 13 heures, elle commença le ramassage des petits cadavres dans le jardin.

Il y en aurait d'autres. Certains ne venaient qu'à la nuit tombée.

Mais pas question de les enterrer. Les puces électroniques devaient être neutralisées et, pour cela, il ne suffisait pas de les recouvrir de terre. Mme Préau s'était documentée à la bibliothèque en parcourant l'ouvrage d'un certain Ralph State, auxiliaire scientifique de l'université du Luxembourg qui en connaissait un rayon sur le sujet. Ces *micro-chips* ou *transpondeurs passifs*, gros comme un grain de riz, possédaient une bobine pouvant être activée à distance et répondre en écho à une onde radio selon un code prédéterminé. Équipés d'une antenne cellulaire de réception et d'émission, ils pouvaient activer leur mémoire à tout instant, l'énergie étant générée par la borne d'identification. Les échanges d'information étaient alors instantanés. Les applications de ces puces étaient variées, et certaines étaient implantées chez l'homme dans des cas précis comme les héritiers royaux, ceci dans le but d'éviter les kidnappings. Mais Mme Préau n'était pas dupe sur la finalité première de ces engins de malheur.

Il existait bien un moyen de les désactiver. Si une puce était soumise à une impulsion brève et intense de champ magnétique, les tensions générées par induction seraient suffisantes pour détruire les circuits, comme n'importe quel autre dispositif électronique. Mais Mme Préau ne possédait pas de machine à champ magnétique. En revanche, elle possédait une machine à laver. Le programme spécial coton blanc à quatre-vingt-dix degrés serait amplement suffisant pour rendre inactif le plus résistant des composants.

À 15 heures, elle était à son poste, appareil photo en main. C'était un objet rudimentaire. On plaçait l'œil devant un orifice, et l'on appuyait sur un bouton. Mme Préau était nerveuse. Cette nuit, encore, elle n'avait pas dormi à cause du martèlement de la pluie sur le toit et le bruit infernal des souris dans le grenier, ne trouvant le sommeil qu'à l'aube. Elle avait bu bien trop de thé pour combattre la somnolence et, lorsqu'elle tendait les mains devant elle, ses doigts tremblaient. Pour calmer les battements accélérés de son cœur, après le bouillon de légumes dominical et quelques figues, elle s'était servi un généreux digestif qui lui chauffait les oreilles. Détrempé, le jardin des voisins était comme un champ de bataille. Son petit soldat aurait-il le courage de s'y montrer ?

Laurie et Kévin sortirent les premiers du pavillon, emmitouflés dans des parkas doublées de fourrure. Laurie ramassa un ballon et le lança aussitôt dans la bouille de son frère, faisant jaillir le premier cri. Kévin se mit à courir après sa sœur pour se venger. Mais celle-ci le surprit en le repoussant brutalement. Il tomba sur ses fesses et hurla, le pantalon maculé de boue. Le jeu cruel continua pendant une dizaine de minutes, dans l'indifférence des parents restés à l'intérieur de la maison. Enfin, M. Desmoulins montra sa figure mauvaise sur le perron. Allumant une cigarette, il ordonna à Kévin de rentrer. Geignant, couvert de terre, l'enfant marcha d'un pas lourd vers son père qui lui donna une tape derrière la tête pour qu'il rentre plus vite à l'intérieur de la maison. Visiblement satisfaite, Laurie s'était accaparé la balançoire et soulevait ses jambes bien haut pour donner l'impulsion de départ, adressant un petit signe à son papa. Mme Préau soupira. Elle aurait bien donné une correction à cette chipie. Mais, après tout, c'était à Kévin de trouver la parade, de se rebeller contre l'autoritarisme de sa sœur. Avec le temps, il grandirait et finirait par lui retourner ses baffes.

Soudain, le garçonnet apparut derrière M. Desmoulins. Presque une ombre, une image fantomatique. Il se tenait courbé, le visage penché sur ses baskets sales, et flottait dans son blouson. On avait enfoncé sur sa tête un bonnet rouge trop étroit qui se dressait en forme de cône, à la manière du commandant Cousteau. Mme Préau reposa les jumelles et saisit l'appareil photo. L'enfant était en partie caché par son père. Il fallait qu'il s'avance pour qu'elle puisse le photographier. Mais il ne bougeait pas. On aurait dit qu'il attendait quelque chose. Le son du piano de Mme Préau ? Au bout d'un temps qui parut infiniment long, le garçonnet avança de quelques pas en traînant les pieds. Il se trouvait maintenant seul dans le viseur. La vieille dame bougea l'index de sa main droite et déclencha l'appareil. C'est alors que se produisit quelque chose d'incroyable. L'enfant releva la tête brusquement et, le regard tourné vers la fenêtre de Mme Préau, il émit un son. Le son le plus terrifiant qu'il ait été donné d'entendre à l'institutrice retraitée. Comme un cochon que l'on égorge, suraigu et guttural. Effarée, Mme Préau chancela, manquant de perdre l'équilibre. Elle se rattrapa au montant du lit et posa une main sur son cœur. Retrouver son calme ne lui prit que quelques secondes mais, lorsqu'elle retourna près de la fenêtre, le père avait jeté sa cigarette et traînait l'enfant aux cailloux sur le sol en le tirant par le col de son blouson. Le garçonnet se contorsionnait, luttait avec virulence pour dégager son cou étranglé par le vêtement. Depuis la balançoire, Laurie assistait à la scène, impassible. Mme Préau avait toutes les peines du monde à prendre une photo tant elle tremblait. Le dos du garçonnet fit quelques soubresauts au contact des marches d'escalier menant au perron, puis le père empoigna l'enfant et le projeta à l'intérieur de la maison en jurant.

On n'entendit plus un bruit dans le jardin Desmoulins.

Puis, insensiblement, Laurie signala sa présence par un grincement de la balançoire. Elle était là, oublieuse de ce qui venait de se passer.

Mme Préau s'assit sur le lit. Elle tendit une main vers le tiroir de sa table de nuit, en sortit une boîte de comprimés et tenta d'en avaler un. Mais la main rata la bouche et le médicament tomba sur le plancher. La vieille dame se mit à quatre pattes pour le retrouver, puis s'affala en sanglotant.

Sauve-moi, mamie Elsa. Ils vont me tuer !

— C'est quoi cette histoire ?
— Quelle histoire ?
— Tu m'as dit de venir le plus vite possible, que c'était une question de vie ou de mort.
— Tu ne veux pas t'asseoir ?

Martin n'avait pas retiré son manteau. Il arpentait le hall d'entrée, furieux de s'être inquiété pour sa mère.

— Non, je ne veux pas m'asseoir. Je veux savoir ce qui se passe ici ! Et d'abord pourquoi on ne peut jamais te joindre au téléphone. Ne me dis pas que tu as encore retiré la prise murale...

Mme Préau haussa les épaules.

— Je décroche le combiné le week-end, par précaution. J'en ai assez d'être dérangée par le voisin. J'ai préparé du thé, tu en veux ?
— Le voisin ? Quel voisin ?

La vieille dame se dirigea vers la cuisine, tournant le dos à Martin.

— Il travaille pour Lapeyre. Oh ! Je sais bien ce qu'ils cherchent. Sous prétexte de me vendre des doubles vitrages, ils cherchent à me faire tomber dans leur piège. Mais je ne suis pas née de la dernière pluie. Du lait et du sucre ?

Le téléphone portable de Martin vibra dans sa

poche. Il soupira avant de décrocher. La conversation fut de courte durée.

— Mais non elle va bien… Je ne sais pas… J'en sais rien je te dis ! Je te rappelle… Non. Je suis là dans vingt minutes. Moi aussi. Je t'embrasse.

Un instant plus tard, il regardait sa mère prendre le thé dans le salon, refusant de boire ne serait-ce qu'un verre d'eau. Passablement énervé, il posa son Nokia sur la nappe.

— Je t'assure que tout va bien, Martin.

— Non, ça ne va pas. Tu ne peux pas m'appeler au secours et, dans le quart d'heure qui suit, te comporter comme si de rien n'était. Qu'est-ce qui s'est passé vers 16 heures ? Tu as eu une bouffée délirante, c'est ça ?

Mme Préau caressait la tasse de thé du bout des doigts, hésitante. Elle regrettait d'avoir téléphoné à son fils avant d'attendre que le demi-Stilnox ait été assimilé par son organisme.

— Écoute, je n'ai pas voulu t'en parler avant pour ne pas t'inquiéter. Mais il se passe des choses terribles dans la maison d'en face, Martin.

L'homme plaqua les mains sur sa figure.

— Manquait plus que ça.

— Mais c'est la vérité. Je les observe depuis des mois. Il y a un enfant qui…

— Tais-toi maman. Ça suffit !

— Tu ne veux pas entendre ce que j'ai à dire ? Pour quelle raison je t'ai appelé à l'aide ? Ou plutôt pour qui ? Un petit bonhomme qui ressemblait trait pour trait à Bastien et dont…

— Tu ne le prends plus ? lança-t-il sur un ton brusque. Dis-moi la vérité.

Mme Préau s'appuya au dossier de sa chaise. Elle gardait le silence, embarrassée.

— Audrette pense que tu as arrêté ton traitement. C'est vrai ?

— Mon traitement n'a rien à voir avec ça, Martin. Il se trouve que...

Un poing s'abattit sur la table.

— Eh merde !

Martin se leva d'un bond et se mit à marcher tête baissée, tournant en rond, ne sachant que faire de ses mains, maugréant après sa mère, cette folle dingo qui lui pourrissait la vie et la lui pourrirait jusqu'à ce qu'il en crève. Il se considérait seul fautif étant donné qu'il n'avait pas le courage d'assumer ça, qu'elle soit totalement cinglée, se refusant à la mettre sous tutelle parce qu'il lui semblait que, grosso modo, elle était autonome, mangeait bien, agissait de manière convenable, bref, qu'elle tenait la route, et qu'en dépit des traumatismes subis ces dernières années elle avait jusqu'ici plutôt bien réagi et semblait en voie de guérison, mais voilà que ça recommençait, elle voyait des nains partout.

— Mais non. Jamais de la vie, corrigea Mme Préau, savourant son thé vert. Je n'ai jamais eu de telles visions. Tu racontes n'importe quoi.

— Et quand tu me demandes des nouvelles de Bastien chaque fois qu'on se voit ou qu'on se parle au téléphone, tu ne délires pas, peut-être ?

— Il est normal que je m'inquiète pour mon petit-fils.

— Mais maman, Bastien est mort !

Le poing de Martin frappa la table une seconde

fois. Le visage crispé de colère, il ressemblait à un de ces syndicalistes prêts à tout pour continuer la grève. Mme Préau demeurait impassible.

— Je ne crois pas que l'enfant que le juge m'ait montré à l'époque sur les photos était bien Bastien.

Exaspéré, Martin quitta la pièce.

— Où vas-tu ?

Il repartit sans embrasser sa mère. Le bruit du moteur de sa voiture résonna jusqu'en haut de la rue.

Mme Préau n'aimait pas qu'ils se disputent. Elle savait parfaitement quel diable avait insufflé ce vent de colère entre eux. Il fallait à présent s'attendre au pire. Probablement à des injections – elle avait cela en horreur. Qui sait si Martin n'allait pas mettre sa menace à exécution et placer sa mère dans un mouroir pour vieux ; Audrette avait des vues sur la maison, à n'en pas douter. Elle avait toujours su manipuler son fils, au point de le rendre aveugle sur ses propres agissements. Il lui faudrait manœuvrer avec encore plus de prudence. Mme Préau allait écrire une lettre d'excuses à son fils chéri pour faire enrager cette garce. Changer les serrures de sa maison dont Martin avait les clés était aussi une priorité. Elle devait rester ici coûte que coûte tant que l'enfant aux cailloux ne serait pas sauvé.

Lorsque quelque chose vibra sur la table, elle eut un sursaut. Son fils avait oublié son téléphone portable. L'écran lumineux affichait le prénom d'Audrette en lettres majuscules. Mme Préau observa l'objet jusqu'à ce qu'il cesse de trembloter. Puis, s'en revenant de la cuisine avec pelle et balayette, prudente, elle le fit glisser dans la pelle et descendit à la cave faire une machine.

Le lundi 26 octobre 2009

Martin,

Je suis désolée de t'avoir tellement bouleversé hier soir. Ce n'était pas mon intention. J'avais moi-même reçu un rude coup en assistant dans l'après-midi à une scène terrible dans le jardin de mes voisins, lesquels – comme j'ai tenté de te le dire – frappent un de leurs fils. Tu sais combien la violence faite aux enfants est pour moi un sujet sensible. Ce que tu as pris pour un délire n'est malheureusement que la vérité. Le Dr Mamnoue est au courant depuis plusieurs semaines. J'ai d'ailleurs alerté les services sociaux et fait une déclaration de main courante à la police vendredi. J'avais besoin de partager cela avec toi, c'est tout. Je suis navrée que les choses aient mal tourné.

Pour l'appareil photo que tu as oublié de m'apporter, je me suis débrouillée, j'en ai acheté un qui pour l'instant fait l'affaire. Et j'ai rebranché le téléphone ce matin. Concernant les volets, je préfère attendre qu'ils aient démonté la grue avant de les rouvrir. Mais ce sera fait, ne t'inquiète pas. J'ai une sainte horreur des acariens !

Je te laisse, je viens de recevoir l'appel d'une certaine Mme Tremblay de la police qui souhaite me rencontrer au sujet de la main courante.

Pardonne-moi encore de te causer tout ce tourment.

Je crois que cette fichue grippe m'a beaucoup affaiblie et m'aura sans doute affectée moralement ces derniers jours mais je vais m'en remettre.

Nous vivons des temps difficiles dont nous sortirons vainqueurs, tu verras.

Bien affectueusement.

Maman

P.-S. : *Savais-tu qu'une antenne relais destinée à améliorer l'émission des ondes des téléphones portables avait été installée dernièrement juste en face de ma maison, de l'autre côté de la gare ? (On la voit de la salle de bains du premier étage.) N'est-ce pas dangereux pour ma santé ?*

L'accueil fut courtois. Mme Tremblay avait une quarantaine d'années et le profil type de la mère célibataire. Cheveux courts, pull à col roulé beige, le teint mat, cette femme pressée se maquillait à la va-vite sans prendre soin de sa peau. Derrière son bureau qu'éclairait une fenêtre donnant sur le gymnase voisin, l'assistante sociale, telle était sa fonction, s'intéressait aux violences conjugales, différends familiaux et mineurs en danger. Son rôle d'écoute et de soutien aux victimes allait jusqu'à la prise en charge et le placement. Chaque jour, elle consultait les mains courantes déposées la veille et prenait note des cas relevant de sa compétence.

— J'ai lu ce matin votre déclaration déposée en MCI[1] vendredi. Vu son caractère inquiétant, j'ai pris la décision de vous appeler aussitôt. Voulez-vous un café ? Je viens d'en faire pour moi.

Un mug en céramique décoré d'un pingouin atterrit entre ses mains.

— Si vous voulez du sucre...

On poussa une coupelle remplie de sucres

---

1. Main courante informatisée.

emballés que Mme Préau refusa poliment. La femme au pull beige posa sensiblement les mêmes questions que Mme Polin mais avec plus de délicatesse. Elle trouvait la vieille dame courageuse d'avoir fait cette démarche et ne la questionna pas sur son âge.

— Souvent, les gens sont les premiers surpris lorsqu'on leur apprend que leur voisine se faisait tabasser par son mari à longueur de journée. Ils avouent avoir eu quelques interrogations en la voyant sortir de chez elle avec les yeux au beurre noir ou un bras dans le plâtre, mais sans plus. Ça va le café ?

Cette Mme Tremblay était sympathique. Son ironie et sa sollicitude plaisaient à Mme Préau et toutes deux achetaient le même Nescafé.

— C'est du *Green Blend* aux antioxydants ? questionna la vieille dame.

— Je l'aime bien. Il a un léger goût fruité.

— Oui, il est très doux.

Mme Préau déboutonna son manteau.

— Bon, il ne faut pas être dupe. Il n'y a que 35 % de café vert. Le reste, c'est du café torréfié.

— Oui, et le côté antioxydant, c'est surtout du marketing. À 0,40 gramme par tasse de café, il faudra en boire des centaines de litres, par jour pour en ressentir les effets bénéfiques sur l'organisme.

— Oui. Mieux vaut croquer du chocolat noir.

— Oh oui !

Prudente, Mme Préau serrait toujours contre elle son sac à main dont le double fond dissimulait le marteau – elle ne s'en séparait plus. Cependant, elle se sentait presque en confiance, à un détail près : la porte du bureau restée entrouverte. Des voix étouffées provenant du couloir du commissariat déconcentraient la vieille dame. Elle se pencha donc vers son interlocutrice, et c'est à voix basse qu'elle lui confia l'échec de sa démarche auprès du service social. On lui répondit sur le même ton.

— Contacter le service social était la première chose à faire. Et cela va nous permettre de gagner du temps. Ils n'ont pas forcément le même regard que nous sur le dossier, bien que généralement nos conclusions se recoupent. Je vais les contacter pour en savoir plus.

Mme Préau sortit alors de son sac à main l'appareil photo jetable emballé dans un sac en plastique.

— J'ai fait quelques photos hier. J'espère qu'elles ne sont pas trop floues, je n'ai pas l'habitude. Ce que j'ai vu se passer dans le jardin était d'une telle violence…

— Oui, en général, ce ne sont pas ce genre de photos que prennent les voisins. Mais plutôt des scènes dénudées au bord d'une piscine. Nettement plus agréable.

— Je vais les faire développer. Peut-être que…
Mme Tremblay croisa les bras.

— Faites. Mais je ne crois pas qu'à ce stade une photo de l'enfant soit nécessaire. Et je ne suis pas habilitée à prendre en compte ce genre d'élément. Mon travail est de relayer l'information. Mais ces photos pourraient s'avérer précieuses pour la CRIP. Je vais passer quelques coups de fil et revenir vers vous très vite. Seriez-vous par hasard parente avec le Dr Préau ?

La vieille dame fut désarçonnée par la question.

— Oui, pourquoi donc ? balbutia-t-elle en rangeant l'appareil dans son sac.

— J'ai été une de ses patientes il y a quelques années. C'est un très bon médecin. Il exerce toujours ?

— Oui, toujours, son cabinet est aux Pavillons-sous-Bois.

Les joues de Mme Tremblay prirent une jolie couleur rosée. La vieille dame comprit alors à quels talents particuliers de son fils cette femme faisait allusion et se détendit aussitôt.

Voilà qui conforterait sa crédibilité dans le dossier.

Voilà peut-être aussi pour quelle raison on lui avait proposé un café.

Mme Préau avait mis au monde un magnifique garçon. Son grand drame. La gent féminine avait tôt fait de le lui ravir. Et les baisers affectueux du garçonnet avaient tari aussi rapidement qu'il avait poussé. À la quarantaine passée, il ressemblait à cet acteur américain qui manie le fouet et se bat contre les nazis qu'elle avait vu sur l'écran géant du Grand Rex à Paris. Une des dernières fois où, adolescent, Martin avait supplié sa mère de l'accompagner au cinéma. Ensuite, il s'y rendait avec ses petites amies.

— Si vous le voyez, pourrez-vous lui transmettre mon bonjour ? De la part de Valérie Tremblay.

Les deux femmes se serrèrent la main. En quittant le bureau de l'assistante sociale, Mme Préau croisa un policier d'une cinquantaine d'années à l'allure débonnaire. Il la salua aimablement. Mme Préau pressa le pas. Quelque chose chez cet homme lui fit mauvaise impression. Comme lorsque vous revient en mémoire un amer souvenir. Elle avait hâte de récupérer sa carte d'identité laissée à l'accueil, de quitter le commissariat, de trouver un laboratoire photo et un serrurier ouverts – ce qui n'avait rien d'évident un lundi.

Plus de cent pièges à souris avaient été installés à divers endroits de la maison. Aucune petite bête ne s'y était aventurée. Soit il s'agissait d'une race dotée d'une intelligence supérieure (élaborée en laboratoire par le FBI), soit Mme Préau souffrait d'acouphènes : cela sifflait et chuintait dès que le silence se faisait autour d'elle. Ces nuisances sonores nocturnes qui ne s'estompaient qu'à l'aube pouvaient être causées par une lésion au tympan et expliquer la fréquence accrue de céphalées. La vieille dame préféra ne pas trancher, bien que la seconde hypothèse fût la plus vraisemblable. Toutes ces années passées à entendre des cris d'enfants dans la cour de récréation avaient endommagé son audition. Les mêmes symptômes étaient survenus il y a dix ans et cette maudite grippe n'avait rien arrangé à son bilan ORL.

— Moi la grippe, je l'ai jamais eue. Je suis contre.

Mardi matin, M. Apeldoorn était bougon. La grippe décimait ses effectifs et Mme Préau était une des rares rescapées à soulever des poids dans son cabinet.

— Ma hantise, c'est plutôt la mycose des pieds. La pire menace qui soit pour un kiné. Allez, la miraculée du H1 N1, un petit effort. Soulevez-moi ça.

— C'est lourd, M. Apeldoorn.

— Pas de chichis entre nous. Et puis faudrait vous remplumer un peu, hein ! Vous avez perdu du muscle et du gras. C'est plus la saison des régimes maillot de bain.

Mme Préau sourit. Mais un quart d'heure plus tard, elle refusa l'électro-stimulation.

— Comment ça, non ?

— M. Apeldoorn, je ne suis pas certaine que ce courant électrique qui traverse mon corps soit bénéfique à mon organisme.

— Vous avez peur de vous transformer en récepteur radio ? plaisanta le kiné tout en décrochant des poulies les sacoches de billes en plomb.

— Vous n'êtes pas loin de la vérité, M. Apeldoorn. Un conseil : vous devriez faire retirer les plombages de votre bouche, à titre préventif.

— Bah ! Quelle idée ?

— C'est à cause des ondes et des radiations. Moi, je ne souhaite pas me transformer en bombe à neutrons. Je préfère m'en tenir à la gymnastique.

Elle termina sa séance sous le regard perplexe de M. Apeldoorn, puis enchaîna laboratoire photo et serrurier. Les photos seraient développées sous vingt-quatre heures et le changement des deux serrures (porte d'entrée et porte de la cuisine donnant sur le jardin) était prévu jeudi à

14 heures. En attendant, la vieille dame prendrait soin de bloquer les poignées des portes avec le dossier des chaises de la salle à manger.

Ils pouvaient venir la chercher : elle les attendait de pied ferme avec son marteau.

Laurie empoigna la cuillère et entama la tarte aux framboises. La petite musicienne avait pour la seconde fois donné satisfaction à son professeur et dégustait goulûment la pâtisserie faite maison. Mme Préau scrutait ce visage d'enfant, cherchant au fond des yeux d'un bleu limpide le signe d'une fêlure, un appel à lui venir en aide, mais n'y trouva que défi et gourmandise. La vieille dame soupira. Il lui fallait adopter une stratégie plus offensive. Une confidence de la petite sœur pouvait sauver le frère. Mais le souhaitait-elle ? N'était-elle pas elle aussi sous l'emprise du père ? Combien d'enfants taisaient les violences faites aux autres membres de leur famille de peur de devenir la cible des coups ?

— À l'école, c'est la semaine du goût, lâcha la gamine. La maîtresse a dit que jeudi on mangerait des crêpes.

— Tu as déjà fait sauter des crêpes dans une poêle ?

— Non.

— Si tu veux, la semaine prochaine, je préparerai la pâte puis, après ta leçon, tu enfileras un tablier et l'on en fera pour toute ta famille.

— D'accord. Mais on fera vite parce que

maman ne veut pas que je reste trop longtemps chez vous.

Laurie attrapa le verre d'eau et le vida à moitié. Mme Préau entama alors la partie de la conversation la plus délicate.

— Tu as entendu parler des parents qui mettent des fessés à leurs enfants, Laurie ?

La figure de l'enfant s'assombrit. Elle ne répondit pas.

— Avant, les parents battaient parfois leurs enfants. Mais maintenant, la société a changé, elle protège mieux les petites filles et les petits garçons. Tu sais que les parents n'ont plus le droit de mettre de fessées, et les maîtresses non plus ?

— Les maîtresses, elles donnent des punitions, c'est tout.

— Eh bien les parents, c'est pareil. Ils doivent respecter le corps de leurs enfants car il ne leur appartient pas. C'est quoi le rôle des parents, Laurie ?

Laurie se tortillait sur sa chaise, dessinant des ronds sur la nappe cirée avec le dos de la cuillère.

— J'sais pas.

— Tu ne sais pas ?

— Ma maman, elle s'occupe de la maison et elle vient nous chercher à l'école. Elle fait à manger aussi. Et le soir, elle me lit un livre.

Mme Préau croisa les bras, adoucissant sa voix.

— Tu as de la chance, Laurie, d'avoir une gentille maman qui te lise un livre. Certains enfants n'ont pas cette chance. Certains enfants ont de méchants parents.

— Mes parents y sont pas méchants. C'est juste parfois papa il se met en colère.

— Et ton papa, parfois, est-ce qu'il est en colère après ton petit frère ?

Laurie rentra son menton et haussa les épaules.

— Mon papa des fois il met des fessés, dit-elle, penaude.

Son professeur eut le sentiment d'avoir ouvert une brèche. Elle s'y engouffra.

— Si ton papa faisait du mal à ton frère, tu en parlerais à qui ? À ta maîtresse ?

L'enfant repoussa l'assiette et la cuillère, refusant de répondre. Elle voulait rentrer. Mme Préau l'aida à mettre son manteau et, tandis qu'elle nouait l'écharpe autour de son cou, elle lui glissa à l'oreille :

— Je vais te dire un secret, Laurie : il existe un numéro de téléphone que seuls les enfants peuvent appeler. Un numéro avec trois chiffres. 119. C'est un numéro magique. Tu peux le composer de n'importe quel téléphone.

— 119 ?

— Oui. Si un jour tu voyais un adulte faire du mal à un enfant ou te faire du mal à toi, alors il faudrait appeler le numéro magique et le dire à la personne qui te répondra.

La petite fille était intriguée.

— Qui c'est qui répond, alors ?

— Un monsieur ou une dame, quelqu'un qui écoute et protège les enfants. Mais il ne faut parler de cela à personne. C'est très important. Même pas à ta maman. C'est un secret.

Laurie sortit sur le perron de la maison, dubitative.

— Comment ça se fait que vous le connaissez, vous, le numéro magique ?

Mme Préau sourit avec malice.

— Parce que j'ai été maîtresse dans ton école. Et que toutes les gentilles maîtresses d'école connaissent le 119.

Laurie hocha la tête, convaincue, avant de descendre les marches d'un pas léger. Question logique enfantine, Mme Préau touchait sa bille.

Après avoir raccompagné son élève, Mme Préau reçut un appel téléphonique de son fils. Il cherchait son Nokia. Elle lui certifia qu'il était reparti de chez elle en l'emportant dimanche soir et s'inquiéta de savoir s'il avait reçu sa lettre.

— On reparle de ça jeudi. Je passerai te voir vers midi.

Martin raccrocha sans lui souhaiter une bonne journée, ce qu'il avait toujours fait, même lorsqu'il était furieux après elle.

Depuis, Mme Préau se rongeait les sangs.

Vous comprenez, Elsa ?
— Oui, parfaitement, Claude.
— C'est une question de confiance entre vous.
— Tout à fait.
— Alors, quelle place donnez-vous à Martin ? Celle du médecin ou celle du fils ?

Mme Préau haussa les épaules en soupirant.

— Que voulez-vous ? C'est le fils de son père.
— *Le fils de son père*. Martin n'a pas de mère, alors ?

La vieille dame eut une moue dubitative et gratta son menton. La discussion la rendait mal à l'aise. Depuis le début de la séance, il n'avait été question que de Martin.

— Ce n'est pas ce que je veux dire. Martin est mon fils, bien sûr, mais il a surtout pris de son père : même métier, même volonté de briller, même taille, et séducteur... L'un comme l'autre m'aura abandonnée à un moment de ma vie où...

— Vous pensez que Martin vous a abandonnée ?

Mme Préau mordit l'intérieur de sa bouche. Il lui était difficile de répondre à cela autrement que par oui.

— Vous pensez qu'en décidant de se consacrer

à sa carrière, à son métier plutôt que de rester auprès de sa mère, un homme fait preuve d'égoïsme ?

— Lorsqu'il est dans l'excès, oui, d'une certaine manière, dit-elle d'une voix fluette.

— Et lorsque votre fils passe trois nuits à votre chevet sans rentrer chez lui, il ne fait que son devoir de médecin ?

Mme Préau se raidit dans le fauteuil. Elle observait à présent les mains de l'homme assis devant elle. La droite tenait un stylo-bille Montblanc, l'autre cornait l'extrémité gauche de la feuille posée devant lui. Jamais elle ne l'avait vu écrire durant leurs séances et voilà qu'il jugeait nécessaire aujourd'hui de prendre des notes.

Le Dr Mamnoue avait parlé avec Martin au téléphone.

Sinon, comment aurait-il pu évoquer l'anecdote des trois nuits ?

Martin l'avait certainement alerté sur la fragilité de l'état mental de sa patiente.

Le Dr Mamnoue pratiquait à son insu une évaluation visant à mesurer le taux de dangerosité potentiel de Mme Préau. Ce n'était pas le moment de lui parler des acouphènes. Il assimilerait aussitôt ces troubles auditifs à un délire hallucinatoire et se douterait qu'elle avait cessé de prendre son traitement.

— N'a-t-il pas fait preuve à votre égard de beaucoup d'amour par le passé ?

— Je ne veux plus en parler.

— Vous ne voulez plus parler de quoi, Elsa : du passé ou de l'amour que vous porte Martin ?

Un voile gris. Le passé de Mme Préau n'avait guère plus de consistance qu'un voile gris pendu à une fenêtre, frémissant sous la brise. Elle y voyait danser les ombres croisées de sa mère, son père, son mari et Bastien, chacun portant le masque du silence.

Tous étaient si loin d'elle.

Personne aujourd'hui pour la tenir par la main.

Poser sa tête contre son cœur. L'embrasser.

Mme Préau, comme beaucoup de personnes âgées, souffrait de ne plus être touchée. Tomber malade, se plaindre du dos étaient leurs seuls recours. Ce n'était qu'au prix d'une mauvaise grippe que la paume de Martin se posait sur le front de sa mère. Et les mains brûlantes de M. Apeldoorn ne massaient son dos que sur ordonnance médicale.

Le Dr Mamnoue restait silencieux. Mme Préau esquissa un sourire.

— Bastien m'embrassait souvent. J'avais ses petits bras autour du cou comme un collier. À trois ans, il me disait des mots d'amour, des *mamie Elsa, je t'aime* à longueur de journée. Sa peau était tiède et si douce, le parfum de ses cheveux tellement délicieux... Parfois, il restait dormir à la maison. Il y avait ses petits chaussons, sa brosse à dents et son pyjama. Quand il repartait chez ses parents, je me couchais dans ses draps pour respirer encore son odeur...

— Vous faisiez sans doute la même chose avec Martin lorsqu'il était enfant.

— Oui. Enfin je crois. C'était différent. Il était à la maison tous les jours. Et je travaillais beaucoup à l'époque, beaucoup trop. Je pense que je suis passée à côté de pas mal de choses avec Martin. Quand son père est parti, il a grandi d'un coup. En six mois, il avait pris deux tailles de pantalon.

Mme Préau s'excusa, sortit un mouchoir de son sac et se moucha bruyamment. Le son produit était puéril.

— Pour une convalescente, vous êtes en forme, commenta son vis-à-vis. Vous vous êtes remise de ce terrible virus de façon remarquable.

— Sincèrement, Claude, je ne pense pas avoir eu la grippe A. Et si tel était le cas, cette grande campagne de vaccination ne serait alors qu'une grande machination de l'État français visant à donner beaucoup d'argent aux laboratoires pharmaceutiques. Qu'en dites-vous ? Ai-je réellement eu la grippe A ou bien suis-je une grande paranoïaque ?

Le Dr Mamnoue gloussa. Rebouchant son stylo, il dit sur un ton affectueux :

— Vous êtes ce que vous êtes, Elsa. Mais il ne faudrait pas qu'on vous y reprenne à deux fois.

Il se leva et tendit une main vers la vieille dame pour l'aider à quitter son fauteuil.

— Martin va vous appeler en fin de semaine. Il réfléchit à la meilleure façon de vous accompagner en tant que médecin et en tant que fils. Mais sachez que je lui ai conseillé de vous mettre entre les mains d'un confrère : le Dr Leclerc. C'est un excellent généraliste.

— Vraiment ?

Le Dr Mamnoue donna une tape amicale sur l'épaule de sa patiente qui déjà cédait à la panique, les pupilles dilatées.

— Il serait grand temps, Elsa. Pour tous les deux.

Notes du jeudi 29 octobre

Réveillée par le vacarme du camion poubelle à 6 heures. J'ai passé la nuit sur le canapé du salon à côté du poste de radio allumé en sourdine. Je ne supporte plus d'entendre ces bruits dans ma tête. Parfois, j'ai l'impression que des notes jaillissent du piano par intermittence. J'entends aussi toujours frapper dans les placards de la cuisine.

Les photos sont de médiocre qualité. Elles sont trop sombres. J'ai demandé au photographe de faire un agrandissement de celle que j'ai prise de l'enfant pour que l'on voie les traits du visage, mais le photographe m'a expliqué que, à cette distance de prise de vue, la lumière du jour étant faible, on aurait du grain et que cela ne servirait pas à grand-chose. Quant aux autres photos, celles où il est traîné sur le sol par son père, elles sont floues.

Tout est à refaire. Ces appareils jetables portent bien leur nom.

Attendu Martin jusqu'à midi et demi. Finalement, il ne viendra pas aujourd'hui. Trop de travail, soit disant. Reporte sa visite à samedi. Passera en même temps que l'infirmière. Mon fils a, de toute évidence, décidé de me faire administrer du Risperdal par injection.

Je ne veux pas me transformer en zombie deux jours sur sept.

Heureusement, le serrurier vient d'achever son travail. Isabelle a fait rapidement le ménage ce matin. Elle n'est pas contente parce que j'ai mis des cadenas aux volets. Je sais bien qu'elle les ouvrait dans mon dos pour aérer ! Je me suis gardée de lui dire que sa clé ne rentrerait plus dans la serrure de la porte. Je ne voudrais surtout pas qu'elle en parle à Martin. Il suffit que je la guette par la fenêtre le matin pour lui ouvrir lorsqu'elle arrive.

La gamelle des chats est pleine depuis deux jours. Je me suis au moins débarrassée de ce fléau.

Reçu à 15 heures un appel de Mme Tremblay très ennuyée. Dit ne rien pouvoir faire en l'état actuel des choses. Il n'existe nulle part trace d'un troisième enfant dans la famille Desmoulins que ce soit du côté paternel ou maternel. Elle a même effectué des recherches sur la commune où ils habitaient précédemment dans la banlieue d'Auxerre, là où réside la famille de Mme Desmoulins. Aucun autre enfant ayant entre trois et cinq ans n'y a été scolarisé sous le nom de Desmoulins. Je lui ai suggéré de creuser plus loin, d'envisager la possibilité d'un gamin adopté ou volé. Mme Tremblay est dubitative. Dans le premier cas, l'enfant figurerait sur le livret. L'autre cas lui paraît fantaisiste. Je trouve qu'elle manque d'imagination pour une assistante sociale détachée dans un commissariat de banlieue. Elle doit pourtant être habituée à en voir des vertes et des pas mûres, des caractériels sadiques et des pervers capables de tout, y compris d'enlever des gamins pour en faire leurs esclaves sexuels. Cependant, j'ai sans doute réussi à la convaincre car elle m'a proposé de passer apporter la photo de l'enfant aux cailloux dès que j'aurai l'agrandissement vendredi. Elle envisage de la faire passer à un collaborateur – un ancien de la brigade des mineurs – pour lancer une éventuelle recherche sur le fichier des disparitions. Mais elle a ajouté : « c'est sans grand espoir ».

Elle a raison.

La photo d'un enfant inconnu dans le jardin de mes voisins ne constitue pas une preuve en soi : il peut très bien s'agir d'un camarade de Laurie ou de Kévin.

Retour à la case départ. Je lui déposerais bien le bocal contenant les cailloux rouges et le ballon crevé rempli de terre mais je crains qu'elle ne me prenne pour une folle. Pourtant, s'ils faisaient une recherche ADN sur le sang coagulé comme dans ces feuilletons à la télévision, ils sauraient que j'ai raison.

Que de temps perdu.

Quatre jours se sont écoulés depuis que j'ai fait les photos.

Et Bastien ne m'apparaît plus.

On ne peut plus attendre.

Il faut agir.

Je me rends à l'Intermarché acheter du cidre et des œufs frais.

Mme Préau confectionna des pâtisseries dont les parfums de cuisson emplissaient la maison de saveurs vanillées. Isabelle fit le ménage toute la matinée en rêvant à ces délicieuses madeleines que la vieille dame trempait dans une sauce au chocolat noir avant de les mettre à sécher sur une plaque de cuisson.

— C'est mauvais pour votre santé, lui dit en plaisantant la cuisinière alors qu'Isabelle approchait d'un peu trop près la table de la cuisine où une tarte aux pommes refroidissait.

La femme de ménage repartit en claquant la porte comme à son habitude – cette personne ignorait l'usage de la poignée. Mme Préau prépara alors la bouteille de cidre : à l'aide d'une seringue, elle piqua à travers le bouchon, puis injecta l'équivalent de cinq Stilnox réduits en poudre et dilués dans une petite cuillère d'eau, avant de mettre la boisson à rafraîchir. Si le père Desmoulins n'était pas une bouche sucrée, il ne refuserait pas un petit coup de cidre fermier, en bon amateur de bière qu'il était.

La vieille dame sortit ensuite avec un paquet ficelé préparé la veille et se rendit à la poste. Là, on voulut l'obliger à investir dans une boîte cartonnée moyennant un prix exorbitant justifié par le fait que le colis serait ainsi identifié sous un code-barres unique, ce qui réduisait le risque de perte et permettait de le suivre durant son voyage. Mme Préau refusa que l'on mette un code-barres sur son paquet.

— Vous ne voulez pas me tatouer un numéro sur le bras tant que vous y êtes ? grogna-t-elle à l'attention de l'agent d'accueil assis derrière le guichet, un Maghrébin trentenaire aux épaules tombantes.

Elle acheta puis colla le nombre de timbres nécessaire à un envoi ordinaire et confia son colis à l'agent d'accueil, perplexe. Le paquet mettrait plusieurs jours à arriver mais, au moins, personne ne pourrait l'intercepter pour en détruire le contenu.

À 13 heures, elle s'allongea sur son lit, recouvrant ses jambes d'une couverture de laine. Le réveil sonna à 15 heures. Avec un léger mal de tête, Mme Préau descendit décoller les madeleines une par une. Elle les arrangea dans un compotier en porcelaine blanche et démoula la tarte à moitié saupoudrée de cannelle sur un plateau en argent massif auquel chaque mois, à coups de chiffon et de Miror, Isabelle redonnait son lustre. Puis elle joua Debussy, Chopin, Scott Joplin ou encore Schumann sur son piano, tentant par la fluidité de son doigté de chasser les chuintements et sifflements qui jaillissaient de part et d'autre de la maison.

Durant une quinzaine de minutes, elle demeura immobile dans sa cuisine, tournée vers la fenêtre :

bordé par le feuillage pourpre et jaune d'or des arbres fruitiers près de se dévêtir de leur feuillage, le ciel d'octobre rosissait. Au fond du jardin, la ligne du chemin de fer affleurait le mur d'enceinte de la maison. Sur les quais de la gare, elle vit s'échouer dans un ultime gémissement deux RER aux directions opposées.

Alors Mme Préau enfila ses bottines fourrées, jeta un châle sur ses épaules et glissa le marteau dans son dos, celui-ci étant maintenu fermement par le slip gainant de ses collants de contention. Puis, portant le compotier et la bouteille de cidre dans un sachet en plastique Monoprix et tenant le plateau couvert d'un torchon sous un bras, elle sortit de chez elle, non sans avoir verrouillé la porte. Elle ferma également le portillon, et ne put s'empêcher de lever les yeux sur la grue dont le grognement sourd signifiait qu'elle était toujours en activité à cette heure avancée de l'après-midi. Elle devina un espion du conseil général tapi dans l'ombre de la cabine, notant scrupuleusement ses faits et gestes.

Mme Préau eut un sourire narquois.

S'ils savaient ce qu'elle s'apprêtait à faire, ils ne la laisseraient pas ainsi traverser tranquillement la rue et lanceraient sur elle une division de CRS.

À la troisième sonnerie, le portillon s'ouvrit. M. Desmoulins, en jean et sweat-shirt vert, cachait mal sa surprise et l'embarras dans lequel la vieille dame le mettait en se présentant chez lui sans y avoir été conviée. Mme Préau, en revanche, ne fut pas étonnée de le voir à la maison un vendredi vers 17 h 30. Il revenait ce jour-là plus tôt de son travail. Parfois même, la Kangoo rentrait au garage à 14 heures. Chez Lapeyre, les employés avaient droit aux RTT.

— Bonsoir monsieur Desmoulins, je suis venue apporter quelques pâtisseries aux enfants à l'heure du thé. J'espère qu'ils n'ont pas déjà goûté. Ce sont des gâteaux maison, ajouta-t-elle en rougissant.

L'homme gratta son cou puis son crâne.

— Bonsoir madame Préau. C'est très gentil de votre part. Mais, euh, en quel honneur ?

— Je me suis dit qu'il était temps de faire plus ample connaissance. Après tout, nous sommes voisins depuis plusieurs mois. J'ai aussi apporté une bouteille de cidre.

— Fallait pas vous donner tout ce mal pour nous.

Et, d'un geste hésitant, M. Desmoulins ouvrit le portillon.

— Faudra excuser le bazar, c'est qu'on n'attendait pas votre visite... Blandine !

Marcher sur cette herbe rase mal entretenue, passer à côté du séchoir à linge et de la balançoire, ne pas tourner la tête en direction du bouleau pleureur, voir se rapprocher tel l'antre du diable le pavillon Desmoulins – dont on avait vainement amélioré l'aspect extérieur en ajoutant aux fenêtres deux balconnières en fleurs – fut en soi déjà une épreuve difficile, d'autant que le plateau en argent commençait à peser.

— Attendez, laissez-moi vous aider.

L'homme s'empara du sachet rose et du plateau puis devança Mme Préau, appelant sa femme à la rescousse.

— Blandine ! C'est la voisine qui nous rend visite !

Celle-ci ne tarda guère à faire son apparition sur le perron, vêtue d'un jogging bleu nuit, tenant Kévin par la main. Elle était stupéfiée. Sur son visage non maquillé s'étalait un sourire contrit.

— Bonsoir madame Préau, murmura-t-elle, tendant une main tiède. Comme c'est gentil de nous rendre visite.

— Elle a apporté du cidre et des gâteaux, dit le mari en lui montrant la marchandise comme pour se justifier.

On la mit en garde une seconde fois contre le foutoir qui régnait dans le pavillon et auquel il ne fallait pas faire attention : élever deux enfants turbulents comme Laurie et Kévin demandait beaucoup de travail, il était difficile de tenir une maison en ordre. Mme Préau rajusta son châle, vérifiant discrètement que le marteau n'avait pas bougé dans son dos.

— Je sais ce que c'est, ne vous inquiétez pas, dit la vieille dame, se voulant rassurante. J'ai moi-même élevé un fils, un singe, une chèvre et des dizaines de chats borgnes.

Ils rirent sans conviction à ce qui n'était pas une plaisanterie et conduisirent l'invitée surprise vers le salon situé à gauche de l'entrée. Au fond de la pièce, un meuble bas supportait un fabuleux écran de télévision presque aussi large que le mur. Un canapé marron usé assombrissait l'espace qu'éclairait un lampadaire halogène rudimentaire. Assis au milieu de coussins, Laurie regardait un dessin animé.

— Kévin et Laurie, dites bonjour à Mme Préau.

Kévin tendit sa joue, pas farouche. La fillette avança vers son professeur qu'elle embrassa sans conviction.

— Eh bien, Laurie, qu'est-ce que tu as ? Ça ne te fait pas plaisir de voir ton professeur de piano ?

Laurie hocha la tête.

— Si.

Cette gamine était bien moins bête qu'elle ne le paraissait. Contrairement à ses parents, elle avait deviné que la présence de Mme Préau dans cette maison ne pouvait être que le signe avant-coureur d'un drame. La vieille dame lui caressa la joue.

— J'ai fait des madeleines au chocolat pour toi et ton petit frère. Tu aimes ça ?

Cette fois, l'enfant hocha la tête avec plus d'entrain. L'appât de la gourmandise était ce qui fonctionnait le mieux avec la fillette. Mme Préau l'avait bien compris. C'est alors qu'il y eut un premier coup frappé derrière elle. Un son étouffé, presque imperceptible. Mme Préau tourna la tête.

Mamie Elsa, je suis là...

La voix était faible.
L'enfant se mourait.
La visiteuse se trouvait face à une cuisine américaine dont la partie repas mesurait environ une dizaine de mètres carrés. Le pavillon de plain-pied ne devait pas excéder cent mètres carrés.

— C'est Philippe qui a supervisé les travaux il y a deux ans quand on a emménagé, crut bon de dire Mme Desmoulins pour se donner une contenance. On a dû changer trois fois d'entreprise. Les gens ne sont pas fiables dans le bâtiment...

La cuisine était impeccable, avec ses portes en bois massif peintes en blanc et le plan de travail en marbre rose. Visiblement, M. Desmoulins avait profité des prix *direct usine* chez Lapeyre. On invita la voisine à s'asseoir, on sortit assiettes et fourchettes à dessert, on mit de l'eau à chauffer pour le thé, on disposa sur la table le compotier et le plat en argent massif avec sa tarte, et l'on déboucha le cidre.

— Blandine, il manque les verres, constata le mari.

Mme Desmoulins s'excusa pour son étourderie et se releva pour aller les chercher dans la cuisine. Kévin aidait à répartir les assiettes sur la table ; ravi de ce goûter improvisé, il lorgnait sur les madeleines dorées. Mme Préau était assise en bout de table, face au salon, tournant le dos aux portes-fenêtres donnant sur le jardin. Elle était tétanisée par le trac. Le son étouffé de petits coups frappés lui parvenait régulièrement. Mais personne ne semblait les entendre. Dehors, la nuit commençait à tomber. Découpant la tarte, M. Desmoulins dodelina de la tête.

— Une tarte aux pommes, c'est vraiment trop gentil. Blandine adore ça.

— Oui, c'est ma tarte préférée. Laurie, à table, s'il te plaît.

La fillette lâcha son dessin animé à regret et prit place à son tour. Ne manquait plus que l'enfant aux cailloux.

— Et vous, monsieur Desmoulins, quel est votre dessert préféré ?

L'homme reposa le long couteau de cuisine avant de saisir une pelle à tarte.

— Oh moi, je ne mange pas de dessert. À cause du diabète. Pas de sucrerie ! Je vous sers ?

Mme Préau blêmit. Elle n'avait pas pensé à cela. Heureusement, il y avait le cidre. Pourvu qu'il cède à l'appel de l'alcool...

— Oui, c'est très embêtant, souligna Mme Desmoulins, tendant l'assiette de l'invitée surprise. Philippe ne boit pas d'alcool non plus.

— À part une bière de temps en temps.

— Oui, enfin, un peu le soir.

Le cœur de Mme Préau s'accéléra. Son plan tournait au fiasco. On lui tendit une part de tarte.

— Non merci, dit-elle, il y a de la cannelle sur cette partie de la tarte, et cela m'est déconseillé à cause de la tension. Mais je prendrais volontiers une part sans épice.

M. Desmoulins donna la portion saupoudrée de cannelle à son épouse et servit Mme Préau, plaisantant sur les inconvénients de santé et les contraintes alimentaires qui arrivaient avec l'âge. Puis il tendit les madeleines aux enfants et proposa du cidre à son épouse et à la voisine. Toutes deux acceptèrent et, finalement, il se laissa tenter lui-même, au grand soulagement de Mme Préau.

— Ça ne va pas me tuer, dit-il en plaisantant.

Mme Préau ne toucha pas à son verre mais mangea sa part de tarte. La mère de Laurie reprit du cidre auquel elle trouva un *fameux petit goût de ferme ou de foin*, et les enfants se régalèrent avec les madeleines. Ils furent autorisés à quitter rapidement la table et somnolaient maintenant dans le canapé devant un épisode de *Barbapapa*. M. Desmoulins, qui n'avait touché à rien mais vidé son verre de cidre, racontait comment il avait conçu le pavillon, imaginé un garage-atelier avec panneaux coulissants amovibles, posé lui-même toutes les portes et fenêtres puis abattu à la masse le muret d'enceinte centenaire endommagé par un lierre grimpant afin de le remplacer par un mur en béton ajouré bien costaud. Mme Préau faisait semblant de s'intéresser à ses propos. Mais il lui était difficile de se concentrer.

Mamie Elsa... Mamie Elsa...

Dans sa tête, avec la régularité d'un métronome, le bruit de coups frappés contre une paroi en bois dans la cuisine allait en s'amplifiant. Mme Desmoulins semblait perdue dans ses pensées, battant doucement des cils. Lorsqu'elle réalisa en voyant le jardin plongé dans l'obscurité que la nuit était tombée, elle appela les enfants. Il était l'heure du bain. Mais rien ne bougea sur le canapé. Dans le téléviseur, le dessin animé avait fait place à une page de publicité. Péniblement, elle se leva.

— Laurie, Kévin, allez, debout, bredouilla-t-elle.

Mme Desmoulins vacilla. Son mari n'y prêta guère attention : de l'index, il dessinait sur la nappe le plan invisible des fondations de la maison, cherchant ses mots, le cerveau comme au ralenti. Mme Préau vit la maman de Laurie faire cinq ou six pas avant de s'écrouler. Cette fois, le mari tourna la tête. D'une main molle Mme Desmoulins tenta d'agripper l'accoudoir du canapé, en vain.

— Blandine ?

Mme Préau croisa son regard incrédule.

— Votre femme ne se sent pas bien, observa-t-elle.

Le mari se leva d'un bond et marcha vers son épouse pour l'aider à se relever. Mme Desmoulins était groggy.

— Les enfants... articula-t-elle avant de perdre connaissance.

L'homme leva les yeux sur le canapé : affalés au milieu des coussins, Kévin et Laurie semblaient dormir d'un sommeil de plomb.

Il ne comprit pas tout de suite quelle scène dramatique se jouait dans son pavillon.

Il ne comprit que lorsqu'il vit Mme Préau se dresser face à lui avec un marteau.

— Maudit diabète ! grogna-t-elle comme à regret.

Vas-y mamie Elsa, tue-le !

Dans un réflexe, M. Desmoulins sauva sa vie, levant un bras pour protéger son visage. Le marteau s'écrasa sur l'avant-bras gauche, ce qui lui fit atrocement mal.
— Mais qu'est-ce qui vous prend ?!
Mme Préau frappa le bras à trois reprises avant de comprendre qu'elle n'arriverait à rien avec son outil. Paniquée, la vieille dame recula jusqu'à la table. Elle n'avait pas prévu cela.

Je suis là, mamie Elsa !

De la sueur perlait sous son nez. La voix de Bastien claquait dans sa tête. Mme Préau ferma les yeux une poignée de secondes.
Garder le contrôle de ses nerfs.
Agir coûte que coûte.
Sauver l'enfant.
Elle s'empara du couteau de cuisine.
— Qu'est-ce que vous faites ! Vous êtes folle ?!
L'homme, tombé en arrière sur le carrelage, tentait à présent de se relever. Mais son corps ne répondait pas comme il le souhaitait. Ses jambes

fléchissaient sous lui. Le Stilnox mélangé au cidre avait tout de même quelques effets sur sa carcasse.

— Qu'est-ce qui est arrivé à ma femme et mes gosses ?

La vieille femme revenait vers lui, cheveux en bataille, tenant devant elle couteau et marteau.

— Où est-il ? questionna-t-elle.

M. Desmoulins rampa jusqu'au canapé où il se hissa avec difficulté, prenant place au milieu des enfants. Il gémissait entre chaque mot.

— Qu'est-ce que... qu'est-ce que vous avez mis dans vos gâteaux ?

Au secours, mamie Elsa !

Le regard de Mme Préau oscillait entre la cuisine et le salon. Elle trépignait.

— Où est-il ? insista-t-elle.

L'homme contrôla la respiration des enfants, secoua les petits corps inertes. Le gémissement fit place à la fureur.

— Vous avez empoisonné mes gamins !

— La dose de somnifère dans les madeleines est trop faible pour les tuer mais je ne suis pas experte en la matière, s'excusa-t-elle.

M. Desmoulins hurla. Il jaillit du canapé avec l'intention de se jeter sur la vieille femme mais retomba sur les genoux au premier pas. Mme Préau recula vers la cuisine, dressant toujours ses armes devant elle.

— Restez tranquille !

— Vous nous avez tous drogués ! J'comprends pas... Vous en avez bouffé vous aussi de...

Son regard se posa sur la tarte. On voyait nettement la partie saupoudrée de cannelle entamée par sa femme. Il ne fallait pas être bien malin pour comprendre sous quels fruits le somnifère se cachait.

— C'est pour le petit que je fais ça, se défendit Mme Préau, parce que vous êtes une ordure, et votre femme aussi... Et parce que personne ne veut me croire, en commençant par ces deux salopes du centre social !

Puis elle jeta un œil au canapé.

— Et eux aussi sont complices.

Mamie Elsa ! Mamie Elsa !

Dans la cuisine, les coups frappés redoublaient de vigueur. L'enfant était là, tout près. Mme Préau tremblait d'effroi. Le manche du marteau glissait dans sa paume humide. M. Desmoulins se redressa péniblement.

— C'est encore cette histoire de gamin dans le jardin ? C'est vous qui avez fait un signalement aux services sociaux ? C'est pour ça que vous êtes venue, hein ! Vous êtes complètement cinglée !

Je suis là, mamie Elsa ! Je suis là !

La vieille femme tourna la tête sur la droite où se trouvait un placard à balais d'environ un mètre soixante de haut. Elle donna un coup de marteau sur la porte. Les bruits dans sa tête cessèrent instantanément.

— C'est là que vous avez caché le gamin ? C'est votre fils ?

L'homme redoublait d'efforts pour tenir debout.

— Je n'ai qu'un fils et c'est Kévin.

— Alors il s'agit sûrement d'un gosse que vous avez kidnappé.

— Vous n'êtes qu'une vieille tarée.

Mme Préau tira sur la porte du placard d'un geste sec sans quitter l'homme des yeux. Il s'ouvrit. L'enfant se tenait-il là, dans l'obscurité ? M. Desmoulins se rapprochait de la cuisine en titubant.

— Restez où vous êtes ! lui conseilla-t-elle.

Mme Préau risqua un œil à l'intérieur.

Rien.

Rien, sinon des rayonnages remplis de conserves.

Le mari eut un pauvre rire.

— Vous l'avez trouvé le gamin ? C'est notre spécialité : du gosse en boîte !

Furieuse, Mme Préau suffoquait. Elle dégagea les conserves pour atteindre le fond du placard en utilisant le manche du marteau.

Ne me laisse pas, mamie Elsa. Ne me laisse pas !

L'homme était parvenu à moins de deux mètres de Mme Préau.

— Y a que dalle dans ce placard ! Vous ne trouverez rien.

— Il est là, derrière... J'en suis certaine... Il y a un double fond, c'est ça ?

Mme Préau frappa la paroi du fond du placard à l'aide du marteau. Celle-ci sonnait creux. Son visage s'illumina.

— Bastien ? Tu es là ?

Elle frappa plus fort et plus vite, entaillant le bois en aggloméré.

— C'est moi ! C'est mamie Elsa !

Mamie Elsa ne vit pas l'homme se jeter sur elle dans un ultime effort.

*Cruelles étoiles.
Des milliers d'étoiles jaunes.
Je ne peux pas mourir.
Pas maintenant.
Bastien ! Bastien !*

NE PAS EN CROIRE SES YEUX

Un homme investi de fonctions importantes et qui jouissait de l'estime universelle, un homme dont les travaux étaient justement appréciés, mais qui se renfermait chez lui par suite de ses préoccupations délirantes, avait cessé de vivre en rapport avec le monde extérieur ; et, par l'effet d'une manie singulière, il avait cessé d'aller au cabinet. La nature, pourtant, n'avait pas abdiqué ses droits ; il se servait donc de sa chambre à coucher. Quand celle-ci fut complètement remplie, il passa dans la pièce suivante, et, de proche en proche, chassé de chez lui par ce mobilier d'une nouvelle espèce, il finit par coucher sur l'escalier. Lorsque les experts, chargés de faire une enquête sur son état mental, se rendirent à son domicile, l'escalier lui-même était presque entièrement rempli de ses déjections, et il ne restait plus que deux marches de libres.

Benjamin Ball,
Les Persécutés en liberté

Le téléphone sonna aux environs de 19 h 30. Martin dut interrompre sa consultation et laisser un instant son patient assis sur la table d'osculation, chemise relevée sous les aisselles. Le Dr Préau n'identifia pas immédiatement son interlocutrice. Celle-ci avait la voix pâteuse et paraissait essoufflée.

— C'est Isabelle, la femme de ménage de votre maman. Vous devriez venir, m'sieur Préau, votre mère a peut-être des ennuis.

— Qu'est-ce que vous racontez ?

— C'est à cause des volets.

— Les volets ?

— Les volets de la maison, elle ne les a pas fermés. Ce n'est pas normal.

Martin poussa un soupir. Il enchaînait sur deux visites à domicile, deux cas probables de grippe A. Pas de temps à perdre avec une histoire de volets.

— Vous êtes allée voir chez elle ?

— M'sieur Préau, j'ai sonné mais personne ne répond. Avec mon mari, on a essayé d'ouvrir mais la clé ne rentre pas dans la serrure.

— Qu'est-ce que c'est que cette histoire ?

— La police est là, m'sieur Préau. Vous devriez

venir tout de suite. Il est arrivé quelque chose chez les voisins.
— Où est le rapport avec ma mère ?
La femme de ménage eut un moment d'hésitation.
— Je ne suis pas sûre, mais je crois que votre maman... elle est allée chez eux.
Le souvenir d'une conversation dimanche revint à l'esprit du médecin. Il se racla la gorge.
Le Dr Martin Préau mena rondement sa consultation, poussant presque le patient dehors. De sa sacoche jetée sur le bureau, il retira une enveloppe déchirée à la va-vite. À l'intérieur, une carte postale ancienne représentant la rue des Lilas en 1925, soit un vague chemin de terre bordé de grillages. Au verso de la carte, sa mère lui adressait ses excuses. Lorsqu'il avait lu ces mots tracés d'une écriture appliquée, c'était avec la conviction qu'ils avaient été choisis dans la logique de sempiternelles divagations maternelles. Le contenu, dorénavant, prenait un tout autre sens.

Il enfila son duffle-coat, ferma le cabinet et, un instant plus tard, il s'engageait dans le boulevard de l'Ouest au volant de sa Peugeot 307 à soixante-dix kilomètres à l'heure.
Pourvu qu'elle n'ait pas remis ça.
Il revoyait le visage blême de sa mère dans une salle d'audience, huit ans plus tôt. La maigreur de son corps. Et sa détermination à être condamnée.

... Mes voisins comme j'ai tenté de te le dire frappent un de leurs fils. Tu sais combien la violence faite aux enfants est pour moi un sujet sensible...

Pourquoi être allée chez les voisins ?
Qu'espérait-elle ?
La hantise de Martin était de la trouver un jour au bas des escaliers. À son âge, la moindre chute engendrerait une perte de motricité. Qu'elle soit encore capable de se vêtir, de faire ses courses, de cuisiner ses repas mais aussi de gérer son budget repoussait l'échéance d'un placement dans une structure médicalisée. Avec des béquilles ou un fauteuil roulant, plus question de rester dans une maison comportant deux étages. Une fracture équivalait à un billet direct pour l'hospice. Et avec son CV, elle échouerait au rayon Alzheimer, sous Tiapridal, le cerveau en yaourt, nourrie à la paille. Mais tout cela n'était rien en comparaison de ce qui pouvait ressurgir du passé.
S'engageant dans l'allée Victor Hugo, Martin lâcha un juron.
Il savait.
Il n'avait rien voulu voir.
Sa mère avait cessé de prendre son traitement et il n'avait pas agi en conséquence.
Une crise de démence, une bouffée délirante...
Avait-elle agressé quelqu'un ?
Il frappa du poing le volant. Le Dr Préau n'avait guère d'estime pour lui-même. Grandir sans père bride la confiance en soi. À cet instant, il lui

semblait repasser d'un coup tous ses examens à poil dans un amphi, déjà montré du doigt par ses pairs. Curateur sans couilles. Martin n'avait pas eu le courage d'infliger à sa mère l'hospitalisation d'office. Pour s'occuper l'esprit, ainsi qu'il le faisait après chaque visite rendue au numéro 6 de la rue des Lilas, il dressa la liste des établissements de la région susceptibles de l'accueillir dans les meilleures conditions. Martin atteignit le quartier de la gare avant d'en avoir terminé avec sa liste. Deux ambulances du SAMU stationnaient en double file rue des Lilas. Une voiture de police en interdisait l'accès. Le médecin gara son véhicule le long de la voie ferrée, coupa le contact et attrapa sa sacoche jetée à la hâte sur le siège arrière. Le claquement de la portière le fit sursauter. Il marcha d'un pas rapide vers la meulière dont la toiture en ardoise se dressait au-dessus des autres habitations, insolente. Il fut stoppé dans son élan par un officier de police, lequel se ravisa lorsque Martin déclina sa fonction de médecin. Il franchit une seconde barrière que formaient une douzaine de voisins descendus dans la rue. Il eut le sentiment que, parmi les plus âgés, certains le dévisageaient avec hostilité. Parmi eux, Isabelle frigorifiée sous un châle se serrait contre son mari.

Martin atteignit la première ambulance. L'une des portes arrière du véhicule était ouverte. Non sans appréhension, il y risqua un regard, cherchant la silhouette chétive d'une vieille femme sur le brancard, mais à l'intérieur, deux urgentistes occupaient son champ visuel.

— Excusez-moi, je suis le Dr Préau, je crois que ma mère a eu un accident...

L'infirmier se tourna vers lui et le dévisagea rapidement avant d'indiquer une direction d'un mouvement de la tête.

— Vous devriez aller voir là-bas.

Furtivement, Martin entrevit un garçon et une fillette, allongés dans la camionnette, entre trois et six ans, un masque à oxygène sur le visage. Il lui sembla revoir Bastien, en salle de réanimation des urgences de Montfermeil.

— Pardon !

Le médecin recula, évitant de justesse que la portière ne se referme sur son nez. La sirène actionnée emplit la rue d'une sinistre clameur. Qu'était-il donc arrivé aux gamins entrevus dans l'ambulance ?

Ce que tu as pris pour un délire n'est malheureusement que la vérité.

Martin remonta le col de son manteau et marcha dans la direction indiquée, celle de la meulière. Les volets du rez-de-chaussée étaient ouverts ainsi que l'avait noté la femme de ménage. Aucun signe de vie. C'est en face que s'activaient les forces de l'ordre, derrière une palissade en béton, au domicile d'une famille que sa mère suspectait d'être un lieu de maltraitances. Martin s'immobilisa au milieu de la rue. Se pourrait-il qu'elle ait eu raison ?

Le Dr Mamnoue est au courant depuis plusieurs semaines. J'ai d'ailleurs alerté les services sociaux et fait une déclaration de main courante à la police vendredi.

Les stridulations d'une sirène de pompiers le firent sursauter. Le véhicule de secours s'engageait dans la rue en sens inverse.
— Monsieur, vous ne pouvez pas rester là.
Le flic surgit, nerveux. Martin déclina son identité.
— Vous êtes le fils de la dame qui habite en face ?
— Oui.
L'officier saisit son talkie-walkie. La conversation fut brève.
— Restez là, s'il vous plaît, monsieur. On va venir vous voir.
— Qu'est-il arrivé ? Est-ce que ma mère est dans ce pavillon ?
— Je ne peux rien vous dire. Vous devez attendre ici.
Le portillon en fer s'ouvrit brusquement pour laisser le passage à un brancard. L'officier obligea Martin à reculer sur le trottoir. Sous la couverture de survie, une femme blonde inconnue ayant entre trente-cinq et quarante ans, le visage à demi recouvert par un masque. Le médecin frémit.
Soutenu par deux officiers de police, un homme dans la même tranche d'âge et plutôt costaud apparut dans l'encadrure du portillon. Il avait un bras en écharpe et son sweat-shirt vert était taché de sang. Livide sous le réverbère, il regardait s'éloigner le brancard.

Le médecin sentit des picotements à l'extrémité de ses doigts.
Il appuya son dos contre le muret.

Pardonne-moi encore de te causer tout ce tourment.

Fils maudit !
Dans quel merdier sa mère s'était-elle fourrée.

Assis sur une chaise dont le dossier en tissu bleu cobalt s'effilochait, l'homme observait ses mains. Habituellement douces et chaudes en toute saison – caractéristique physique appréciée de ses patients et d'Audrette –, elles étaient singulièrement moites et fraîches. Un tremblement agitait ses doigts en dépit des efforts qu'il faisait pour contrôler ses nerfs.

Martin remonta la manche de sa chemise au poignet droit. Sa montre indiquait 21 heures. Le lieutenant Sevran était avec un collègue. Par la porte du bureau restée ouverte, leurs voix lui parvenaient depuis le couloir. Sevran avait trouvé trace d'une procédure ayant mis en cause une certaine Mme Elsa Préau dans un fichier d'identification. Il avait demandé à ce qu'on lui communique les archives de l'affaire qui remontait à 1997. Et puis un flic était passé le voir, celui avec lequel il discutait dans le couloir.

Genoux serrés, épaules basses, Martin ignorait la faim qui taraudait son estomac. Mais il avait froid sans son duffle-coat – en dépit de la chaleur qui régnait dans le commissariat. Par automatisme plus que par peur d'en dire trop, il gardait les dents serrées. Voir sa mère allongée sur le sol dans une mare de sang avec trois types au-dessus d'elle tentant de la ranimer avait aussi un rapport avec sa crispation.

On croit un médecin revenu de tout.

On prend moins de gants pour lui dépeindre le tableau.

Fracture du bassin, importantes lésions internes avec enfoncement bilatéral des lobes pulmonaires et commotion cérébrale. Et en se projetant sur elle, le voisin – la masse de quatre-vingt-dix kilogrammes en sweat-shirt entrevue tout à l'heure – avait réduit maman chérie en bouillie : dans la chute, sa tête avait heurté le rebord du plan de travail de la cuisine. Pronostic vital réservé. La mère de Martin était dans le coma. De quoi raviver de vieux souvenirs. Seulement, cette fois, elle risquait de ne pas revenir.

Le téléphone portable vibra dans une poche du manteau. Audrette adressait un SMS à son mari pour le réconforter. Elle manquait à Martin. Il lui manquait ses bras, ses seins pour y lover son crâne, couper court aux pensées morbides. Il l'imaginait à la maison, un verre de bordeaux en main, debout devant la baie vitrée qui donne sur le jardin pentu. Vue dégagée sur les hauteurs de la ville. Un panorama dont ils ne s'étaient pas encore lassés depuis quatre ans. Une maison achetée à crédit, trop vaste pour eux deux, et qu'ils tentaient en vain de remplir d'insupportables cris de bébé dont les jeunes parents raffolent tant ils disent l'affirmation d'une vie.

Martin avait rapidement téléphoné à Audrette depuis le véhicule de police pour l'informer de ce qui venait de se passer, prévoyant un retour tardif à son domicile.

— Tu es son tuteur, merde ! Tu sais de quoi elle est capable. Pourquoi tu ne l'as pas hospitalisée d'office ? Tu te rends compte des conséquences ? Si les enfants et la mère ne s'en sortent pas, comment tu l'assumeras ?

La première réaction de sa femme avait été violente et l'avait anéanti. Lorsque Audrette avait rappelé en larmes, jurant que si sa belle-mère s'en sortait une seconde fois elle irait elle-même la conduire chez les fous, il avait repris un poil courage.

Sa mère, son fardeau.

Si Martin était revenu du Canada, au mépris de ses études et d'une formidable carrière qui l'attendait là-bas dans le service de cardiopathie dirigé par son père, c'était pour maman. Rien que pour maman. Les lettres qu'il recevait alors de France étaient misérables. Ni frère, ni sœur, mère décédée, père en phase terminale d'un cancer, elle n'avait plus que lui, son fils. Lettres misérables, mais délectables. Ses courriers traitaient de ses lectures, de ses régimes alimentaires farfelus, des fantaisies de ses élèves, d'animaux improbables recueillis dans son jardin, mais aussi de la politique sociale de la France, des problèmes engendrés par la mondialisation et les désastres écologiques. Plus récemment, dans une lettre du 6 janvier 2006, commentant l'ouvrage d'un économiste, elle prévoyait déjà un krach boursier aux États-Unis dont le retentissement serait mondial. De sa solitude, en revanche, elle ne disait rien, ou si peu, évoquant d'une ligne cette mélancolie qui la saisissait au crépuscule, après ses journées d'école gorgées de cris d'enfants. Jeune homme au cœur séché par le remords, coupable d'avoir délaissé la mère pour rejoindre à l'autre bout du monde un père abandonnant, il était rentré en France. Une parenthèse de huit années, avec au milieu, poussée comme une fleur, Audrette.

Martin balaya du regard la pièce étroite encombrée de foutoir : sur le meuble du fond, un casque de CRS posé sur une pile de dossiers et un coffre-fort, semblable à ceux que l'on trouve dans les chambres d'hôtel, donnaient le ton. Accrochés au mur, un portemanteau, un dessin d'enfant et la photo de quatre hommes souriants, se tenant par le cou – l'équipe à laquelle appartenait le lieutenant Sevran. On pouvait donc être heureux dans la police, boire des bières et se prendre par le cou devant l'objectif. Le dessin d'enfant ressuscita le souvenir. Celui de deux brigadiers, debout dans son cabinet médical. L'un des deux officiers, enrhumé, avait tiré un mouchoir de sa poche pour vider ses sinus, noyant l'annonce de *l'accident* survenu à Bastien et mamie Elsa dans un Kleenex.

À l'époque, on trouvait aussi sur les murs du cabinet des dessins d'enfant.

Ceux de Bastien.

Tout cela allait ressurgir à présent.

Je n'ai rien à ajouter, Monsieur le président avait murmuré sa mère avant que les gardes ne l'emmènent. La *grand-mère diabolique* referait la première page du *Parisien*.

**Dangereuse, la grand-mère. Mais folle ?
Querelle de psychiatres au procès d'Elsa Préau,
jugée pour avoir tué son petit-fils âgé de 7 ans.**

*Georges Milhau
Envoyé spécial*

Une question obsède la cour d'assises. Une question primordiale. Elsa Préau, que l'on juge depuis trois jours, a-t-elle sa place dans un prétoire ? Était-elle oui ou non responsable de ses actes quand, le 6 juin 1997, elle a conduit son petit-fils Bastien au parc de la ville, l'a entraîné à l'écart sous un arbre et lui a administré une dose de calmants suffisante pour le tuer ? Les trois collèges d'experts qui l'ont examinée ne sont pas d'accord. L'affaire, déjà compliquée, bascule dans la confusion. Pour le Dr Valente, l'accusée est une paranoïaque souffrant d'un délire passionnel axé sur Bastien, mais ce délire n'affecte pas d'autres secteurs de sa structure mentale. Dans ce « mental précaire, elle s'est progressivement convaincue des sévices infligés par sa mère à Bastien ». Pour lui, la responsabilité d'Elsa Préau est moyennement atténuée. Mais, pour le Dr Dupin, Elsa Préau est victime d'une psychose délirante et paranoïaque. Sa conclusion est sans appel, « ce crime n'est pas jugeable et ne relève pas d'une juridiction pénale ». Pour le troisième expert, le Dr Texier, on a toujours affaire à une personnalité paranoïaque, pathologique, avec une « hypertrophie du moi » et une relation quasi fusionnelle avec Bastien. Le tout « altérant son jugement et entamant le contrôle de ses actes au moment des faits », mais sans rendre pour autant l'accusée responsable.

Les jurés sont perdus. D'autant que l'accusée tient absolument à être jugée et donc condamnée, et ne veut certainement pas entendre parler de maladie mentale. Elle tient « à comparaître devant Martin (son fils) pour répondre de son acte abominable ». Le Dr Texier a vu dans cette réaction un signe de plus de la paranoïa d'Elsa Préau.

Devant tant d'incertitudes, la suite du défilé des témoins paraissait hier bien saugrenue. On a entendu qu'Elsa Préau, 62 ans aujourd'hui, avait eu une vie exceptionnelle. Son intelligence et sa ténacité hors pair l'avaient propulsée de sa place d'institutrice à directrice d'une école dont elle avait fait la réputation jusqu'au ministère de l'Éducation, créant la toute première classe nature et jardin en 1991. Entendu également qu'elle avait trop et bien mal aimé son fils Martin. Qu'elle avait commencé à basculer dans la paranoïa en découvrant des bleus sur le corps de Bastien et surtout quand sa belle-fille Audrette, sur les conseils d'un juge des enfants, lui avait interdit de voir son petit-fils. Elsa Préau avait alors tenté d'alerter plusieurs personnes autour d'elle, persuadée que son petit-fils était victime de maltraitance. Elle avait même adressé une lettre à la Direction du conseil général dont dépendent les services sociaux. Mais nul ne l'a crue.

Puis le policier l'ayant interrogée en garde à vue est entré. Il l'avait laissée « se confesser », cela avait duré toute une nuit. « Elle imaginait Bastien dans une telle souffrance. » Elle ne pensait pas être capable de vivre sans son petit-fils. Privée des visites de Bastien, elle voulait mourir, mais ne pouvait se résoudre à laisser l'enfant seul face à sa mère. « Elle a administré une dose fatale à Bastien mais pas suffisante pour elle. Elle s'est ratée. » Enfin, le policier a précisé que, jusque-là, « personne ne l'avait entendue », même pas son fils Martin dont elle ne comprenait pas le déni. « Alors, elle s'est livrée. »

Réquisitoire, plaidoiries et verdict aujourd'hui.

Le lieutenant fit pivoter l'écran de son ordinateur afin de permettre à l'homme qui se trouvait devant lui de lire l'article repéré sur Internet.

— Et ça docteur, ça vous rafraîchit la mémoire ?

Martin fit la grimace. Il aurait voulu plus de temps. Tout allait trop vite. À peine quatre heures s'étaient écoulées depuis l'agression et déjà sa mère passait de victime à coupable. Le lieutenant Sevran prit un air navré.

— Le policier mentionné dans le papier, c'est notre capitaine. Il se trouve qu'il a croisé votre mère quand elle est passée faire sa déclaration de main courante lundi dernier. Notre assistante sociale avait pris le témoignage de Mme Préau très au sérieux, vous savez... Le capitaine se souvenait de son visage mais n'avait pas encore fait le lien avec l'affaire.

Il passa une main molle sur son menton.

— Dix ans... J'étais brigadier à Nantes...

L'officier remit l'écran dans son axe.

— Voyons plus loin...

La voix de Martin s'éleva dans un cliquetis de clavier d'ordinateur.

— Est-ce que vous avez des nouvelles des enfants ?

— Pas pour l'instant.

— Et les parents ? Le père ? Est-ce que ma mère l'a gravement blessé ?

— M. Desmoulins est en garde à vue. Il est actuellement entendu dans le cadre de l'enquête.

L'officier soupira.

— Ah !... Voilà... *La grand-mère meurtrière reconnue irresponsable... L'accusée acquittée...* Voilà pourquoi on n'a pas trace de la condamnation dans le STIC[1].

L'écran pivota une seconde fois. Martin retourna à la contemplation de ses chaussures.

Nul besoin pour lui de lire.

Il se souvenait parfaitement des comptes rendus du procès parus dans la presse, décrivant sa mère comme une femme au regard ravagé et détachée de tout.

Il entendait encore l'avocat général revenant à la charge.

— Jamais je n'ai lu de la détresse ou du

---

1. Système de traitement des infractions constatées.

désespoir sur votre visage, madame. Je ne vous comprends pas. Je ne comprends pas comment vous fonctionnez.

L'avocat s'était ensuite enfoncé dans un monologue interminable et confus évoquant *un geste abominable* commis par une femme *égoïste, égocentrique*, revenant sans cesse à son incompréhension du crime et du mobile. À quoi lui servait-il de nier le désespoir d'une grand-mère amenée à tuer son petit-fils ? Un désespoir moteur de sa folie, nourri par la perte récente de son père des suites d'un cancer, désespoir sur lequel les experts étaient tombés d'accord. Pourquoi nier les troubles et lésions physiques de Bastien dont sa grand-mère s'inquiétait puisqu'ils étaient vrais ? Non. Il s'acharnait sur l'institutrice à la retraite.

— Diabolique et infernale !

Lorsque enfin l'avocat général s'était moqué de Martin en le ravalant au rang de *fifils à maman*, l'accusant pratiquement de faux témoignage, le médecin avait alors été submergé par la culpabilité.

Coupable d'avoir prescrit du Tranxène dont elle avait fourré le gâteau destiné à la tuer ainsi que Bastien.

Honteux de porter un nom à jamais sali.

Cent cinquante comprimés, réduits en poudre.

Et elle avait survécu après dix jours de coma.

Une toux gênée sortit Martin de ses pensées. Le lieutenant l'observait, bras croisés.

— Il y a une chose que j'ai du mal à comprendre docteur, dit-il doucement. Après ce que votre mère vous a fait, comment avez-vous pu continuer à la voir ? Est-ce qu'on peut pardonner à quelqu'un d'avoir tué son fils, même s'il s'agit de sa propre mère ?

Martin leva les yeux sur le lieutenant.

— Les gens s'imaginent toujours que, pour un médecin, il est plus facile d'assumer une maladie grave dans sa famille, que son expérience le protégera des émotions fortes. Il n'en est rien. Dans aucun manuel il n'est écrit comment annoncer à sa mère que son petit-fils souffre d'une leucémie et que la fièvre, la pâleur de sa peau, les bleus sur son corps sont les conséquences d'une rechute.

— Vous avez caché à votre mère que votre fils avait un cancer ?

Martin eut un sourire amer.

— Personne ne le savait dans la famille à part Audrette et moi. Bastien croyait qu'on lui administrait un traitement pour renforcer le calcium dans ses os. Après sa chimio, nous étions partis trois mois en Corse pour attendre que ses cheveux repoussent. On croyait encore à une guérison. Puis son état s'est dégradé... Savez-vous quel est le taux de probabilité de guérison pour un enfant atteint d'une LAL[1] en cas de rechute ?

Le lieutenant fit non de la tête, désarçonné. Les yeux du médecin étaient brillants de larmes.

— 30 %. Dans le cas de Bastien qui présentait une pathologie grave, le pronostic était tombé à

---

1. Leucémie aiguë lymphoblastique.

15 %. Mon fils allait mourir. Dans six semaines, deux mois, grand maximum. Il souffrait déjà. Sans le savoir, ma mère l'a préservé de l'acharnement médical et du calvaire qui l'attendait.

Sevran hocha la tête, puis leva les yeux vers le mur où était scotché un dessin d'enfant.

Martin devinait parfaitement ce que cet homme devait penser.

Si c'était mon gamin, j'aurais parié sur les 15 %.

Une nuit, au début de la maladie, Bastien avait réveillé ses parents en hurlant. Un cri de terreur que Martin n'oublierait jamais. Dans son cauchemar, une sorcière lui arrachait les cheveux. Il se tenait la tête, perclus de douleur. Les cheveux étaient tombés deux jours après.

En taisant les raisons de la dégradation physique de Bastien, Martin et Audrette avaient donné du grain à moudre à l'esprit fragilisé de mamie Elsa et la psychose d'enfler jusqu'au délire. Comme au naufragé perdu au milieu de l'océan s'agrippe à sa bouée, Martin s'accrochait encore à l'idée qu'il avait préservé son fils du pire.

Audrette dormait sur le côté, la tête à demi enfouie dans l'oreiller tenu fermement entre ses bras.

Comme chaque nuit, elle s'était réveillée vers 2 heures du matin. Après s'être rendue d'un pas feutré aux toilettes et avoir bu quelques gorgées d'eau au robinet, elle était revenue se coucher, appuyant son buste contre le dos nu de son mari, espérant à son contact accomplir de meilleurs songes.

Martin contemplait son visage à la lumière du jour. Dans la couette, sa taille creusait un vallon dominé par ses hanches aux rondeurs voluptueuses. Ses cheveux mi-longs, lovés dans la nuque, prenaient des reflets ambrés.

Il désirait toujours autant sa femme, avec la même conviction, en dépendance. Mais Martin doutait qu'Audrette ait encore envie de lui.

Depuis le retour de Mme Préau après dix années passées en maison de repos à Hyères, Audrette supportait mal la relation que la mère avait renouée avec son fils. Leurs rapports étaient tendus. Le dernier souvenir qu'elle avait de sa belle-mère était celui d'une femme assise sur le banc des accusés, affirmant d'une voix douce à la cour : *Ma belle-fille porte le mal en elle en toute ignorance. Voilà pourquoi j'ai pour elle beaucoup d'indulgence*. Le drame de Martin. À qui la faute ? En 1988, n'avait-il pas joué un vilain tour à sa mère en rapportant de Montréal dans une pochette-surprise une étrangère au prénom ridicule ? Commet-on pareille bévue lorsqu'on est le fils exclusif d'une mère divorcée ? Elle se fichait bien alors de savoir que Martin fréquentait sa fiancée depuis l'université, qu'elle était ingénieur agronome et très jolie.

La naissance de Bastien avait sonné la fin des hostilités. Mamie Elsa, muette de bonheur, aurait même fumé le calumet de la paix et déjeuné chez McDo avec sa belle-fille si on le lui avait demandé.

Il ne fallait pas qu'il arrive quelque chose à Bastien.

Il ne fallait pas que sa peau bleuisse.

Mamie Elsa avait cédé à la panique. Il lui fallait un coupable. Un coupable qui ne soit pas de son sang.

Après le décès de Bastien, Audrette avait rejoint sa famille au Canada. Une fugue désespérée, en pénitence. Son retour en France des années plus tard s'accompagnait d'une exigence : que Martin coupe les ponts avec sa mère. De cela, il ne fut pas capable.

La longue séparation du couple avait cependant permis à Martin de guérir certaines plaies. Il s'était affranchi de relations sans lendemain, de sa dépendance à l'alcool et au Lexomil. Il avait repris assez de courage pour reconstituer une clientèle – laquelle s'était singulièrement clairsemée après le procès de sa mère –, quitté la maison natale où il avait cru bon se réfugier après le départ d'Audrette, et commander sur Internet un billet d'avion à destination de Montréal.

Martin ne pouvait vivre autrement que de l'amour porté à cette femme. Il n'avait pas fléchi lorsqu'ils s'étaient retrouvés, face à face, chez Beijing, un petit restaurant de spécialités Szechuan du quartier chinois dont les larges vitrines colorées contrastaient avec le blanc crayeux des congères formées sur les trottoirs. Dans cette salle bienveillante où les assiettes brûlantes débordaient de Singapore noodles, il avait confessé que Bastien méritait mieux de la part de ses parents. L'un et l'autre se devaient de ne jamais l'oublier, obéissants à son vœu le plus cher : que Bastien soit un jour grand frère. Après deux bières servies glacées, leurs doigts s'étaient renoués. Un peu plus de temps avait été nécessaire pour qu'ils réapprennent à déshabiller leur pudeur. Néanmoins, depuis la première étreinte des retrouvailles, le ventre d'Audrette refusait d'obtempérer. Au fil des jours, faire l'amour était devenu une source d'angoisse et d'appréhension. Chaque mois, Audrette vivait une journée de *deuil menstruel*. Et bien que Martin désirât sa femme continuellement, leurs rapports sexuels se raréfiaient. Les événements récents n'avaient rien arrangé.

Martin ferma les yeux pour calmer cet élan dérisoire.

Il embrassa l'ovale de l'épaule, caressa les cheveux de la femme endormie, et descendit à la cuisine glisser une capsule dans la machine à espresso, omettant d'écouter France Info.

Avant d'aller à son cabinet, comme il s'en accommodait depuis une semaine, il rendrait visite à sa mère à l'hôpital. Quinze minutes durant, il contemplerait un corps meurtri soutenu par une coque, le cou serti d'une minerve disproportionnée, l'embout d'un respirateur emplissant la bouche. Entre ses mains, celles de sa mère seraient tantôt tièdes, tantôt froides. Mme Préau hésiterait encore devant la mort, plongée dans un coma irréversible.

Martin n'ignorait pas quel pouvoir détenait un procureur. Sa mère en avait fait l'amère expérience. C'est à l'opiniâtreté d'un magistrat que Mme Préau devait d'avoir rejoint le banc des accusés alors que, depuis le début de l'affaire, selon les premières expertises psychiatriques, il était clair qu'elle n'y avait pas sa place.

— Il faut le comprendre, dit Sevran, inclinant la tête comme pour s'excuser. Des antécédents pareils, ça donne du grain à moudre au procureur. Il a dans l'idée que la justice ne commettra pas la même erreur deux fois.

Une odeur de tabac froid émanait d'une veste en cuir suspendue à la patère sur le mur. L'officier se tenait assis derrière son bureau, l'air épuisé comme lors d'un lendemain de soirée bien arrosée. Entre ses doigts, un mug insolite à l'effigie des sucettes Chupa Chups tournait au ralenti. Ses cheveux coiffés en épis formaient une petite brosse lustrée châtain clair qui rétrécissait le haut de son visage. La monture rectangulaire de ses lunettes de couleur violine assortie à une chemise portée sous un pull Jacquard noir et blanc affichait la marginalité du personnage. Le lieutenant ressemblait plus à un animateur de colonie de vacances ex-fan de Madness et des Specials qu'à un de ces flics bornés dont regorgent les séries télévisées.

— La justice n'a pas commis d'erreur, répondit Martin.

— Chacun son point de vue. Je n'ai pas à prendre parti.

— C'est pour me dire ça que vous m'avez convoqué ce matin ? Parce que j'ai une première consultation dans moins d'une demi-heure...

— Si je vous ai convoqué, docteur, c'est rapport à la main courante faisant part d'une suspicion de maltraitance – une des pièces officielles du dossier. C'est une piste que nous nous devons d'explorer, même si a priori c'est plié.

— Pardon ?

L'officier repoussa le mug contre le tapis de souris de son ordinateur. Le tapis d'un gris douteux était constellé de taches de café.

— Je veux dire qu'en dépit du profil psychiatrique de la victime et de son passé, on part du principe qu'il n'y a jamais de fumée sans feu. Aussi, on a procédé à une audition réglementaire d'un certain nombre de personnes...

Le lieutenant Sevran jeta devant lui un dossier dont il tourna les pages rapidement avec la lassitude d'un notaire.

— ... Parmi lesquelles les deux assistantes sociales, l'institutrice de l'école Blaise Pascal à laquelle votre mère a rendu visite, son médecin psychiatre le Dr Mamnoue... Vous le connaissez ?

— Oui. Il suit ma mère depuis des années.

— C'est en effet ce qu'il nous a dit. On a aussi interrogé la femme de ménage, l'infirmière à domicile et les proches voisins de la rue des Lilas. Les enfants Desmoulins...
— Comment vont-ils ?
— Ils vont bien. La maman est aussi tirée d'affaire.

Martin arracha un morceau d'ongle à son pouce droit. Depuis dix jours, ses ongles avaient sérieusement raccourci et il attaquait maintenant le champ intarissable des petites peaux. Une barbe, en revanche, commençait à manger ses joues.

— Bien, soupira-t-il.
— Ils ont eu de la chance.
— Oui.
— Et votre mère aussi, enfin, je veux dire...
— Oui. C'est une chance qu'elle n'ait tué personne.
— C'est ça. Donc, les enfants Desmoulins ainsi que leur mère ont été également entendus dans le cadre de l'enquête.

Le dossier se referma d'un coup. Le lieutenant y posa les coudes et joignit ses mains.

— Tous les témoignages concordent sur un point, docteur : votre mère soupçonnait quelque chose de pas net chez ses voisins, elle a tenté d'avertir les gens sur un cas de maltraitance et personne ne l'a cru.

Martin baissa la tête.

— Je ne l'ai pas crue non plus.
— Elle vous en a parlé ?
— Très brièvement.

— Quand était-ce ?

— ... Le dimanche 25 octobre, je crois. Elle m'avait téléphoné parce qu'elle n'allait pas bien. Elle était bouleversée. Ma mère m'a dit *c'est une question de vie ou de mort*. Je suis parti de chez moi en trombe. Et quand je suis arrivé, elle s'était calmée.

— Pourquoi ce changement d'humeur ?

Martin se crispa.

— Je crois qu'elle avait pris du Stilnox.

— Le somnifère retrouvé dans les madeleines. C'est vous qui lui en aviez prescrit ?

— Oui, soupira Martin. Vous m'avez déjà posé cette question le soir de l'agression. Elle en prenait parce qu'elle avait des difficultés à dormir.

— Et alors ?

— C'est moi qui me suis énervé. Elle m'avait fait tellement peur... Et je m'étais déplacé pour rien !

— Donc, ce jour-là, elle vous a parlé d'un enfant maltraité dans le voisinage ?

— Je crois bien. Je me souviens qu'elle faisait un rapprochement entre les appels téléphoniques commerciaux qu'elle recevait et le voisin d'en face qui travaillait pour une entreprise de... de pose de fenêtres.

— Elle se sentait menacée ?

— Oui.

— Et vous n'avez pas pris cette menace au sérieux ?

Martin tapota ses lèvres du bout des doigts.

— Vous en savez autant que moi sur sa paranoïa et ses délires hallucinatoires. Quand elle a

parlé d'un enfant qui ressemblait à Bastien, j'ai...
j'ai craqué.

— Vous avez craqué.

— Oui.

Martin se redressa dans son siège.

— Ça fait plus de dix ans que Bastien est mort. Dix ans que ma mère me demande de ses nouvelles. Chaque coup de fil, chaque lettre se termine par *et comment va mon petit Bastien ?*

— L'enfant, selon elle, ressemblerait à votre fils décédé ? demanda le lieutenant, perplexe.

— Oui, répondit Martin.

— Quand vous étiez chez elle, vous avait-elle montré l'enfant par la fenêtre de sa chambre ?

— Non.

Le lieutenant se pencha sur son bureau. Il tentait de lire le nom qui s'affichait sur l'écran d'un téléphone portable entré en vibration. Finalement, il laissa l'appareil frétiller sans s'en préoccuper et reprit en main le mug Chupa Chups.

— À l'heure actuelle, docteur, en dehors de votre mère, personne n'a jamais vu d'autres enfants chez les Desmoulins que les deux petits qui sont à l'hôpital. Et on en est là. Pas de troisième gamin sur le livret, pas d'enfant de précédents mariages, rien.

Martin fixait le dessin grenat de la sucette sur la tasse.

— C'est une œuvre de Dalí.

— Quoi ?

— Sur votre tasse. Le logo Chupa Chups. Il a été dessiné par Salvador Dalí.

Le lieutenant fit tourner le mug devant lui.

— C'est un cadeau de ma fille pour la fête des Pères, dit-il, vaguement attendri.

Soudain, l'officier se figea. Il ouvrit un des tiroirs du bureau et y plongea une main à la recherche d'un document qu'il ne tarda pas à trouver.

— Je vous ai dit une connerie. On a quelque chose sur le gamin.

Il présenta à Martin la photocopie d'un dessin sous pochette plastifiée transparente.

— Une œuvre de la petite Desmoulins. On voit bien dessus qu'elle a dessiné quelque chose là, sous ce qui ressemble à un arbre. Elle nous a dit qu'elle avait voulu représenter une poupée, puis un chien, et ensuite elle a parlé d'un ami imaginaire, celui de son frère et enfin, elle s'est mise à pleurer parce qu'elle ne s'en souvenait plus. Bref, on ne sait pas trop si elle dit la vérité, si elle a représenté quelque chose de réel. Et franchement, on n'a pas trop voulu insister. Voilà. C'est tout ce qu'on a.

Martin croisa les bras, puis gratta son front, embarrassé.

— Dans sa dernière lettre, elle parlait d'une photographie...

— Votre mère vous a écrit une lettre ? s'étonna le lieutenant.

— Oui.

— Dans laquelle elle fait part de l'existence de l'enfant ?

— Oui.

— Est-ce qu'il vous serait possible de me l'apporter ?

Martin ouvrit sa sacoche et en sortit l'enveloppe. Le lieutenant la lut, rajustant ses lunettes.

— Cela confirme le témoignage de notre assistante sociale, Mme Tremblay. Votre mère a effectivement reçu son appel le 26 octobre... et elle fait allusion à un appareil photo...

— Vous avez dit Mme Tremblay, Valérie Tremblay ? demanda timidement Martin.

— Oui, vous vous connaissez, je crois ?

Le médecin eut la vision furtive d'un corps qui se déshabille dans son cabinet et d'adorables petits seins offerts à l'auscultation.

— C'était une de mes patientes. Quand je l'ai connue, elle s'occupait de soutien à la parentalité dans un centre de réinsertion à Chelles. Elle travaille ici ?

— Oui. Elle est rattachée au commissariat, et je peux vous dire qu'elle nous donne un sacré coup de main. Vous permettez que je la garde ?

— Pardon ?

— La lettre, précisa le lieutenant. Vous en voulez une photocopie ?

Martin fit non de la tête.

Il lui tardait d'aller à ses consultations.

Il lui tardait d'oublier ses prescriptions de Stilnox métamorphosées en armes du crime, de faire l'impasse sur son manque de discernement en général, et d'effacer l'image des seins de l'assistante sociale en particulier, aux mamelons ronds comme des Chupa Chups.

Les chaussures de Martin laissèrent des traces humides sur le revêtement de sol, balises éphémères conduisant au pôle des soins intensifs du GHI[1] Le Raincy-Montfermeil. Lorsqu'il pénétra dans la chambre, préalablement équipé d'un masque de protection, d'une blouse médicale et de surchausses en polypropylène, le bruissement des machines qui maintenaient la patiente en vie assaillit ses oreilles. Le médecin s'approcha du lit avec précaution, scruta le visage de sa mère, puis se pencha pour caresser son front, cognant un genou contre une barre métallique du lit. La peau flétrie de sa mère traversée de veinules lui évoquait la neige au printemps, lorsque pointent sous la glace de vaillants brins d'herbe. Sans un mot, il prit place sur une chaise, à droite de la fenêtre, croisa les jambes et appuya sa tête contre le mur. Une pluie fine caressait la vitre. L'ambiance de la pièce s'accordait au climat singulier d'un 11 novembre, habité par les commémorations à tristes figures, pantalonnades de ministres trop pimpants pour entendre encore raisonner les cris d'une guerre. Martin avait une

---

1. Groupe hospitalier intercommunal.

aversion pour la mort et ses célébrations. Cette allergie aux souvenirs grandissait chaque automne. Et Martin de se ruer au vidéoclub pour y louer tous les films possibles, de quoi abreuver les nuits et les heures de ce jour où, abandonnée à sa mélancolie, Audrette oubliait de sourire. Il dressait ensuite sur la table basse du salon une armée de cannettes de bière, souriait au massacre de zombies, assistait sans broncher au flot d'hémoglobine des règlements de comptes entre mafiosi, et s'endormait comme un bébé, nuque renversée sur le dossier du canapé, devant Cameron Diaz et Jude Law jouant la comédie à demi nus dans un lit.

— Pardon ! Je ne savais pas qu'il y avait quelqu'un.

Le médecin se redressa sur sa chaise. Le Dr Mamnoue se tenait debout devant la porte. Équipé de la même blouse médicale que Martin, il s'apprêtait à fixer le masque de protection sur son visage.

— Bonjour docteur.

— Ah ! C'est vous Martin, je ne vous avais pas reconnu avec votre masque. Vous laissez pousser votre barbe ?

Le vieil homme fit quelques pas, puis ils se serrèrent la main. Le Dr Mamnoue profitait de ce jour férié pour rendre visite à Mme Préau.

— Comment est-elle ?

— Stationnaire.

Martin ne fit pas plus de commentaires. L'un et l'autre savaient qu'Elsa Préau allait vers des ombrages plus vertueux. Le docteur s'approcha à son tour de la patiente. Il tenta d'abord de réchauffer ses mains, puis il lui sourit et lui parla doucement : le Dr Mamnoue s'excusait de ne pas être venu plus tôt, lui exprimait son regret de ne plus la voir chaque mercredi à son cabinet.

— Vous me manquez, Elsa. Je suis très triste de ce qui vous est arrivé.

Troublé, Martin se tourna vers la fenêtre.

Cet homme capable de tendresse et de sollicitude, combien il l'enviait.

Pas une seule fois, depuis le drame, Martin n'avait réussi à parler à sa mère.

Lui avait-il seulement exprimé un jour ses sentiments ?

Accoudés à un comptoir en teck devant un distributeur de boissons, débarrassés de leurs équipements de protection, les deux hommes partageaient un malaise analogue. Blâmables de ne pas avoir pressenti le danger, de ne pas être intervenus plus tôt. Martin héritait de la double peine : par deux fois, la déraison de sa mère lui avait échappé. Il était aussi le seul à mettre du sucre dans son café. Le Dr Mamnoue, soucieux, lui fit part de ses réflexions.

— Cette figure étrange de l'enfant est apparue très tôt dans nos séances. Dès la mi-août. Elle avait remarqué que cet enfant ne jouait jamais avec ses frères et sœurs, et cela la dérangeait. À l'époque, elle était aussi obsédée par la poussière et les saletés occasionnées par les camions qui passaient dans sa rue. Aussi, je n'avais pas tellement prêté attention à cette histoire de voisinage. Et puis, en septembre, il y a eu ce rêve dont elle m'a fait part…

Le vieil homme tira légèrement sur le col de sa chemise, éclaircissant sa voix.

— Il y était question de Bastien. Enfin, c'est ce que j'avais cru comprendre. Mais aujourd'hui, je pencherais plutôt pour l'enfant vu – ou imaginé – dans le jardin des voisins.

Martin avalait à petites gorgées un café dont l'amertume, malgré l'abondance de sucre, agaçait les papilles.

— Quel était ce rêve ? questionna-t-il.

— Je l'avais noté après la séance tant il était effrayant : un enfant jouait sur le piano de votre mère au milieu de la nuit. Elsa était descendue de sa chambre dans l'obscurité. Dans la pièce, une fenêtre *battait* au vent et des rideaux étaient *en colère*. Et lorsque l'enfant s'était retourné vers elle, il avait de la terre sur sa figure et dans la bouche.

— Terrifiant.

— Comme vous le dites : *terre-ifiant*.

— Ça ne vous a pas inquiété que ma mère puisse avoir de telles angoisses ?

Le vieil homme leva les sourcils, interloqué.

— Votre mère a toujours été porteuse d'angoisses, Martin. Et ses cauchemars, croyez-moi, sont bien plus épouvantables que ces films où l'on torture des gens à l'aide d'épluche-légumes ou de machines à coudre. Celui-ci était exceptionnel dans la mesure où, pour la première fois, il semblait que votre mère ait évoqué l'idée que son petit-fils était mort.

— La présence de terre dans la bouche...
— Exactement ! Et cela était fort encourageant après des années passées dans le déni. Pourquoi me serais-je alarmé ?

Le Dr Mamnoue attrapa son gobelet de café et le porta à ses lèvres. Sa main tremblait.

— Humpf ! Ce café réveillerait un moribond, plaisanta-t-il.

Martin acquiesça d'un sourire.

— Ma mère vous a raconté d'autres rêves ?

L'homme secoua la tête.

— Elsa a commencé à se refermer au début du mois d'octobre. Nous parlions de sujets sans grand intérêt, ses soucis avec le téléphone, son nouveau régime alimentaire... Ensuite, il y a eu cette grippe dont elle s'est remarquablement remise. Et puis vous m'avez téléphoné pour me dire que vous la soupçonniez d'avoir cessé de prendre son traitement.

— C'est exact. Elle avait arrêté le Risperdal.

— Vous savez pour quelle raison ?

— Allez savoir, dit-il en soupirant.

Les deux hommes, plongés dans leurs pensées, regardaient chacun dans une direction opposée, comme des clients de passage accoudés à un comptoir. Seule l'inclinaison de leurs épaules permettait de discerner cette tension intérieure, propre à ceux que le remords dévore.

Martin raccompagna le vieil homme à sa voiture, une antique Mercedes vert olive aux fauteuils en cuir couleur crème. La pluie avait cessé. Un rayon de soleil métamorphosait le bitume détrempé du parking en miroir. Le docteur cherchait ses clés, rompu à l'exercice depuis des années.

— Je suis incapable de les mettre toujours à la même place... J'espère qu'elles ne sont pas tombées de ma poche...

Martin sourit. Il se proposa de jeter un œil sous la voiture. Le docteur posa une main sur son bras.

— Ne vous donnez pas ce mal, Martin. Regardez.

À travers les vitres fumées, on distinguait les clés sur le siège conducteur. Le vieil homme ouvrit la portière et récolta le trousseau de clés avec un petit rire.

— Surtout, ne dites rien à ma femme, plaisanta-t-il.

— Promis.

Ils se serrèrent la main chaleureusement. Le docteur s'apprêtait à monter dans la Mercedes lorsqu'il se ravisa, faisant sauter le trousseau dans sa paume.

— Martin ?

— Oui ?

— Cette histoire de clés... Un officier de police m'a interrogé la semaine dernière au sujet de votre mère. Elle avait fait changer les serrures, paraît-il ?

— Effectivement.

— Vous n'avez donc plus les clés qui ouvrent sa maison.

— Non.

— C'est curieux.

— Quoi ?

— Elle devait craindre quelque chose de votre part.

Martin haussa les épaules.

— Elle savait que j'allais la remettre sous traitement.

— Je ne dis pas non. Mais des clés, c'est un symbole fort. Vous empêcher d'avoir accès à son intimité, à son monde, c'est aussi, quelque part, chercher à vous en protéger.

Une dizaine de pigeons traversant le ciel accrochèrent le regard de Martin.

— Je n'avais pas vu ça sous cet angle, dit-il.

— Savez-vous, par hasard, où elle rangeait ses carnets ?

— Quels carnets ?

— Elsa notait tout ce qu'elle faisait dans des carnets noirs de la taille d'un agenda.

Martin réfléchit, il n'en avait aucune idée.

— Cela aiderait bien la police, pourtant. Elle y a certainement consigné un grand nombre d'informations concernant ses voisins et l'enfant aux cailloux.

— L'enfant aux cailloux ?

Le Dr Mamnoue prit place au volant de sa voiture.

— Oui, c'est ainsi qu'elle le désignait. Vous l'ignoriez ?

Tous deux échangèrent un regard contrit. L'irisation du goudron mouillé cessa avec l'arrivée d'un nouveau nuage gris sombre.

— Allez, courage, Martin. À bientôt.

Le Dr Mamnoue claqua trois fois la portière avant qu'elle ne se ferme. Puis il mit le contact et quitta sa place de stationnement, abandonnant Martin au milieu d'une flaque d'eau.

Il se tourna vers elle. On pouvait deviner la chaleur de son corps sous les draps. Il se rapprocha, l'enserra dans ses bras. Appuyant son ventre contre le dos de sa femme, Martin sentit le désir le submerger.
— Martin, je dors.
— Bonjour ma chérie.
— Pas maintenant.
— Je veux juste être en toi... juste un peu, comme ça...
— Il est à peine 7 heures.
— Je te promets, on ne fera pas l'amour.
Audrette soupira, puis, graduellement, tandis qu'on relevait sa chemise de nuit jusqu'à la taille, elle cambra le dos. Elle se raidit un bref instant, râla, et laissa œuvrer son mari. Le plaisir fit son chemin dans les méandres de son corps ensommeillé. Elle repoussa le drap, Martin rejeta la couette au bas du lit d'un coup de pied, puis ils finirent par jouir, presque surpris.

Un instant plus tard, Audrette prenait sa douche sans avoir embrassé son mari, lequel s'était assoupi, allongé en travers du matelas.

La nuit avait été courte, consumée par une discussion sur l'oreiller. Épuisant jeu de questions sans réponses, de projets irréalisables, de frustrations accumulées, de reproches en chapelet. Audrette aspirait à un brin de fantaisie, réclamait un homme autre que cet être hirsute au teint olivâtre qui hantait la maison depuis dix jours, fagoté d'un jogging sale et défraîchi, les ongles rongés. Elle espérait un dîner à Paris, deux billets pour l'opéra, boire un verre chez des amis, déguster des noix de Saint-Jacques et tagliatelles au jus de truffe accompagnées de vin vieux, elle revendiquait une certaine légèreté, voire même un peu de superficialité, un foutu bouquet de fleurs sans le prétexte d'une célébration, un bijou inutile, une pince à cheveux pourrie, un désodorisant pour les toilettes emballé dans du papier de soie. Elle se retournait, frappait du poing son oreiller, tentait de lui donner la forme souhaitée, en vain.

— Tu veux quoi, Martin ? Tu cherches quoi, au fond ?

Martin ne voulait rien de tout cela. Le vin vieux lui donnait mal au crâne, les amis n'étaient plus d'actualité depuis belle lurette, sa mère se mourait, qu'irait-il faire à l'opéra entouré de vieux pleins de fric et de bourgeoises mal liftées ?

— Si pour toi, la culture, c'est ça...
— Je suis fatigué, Audrette.
— Sauf quand il s'agit de bander.
— Plains-toi.
— T'es trop con.
— C'est ça.
— Connard.
— Pétasse.

Vers 8 heures, ils préparaient le petit déjeuner dans la cuisine, chacun apportant à l'autre ce dont il avait besoin, bol, beurre, pain grillé, comme deux enfants mettant la table pour faire plaisir à leurs parents. Sur les ondes de France Info, on commentait le lancement de la campagne de vaccination contre le virus de la grippe H1 N1. Le vaccin était la préoccupation majeure des Français, les producteurs de lait mis à part, trop occupés à bloquer les laiteries en Loire-Atlantique avec des barrages filtrants. Martin acheva seul son repas, laissant le café refroidir dans la tasse. Audrette avait déjà regagné son bureau au premier étage et ouvert son ordinateur, connecté sur le site d'Agreenium, l'organisme officiel de recherche agronomique et vétérinaire qu'elle avait intégré en tant qu'enseignant-chercheur après trois années passées à Agro Paris Tech. Contrairement à son mari, Audrette se construisait une belle carrière. Sa force de caractère la garantissait contre le drame, comme une assurance vie dont elle aurait hérité à la naissance. Martin enviait son épouse, ou bien l'admirait-il, puisant à sa source une vigueur inespérée. Il la savait capable de tout. Même de louer *La Traviata* en DVD, de jeter son jogging aux ordures, de lui raser la barbe sous la contrainte et d'inviter Jean-Hugues et Marine – avec leurs deux enfants – à une raclette-partie, et tout cela simultanément.

Il s'en voulait de l'avoir traitée de pétasse.
Mais elle l'avait mérité.

Il jeta le reste de café froid dans l'évier. Il s'apprêtait à monter prendre sa douche lorsqu'on sonna.

— Martin, tu attends quelqu'un ?

La voix d'Audrette lui parvint depuis l'escalier. Réponse négative. Un recommandé ? Un élagueur ? Un agent immobilier casse-couilles ? Martin marcha jusqu'à la porte d'entrée et décrocha l'interphone. Une image bleutée apparut sur l'écran de l'appareil. Il reconnut aussitôt l'homme qui se tenait devant le portillon.

— Dr Préau ?
— Bonjour lieutenant.
— Bonjour !

De la vapeur sortait de la bouche de Sevran. La température extérieure indiquée sous l'écran était de deux degrés.

— Votre portable est sur messagerie ! Désolé de vous déranger, mais il faut que je vous parle.

Martin sut qu'il serait en retard à son cabinet. Et pour la première fois de sa vie, il allait prendre une tasse de café en compagnie d'un flic avec ses chaussons.

— Je vais chercher du sucre.

Audrette sentait bon le parfum, avec une pointe de vanille. Elle se déplaçait du salon à la cuisine, en pull-over et jean, apportant tasses et biscuits. Son déhanché gracieux que soulignait un ceinturon ajusté avait toujours de l'effet sur les invités, dès potron-minet. Le lieutenant ne faisait pas exception à la règle. Avec son blouson de cuir fourré, un bonnet en laine et une écharpe orange nouée sous le menton, assis du bout des fesses sur le canapé blanc, on aurait dit Grincheux découvrant Blanche-Neige.

— Merci beaucoup, madame.

Il pivota vers Martin, l'œil vif.

— Elle exerce dans quel domaine votre épouse, déjà ?

— Le mannequinat.

— Ah bon ?

— Elle est ingénieur agronome, en fait.

— Ah.

Audrette revint avec le sucrier.

— Ça ira comme ça, monsieur l'inspecteur ?

— Euh oui, merci... Pas inspecteur, mais lieutenant, madame.

— Pardon !

Audrette s'éclipsa, et le lieutenant de retirer bonnet et écharpe. Le moment était venu de passer à plus rationnel. Il jeta un sucre dans son café et le mélangea à l'aide d'une petite cuillère.

— Donc, nous avons procédé à une perquisition au domicile de votre mère hier matin.

Il retira la cuillère, se pencha sur sa tasse, but une gorgée, et la reposa sur la table basse. Trop chaud.

— Docteur, si vous deviez donner un chiffre de 1 à 10 pour qualifier le degré d'instabilité mentale de votre mère, quel serait-il ?

Jambes et bras croisés dans le canapé, Martin leva les sourcils, perplexe.

— Je suis médecin généraliste. Pas expert psychiatre.

— Je sais. Bon. On va tâcher d'être plus clair.

L'officier fouilla à l'intérieur de son blouson et en sortit un iPhone qu'il présenta à Martin avec un brin de malice.

— Le compte rendu de perquisition. J'ai tout là-dedans.

Il retira d'une autre poche sa paire de lunettes d'un geste théâtral, puis déplia vivement les branches qu'il fit glisser sur ses oreilles.

— Alors, naturellement, on a trouvé les boîtes de somnifère ayant servi à l'empoisonnement des madeleines, de la tarte et du cidre, vidées de leur contenu dans la poubelle de la cuisine.

Ses doigts effleurèrent l'écran du téléphone, lequel se reflétait dans ses verres de lunettes.

— Mais on a aussi fait d'autres découvertes, plus surprenantes...

Les prises des deux téléphones de la maison avaient été soigneusement enveloppées de papier d'aluminium. L'un des placards de la cuisine était rempli d'une cinquantaine de bocaux de confiture contenant des petits cailloux poussiéreux. Chaque bocal était étiqueté, classé par semaine de récolte. De l'avis du lieutenant, cette collecte singulière confirmait les dires de la femme de ménage et du psychanalyste : l'hypothèse d'un certain stress engendré chez la victime par les travaux en cours dans le quartier. Le réfrigérateur était pareillement garni de bocaux mais leur contenu différait : chouxraves, carottes, pommes de terre, radis, célérisraves, betteraves, des tubercules de toutes sortes fermentaient dans de la saumure. Le bac à légumes réservait d'autres surprises : un étonnant ballon crevé farci de terre ainsi qu'un autre bocal, l'un et l'autre emballés dans un sac en plastique.

— ... Un bocal de cailloux couverts de sang aggloméré, précisa l'officier.

Ce bocal insolite confirmait une seconde fois la déposition de la femme de ménage, laquelle avait signalé la présence de ce gravier rouge sur le rebord d'une fenêtre, gravier que le lieutenant allait faire analyser.

— Elle suivait un drôle de régime alimentaire votre maman, ironisa-t-il.

Martin ne broncha pas. Son pied gauche oscillait nerveusement au bout de la jambe.

— Au premier et au deuxième étage, on a remarqué que toutes les évacuations, lavabo, douche, bidet, étaient obstruées à l'aide de bouchons de liège renforcés de chiffons usagés. Votre mère devait donc se laver en utilisant des bassines qu'elle vidait ensuite dans les toilettes.

Sevran rajusta ses lunettes et poursuivit.

— On a retiré les bouchons. L'odeur qui se dégageait des conduits était fétide. Il a fallu briser le cadenas fixé à la fenêtre de la salle de bains pour respirer. J'y étais, ça puait. Un problème de fosse septique, docteur ? Est-ce que votre mère l'a fait vider récemment ?

La réponse de Martin fut évasive. Lui aussi avait remarqué la mauvaise odeur qui régnait parfois dans la maison sans pour autant en connaître l'explication.

— Il est possible qu'il y ait une bestiole de crevée là-dedans, bref... Dans la chambre de votre mère, nous avons trouvé une paire de jumelles – elle s'en servait sûrement pour guetter ses voisins. Dans le tiroir d'une petite table en marqueterie, à l'intérieur d'une pochette, il y avait plusieurs photos totalement floues – prises depuis la fenêtre a priori – donc inutilisables. On a remarqué aussi pas mal de miettes de fruits secs sur le tapis... Ah ! Venons-en au lit : sous les couvertures, on a mis la main sur un gros savon de Marseille.

— C'est un truc de grand-mère. C'est censé favoriser la circulation du sang dans les jambes.

— Ah, et ça marche ?

— Si vous y croyez, oui.

— Et l'équivalent d'un rouleau de papier d'aluminium étalé sous le matelas, c'est aussi un remède de grand-mère ? Ça soigne les cors aux pieds peut-être ?

Martin soupira. Il avait passé des heures à côté du lit. Comment avait-il pu ne rien voir ?

— Bon, je poursuis... Sur le palier du deuxième étage, on a compté quatre-vingt-dix pièges à souris au comble du désespoir : des bouts de gruyère racornis, pas une seule proie.

— Ma mère entendait des bruits dans le grenier.

— Là est la question, docteur, gloussa le lieutenant à lunettes. Est-ce bien des souris que votre maman entendait ?

— Je ne sais pas. C'est une vieille maison. Comme toutes les habitations anciennes, il y a des craquements, des bruits de tuyauterie...

— Je suis d'accord avec vous, mais ce n'était pas a priori l'avis de votre mère : figurez-vous que nous avons trouvé à la buanderie, réparti dans les différentes pièces du sous-sol, le double de tapettes à souris. Cent quatre-vingt-quatorze, pour être exact. Pourquoi cent quatre-vingt-quatorze et pas deux cents ?

— Le fournisseur devait être en rupture de stock.

— Vous pourriez faire carrière dans la police, vous.

— Je préfère courir après les microbes.

L'officier toussa dans son poing en souriant.

— Alors, on a cent quatre-vingt-quatorze pièges à souris, et devinez quoi, docteur ?

— Pas un seul cadavre.

Le lieutenant leva les sourcils, réjoui.

— Eh bien si. On en a trouvé, des cadavres. Et des cadavres comme ça, docteur, on n'en voit pas tous les jours. Les deux collègues de la PTS[1] n'en sont pas revenus.

Martin décroisa les jambes et posa ses chaussons bien à plat sur la moquette, cherchant à canaliser l'afflux de stress que l'officier venait de déclencher. Il fixa son interlocuteur, masquant d'un sourire l'anxiété de son regard.

— Ma mère aurait-elle collectionné autre chose que des cailloux ?

Le lieutenant Sevran retira sa paire de lunettes, écarquillant les yeux qu'il avait d'un bleu vif.

— Exactement ! Une collection digne des compressions de César.

Il tourna l'écran de son téléphone vers Martin et fit défiler trois photographies : Martin reconnut le congélateur de la buanderie, et ce qui ressemblait à des peaux de bêtes ratatinées.

— Qu'est-ce que c'est ?

— Des chats. Des matous passés à la machine.

Martin regarda de plus près les clichés : leur pelage ressemblait à de la morue séchée.

— ... Ma mère a fait ça ?

— Oh ! Votre maman lavait plus blanc que blanc, docteur. Avec Le Chat Machine.

Sevran ne put retenir un gloussement.

— Pardon. Je poursuis. Au milieu des minets raplapla, on a aussi déniché ça.

---

1. Police technique et scientifique.

D'un geste résolu, Sevran effleura l'écran de son téléphone où s'afficha une autre photo.

— ... Les restes d'un téléphone portable, victime d'un programme blanc éco à quatre-vingt-dix degrés, et préalablement réduit en bouillie à coups de marteau. De marque Nokia.

— Merde ! lâcha Martin, mon portable...

— C'est ce qu'on appelle un traitement anti-puce ultra performant.

Le lieutenant eut un fou rire auquel il mit fin en refermant d'un coup de pouce une fenêtre virtuelle sur son jouet électronique. Martin se renfrogna. Sa mère devait être la risée de tout le commissariat. La nouvelle mère Denis ! Elsa Préau, traitée avec Calgon ! Sevran remit l'iPhone au chaud dans son blouson et se pencha pour atteindre sa tasse de café. Il était à présent à bonne température.

— Alors, docteur, je vous répète ma question : si vous deviez donner un chiffre de 1 à 10 pour qualifier le degré d'instabilité mentale de votre mère, quel serait-il ?

Martin passa une main lasse sur sa figure et sentit les poils de sa barbe trop rêche.

— 194 ?

— Sérieusement.

— Que voulez-vous que je vous dise ? Que ma mère est cinglée ? Bonne à enfermer ? Mais des personnes comme elle, avec une pathologie mentale latente et qu'aucun traitement ne guérit, la France en connaît des centaines de milliers ! Vous croyez la capacité d'accueil des HP extensible dans ce pays ? Vous imaginez combien ça coûterait à la société des centaines de milliers de patients qu'il faut nourrir, soigner, canaliser ? Vous croyez quoi, vous, dans la police, que les malades mentaux sont tous des psychopathes ? Qu'en jetant les gens presque à poil dans des chambres dépourvues de meubles, de fenêtres et en leur donnant à bouffer des médocs, on a une chance de les guérir ?

— Ne vous énervez pas, docteur.

Il se passa alors un événement inhabituel. Quelqu'un sonna à la porte pour la seconde fois et il était à peine 9 heures.

— Un de vos collègues ? questionna Martin.

— Je suis venu seul.

— Ne te dérange pas Martin, j'y vais ! lança Audrette depuis l'escalier.

Elle enfila un gilet et sortit. Martin profita de l'intermède pour se rendre aux toilettes. Il fulminait. Combien de fois avait-il entendu ça ? Que sa mère méritait la camisole ? « Un goûter qui tourne au massacre », titraient les journaux dans la rubrique des faits divers. *Paris Match* avait ressorti les images datant de l'époque du procès et *Détective* en faisait sa une. Plusieurs journalistes ainsi que deux cabinets d'avocats parisiens avaient déjà tenté de joindre Martin à son bureau. Heureusement que le service des soins intensifs contrôlait de façon draconienne l'accès à la chambre de sa mère, sinon Elsa Préau serait déjà à poil sur Internet. Les moyens médiatiques étaient clairement supérieurs à ceux déployés lors du procès. À quand une application iPhone et le vote par SMS pour décider si oui ou non Mme Préau devait vivre ou mourir ?

Le bal macabre reprenait de plus belle.

Martin souleva le couvercle de la cuvette et se soulagea.

Audrette rentra une minute plus tard.

— Un colis de mes parents pour Noël, dit-elle en traversant le salon, déposant au passage un baiser sur la joue de son mari avant qu'il ne reprenne place dans le canapé.

Elle disparut dans son bureau avec le paquet sous le bras, laissant dans son sillage ce parfum vanillé. Toujours assis du bout des fesses, l'officier de police attendait, presque souriant.

— Vous avez d'autres questions à me poser ? demanda Martin d'un ton sinistre.

— J'en ai plus pour longtemps, docteur, ne vous inquiétez pas. Tout à l'heure, j'ai été un peu maladroit...

— J'en ai vu d'autres.

— Ce que je voulais vous dire, en fait, c'est qu'au vu du rapport de perquisition, sachant que votre mère avait sciemment mis des somnifères dans les pâtisseries, sachant qu'au moment de l'agression, selon la déposition de M. Desmoulins, elle n'était plus saine d'esprit, et en tenant compte du fait qu'elle avait arrêté son traitement, on a du mal à imaginer que cette histoire de gamin maltraité soit vraie. Il s'agirait plutôt, a fortiori – et là je cite de mémoire le Dr Mamnoue –, d'un délire hallucinatoire lié à sa pathologie mentale. Vous comprenez ce que ça signifie ?

— Mais le ballon dans le frigo, les cailloux avec du sang... Il faudrait faire des prélèvements, des analyses et comparer l'ADN à celui de ce type que ma mère soupçonne de battre un gamin et qui, soit dit en passant, l'a littéralement massacrée !

— M. Desmoulins s'est défendu. Il a défendu sa famille.

— Mais enfin, vous ne pouvez pas dire une chose pareille ! Vous avez vu dans quel état est ma mère ?

— Dans une affaire d'agresseur agressé, les apparences sont souvent trompeuses.

— Mais... Et le dessin de la petite ?

— Pour nous, l'enquête va s'arrêter là, docteur.

Martin sentit son ventre se contracter. Ça lui fit un mal de chien.

— Vous ne pouvez pas faire ça ! Il y a cette photo dont parle ma mère. Vous ne l'avez pas retrouvée ? Et ses carnets ? Il paraît qu'elle notait tout dans des carnets. Elle les a cachés quelque part dans la maison... Il faut retourner chez elle et chercher !

— C'est au procureur d'en décider. Vous semblez l'oublier docteur, mais quelles qu'en soient les motivations, votre mère a tenté de commettre un crime. Et ce n'est pas la première fois.

Martin se releva. Il fit quelques pas vers la baie vitrée. Du givre ourlait les feuilles jaunies des arbres du jardin. Il passa une main sur son abdomen pour calmer les spasmes nerveux. Tout accusait sa mère. L'empoisonnement, l'agression avec son propre marteau, preuves irréfutables de préméditation. Le compte rendu de perquisition allait dans le sens d'une grande confusion mentale. Cette fois, Mme Préau n'échapperait pas à la camisole chimique, on allait lui détruire les neurones, la transformer en bouffon.

— Le procureur aura bien du mal à mettre ma mère en examen, ironisa Martin.

— C'est pourtant ce qu'il s'apprête à faire si jamais elle ouvre un œil.

— Et dans le cas contraire ?

Sevran se leva à son tour, faisant craquer ses rotules.

— M. Desmoulins sera probablement mis en examen pour violences involontaires sur personne vulnérable ayant entraîné la mort.

Martin fit alors le souhait le plus cher pour sa mère.

— Eh bien, qu'elle meure.

Le jour du décès de Mme Préau fut une magnifique journée de novembre. Les feuillages roux et or des arbres flamboyaient dans la ville. Le soleil réchauffait les façades grisonnantes des immeubles de la rue Jean-Jaurès, et Audrette remplissait des sacs de feuilles mortes tombées dans les allées du jardin. Elle ne s'attendait pas à voir Martin surgir devant elle au milieu de l'après-midi, sacoche à la main, comme un élève renvoyé de l'école, les yeux rougis. Elle retira ses gants de jardinage et s'approcha de lui. Ses bottes en caoutchouc crottées alourdissaient ses pas. Martin remarqua son nez rose et ses joues de nacre dans un rayon de soleil, et ce pull qu'elle enfilait pour travailler au jardin, vieux pull élimé et trop large qui jadis lui appartenait lorsqu'il fréquentait encore la faculté de médecine. Elle se l'était approprié le premier jour où ils avaient fait l'amour, l'enfilant sur sa peau nue pour traverser sa chambre d'étudiant et se rendre aux toilettes sur le palier. Comme Martin, alors, avait envié ce pull.

— Tu rentres tôt, dit doucement Audrette, enlaçant son mari.

Martin n'eut pas le courage de dire les mots.

L'homme se contenta de lâcher la sacoche afin de serrer son épouse dans ses bras. Ils demeurèrent ainsi jusqu'à l'engourdissement.

Au coucher du soleil, M. Philippe Desmoulins était en garde à vue et présenté au procureur. Mis en examen pour violences involontaires sur personne vulnérable ayant entraîné la mort puis présenté au juge, il allait être mis en liberté sous contrôle judiciaire, avec obligation de se présenter au commissariat une fois par semaine jusqu'au procès.

CROIRE CE QUE L'ON VOIT

Mais le lendemain ! Le terrible lendemain ! Tous les organes relâchés, fatigués, les nerfs détendus, les titillantes envies de pleurer, l'impossibilité de s'appliquer à un travail suivi, vous enseignent cruellement que vous avez joué un jeu défendu. La hideuse nature, dépouillée de son illumination de la veille, ressemble aux mélancoliques débris d'une fête.

Charles Baudelaire,
Les Paradis artificiels « **Morale** »

— Allô ?
— Allô le 119, j'écoute...
— C'est une dame qui m'a dit que je pouvais appeler ce numéro...
— Oui, bonsoir, je t'écoute.
— ... Elle me donnait des cours de piano. Elle m'avait dit que c'était un numéro secret et que comme elle avait été maîtresse avant, elle le connaissait. Mais ce n'est pas un numéro secret.
— Non. C'est un numéro que tu as dû voir affiché dans ton école.
— Oui.
— Tu sais pourquoi les enfants appellent à ce numéro ?
— Oui. Quand on leur fait du mal.
— Comment tu t'appelles ?
— ... Je m'appelle Laurie.
— Bonjour Laurie. Pourrais-tu me donner ton âge ?
— J'ai sept ans.
— Moi, je m'appelle Odile et je suis là pour t'aider. Maintenant que nous avons fait connaissance, peux-tu me dire pourquoi tu as composé le 119 ?
— C'est pour Kévin.

— Qui est Kévin ?
— Mon petit frère.
— Tu te fais du souci pour ton frère ?
— Oui. À cause de mon père.
— Ton papa n'est pas gentil avec ton frère ?
— Non.
— Il lui fait du mal ?
— ... Je voudrais pas que Kévin descende à la cave.
— Pourquoi as-tu peur que ton frère descende à la cave ?
— ...
— Laurie, est-ce que ton père a été violent avec toi ?
— Non, pas avec moi, avec mon autre frère... Faut que je raccroche, ma mamie est rentrée...
— ... Laurie, peux-tu me dire d'où tu nous appelles ?
— De chez ma grand-mère.
— Ta grand-mère habite dans quelle ville ?
— À Auxerre.
— Et toi, dans quelle ville habites-tu ?
— J'ai pas droit de le dire... Je dois raccrocher...
— Laurie... Allô ?...

La mort de Mme Préau eut deux conséquences notables sur son fils. Il cessa de se ronger les ongles et commença à perdre ses cheveux. Audrette manifesta différemment son chagrin. Trois semaines après l'enterrement de sa belle-mère, elle tomba enceinte.

Le couple entama une période euphorique de courte durée – un mois et demi. Avant la fausse couche. Mais l'espoir d'un bébé à naître était bel et bien incrusté. L'épouse de Martin avait des convictions. Elle retomba enceinte dans les six semaines qui suivirent et prit rapidement du poids, comme l'on consolide les remparts d'un château. Cette fois, la vie s'accrocha.

La presse avait fait preuve d'une surprenante discrétion à l'égard de Martin. Quand la grand-mère diabolique quitte la scène, privant le public d'un procès croustillant, l'engouement médiatique retombe comme un soufflet, les journalistes boudent. Martin pratiquait un deuil mécanique, œuvrant au règlement administratif du décès de sa maman, remplissant des formulaires, serrant des mains inconnues. À la lecture du testament, lequel avait été établi avant 1997, il ne fut guère surpris d'apprendre que sa mère faisait don de sa maison à Bastien. Toutefois, une clause stipulait qu'en cas de décès de l'héritier désigné, le bien d'une valeur estimée à 700 000 euros irait à une association caritative dédiée à la protection de l'enfance, à la condition que celle-ci la revende *à un couple ayant des enfants*. Martin héritait de tout le reste. Une centaine de milliers d'euros sur différents comptes épargne, et des meubles dont il s'était vite défait, contactant les Emmaüs. Martin n'avait conservé que quelques objets de famille et la petite table en marqueterie qu'il avait offerte à sa mère pour son dernier anniversaire. À cela s'ajoutait une trentaine de cartons remplis d'archives personnelles : souvenirs de milliers d'élèves sous pochettes plastique, courriers divers et personnels, photographies, collections de cartes postales anciennes. Enfin, le père de Martin n'avait pas été oublié : il recevait le Gaveau *en souvenir de merveilleux souvenirs de jeunesse partagés autour d'Erik Satie*. L'instrument pesait le poids de dix ânes morts. Il serait difficile de le glisser dans un colis FedEx à destination de Montréal.

La salope ! fut le seul commentaire d'Audrette sur la mésaventure du fils déshérité.

Au cabinet médical, les patients du Dr Préau ne manquèrent pas de lui présenter leurs condoléances – avec ou sans arrière-pensées. Certains, ceux dont un parent souffrait d'une pathologie mentale, partageaient sincèrement son chagrin. Les quelques lettres anonymes au contenu ordurier, reçues dans les semaines qui avaient suivi l'agression au domicile de la famille Desmoulins, s'étaient taries.

Lorsqu'il rentrait le soir, baissant la vitre de la voiture pour humer ces parfums d'été qui envahissent les jardins des pavillons de banlieue en bordure des centres-villes, arômes de roses, de genêts et de lilas, exhalaison de brochettes et merguez, le Dr Préau s'ouvrait à l'espérance. S'il laissait à Audrette le soin d'organiser la maison en prévision d'un futur pensionnaire, incapable de se projeter dans un avenir fût-il proche, il s'adonnait volontiers au repassage – activité statique déconseillée à Audrette. Depuis l'âge de six ans, Martin avait acquis un savoir véritable dans ce domaine, gagnant ainsi haut la main son argent de poche. Il savait aussi casser des œufs, mettre la table, passer l'aspirateur et le chiffon à poussière, et tant d'autres tâches ménagères partagées bon gré mal gré avec sa mère. Elle n'avait eu de cesse de le préparer à sa future fonction de mari – ou de parfait célibataire. Une fois le linge plié et rangé dans les armoires, Martin s'échouait dans le canapé contre sa femme, une main sur le petit ventre ballon, et s'endormait vers 22 heures, repu de tendresse.

Dans un an ou deux, le procès aurait lieu, il serait appelé à la barre, tout comme le Dr Mamnoue, et tenterait de réhabiliter la mémoire de sa mère, en pure perte. Morte, Elsa Préau n'intéressait plus personne.

Il avait oublié le grain de beauté. Discret, sous la joue gauche, et cette bouche délicatement entrouverte, comme si un regret allait s'en échapper, un mot doux, une bêtise. Elle était là, à quelques mètres de lui, assise dans la salle d'attente, son manteau sur les genoux, seule. Dix années avaient passé. Martin se souvenait quand et de quelle manière il avait fait l'amour à cette femme. Avec force, par trois fois, presque buté. Pourquoi elle et pas les autres ? Elle n'était pourtant pas la première d'une série d'errances sentimentales. Recroquevillée sur une chaise, elle paraissait plus petite et sévère. Peut-être était-ce à cause des bottes et du pull à col roulé ? Et lui ? À quoi ressemblait-il dans sa veste en velours à grosses côtes et ses Timberland ?

— Valérie ?

Une mèche de cheveux tomba sur son visage. Elle l'écarta, fixant du regard l'homme qui se tenait debout dans le couloir, une sacoche à la main.

— Bonjour docteur.

Elle eut un sourire. Il était 14 h 30, Martin revenait de sa pause déjeuner. D'un geste, il l'invita à le suivre dans son cabinet. En se levant, elle déplia ce corps dont il avait joui et qui le troubla encore. La silhouette avait gagné en maturité, en courbes et en bonté. Il se dépêcha de refermer la porte derrière elle.

— Valérie Tremblay... La dernière fois que j'ai eu de tes nouvelles, c'est dans un commissariat.

— J'y travaille encore.

Ils s'embrassèrent amicalement.

— Comment vas-tu ? Qu'est-ce que tu deviens ? Je t'en prie, assieds-toi.

Après un bref échange au sujet de leur vie où chacun prétendait avoir trouvé un équilibre, Valérie expliqua la raison de sa présence, laquelle ne devait rien au hasard. L'assistante sociale n'était pas non plus venue pour choisir un nouveau médecin référent. Et ce qu'elle avait à dire à Martin allait le jeter dans un trouble d'une tout autre nature.

— Avant de te donner la raison de ma présence, je voudrais te dire combien le décès de ta mère m'a attristé et combien je regrette de ne pas avoir eu le courage de venir te voir plus tôt.

Elle croisa les jambes. Les traits de son visage se crispèrent légèrement. Elle devait avoir mal au dos, ou bien ce qu'elle avait sur le cœur était costaud.

— Je ne peux pas dire que j'ai bien connu ta mère, je ne l'ai vue qu'une fois. Mais je n'arrive pas à m'ôter de l'esprit que je suis en partie responsable de sa mort.

Martin tombait des nues. Il avait devant lui une extraterrestre. Personne n'avait encore exprimé pareil sentiment à l'égard de sa mère.

— Tu sais qu'elle avait fait une déclaration de main courante au commissariat. Suite à cette déclaration, j'ai pris contact avec elle pour que l'on se rencontre.

— Le lieutenant de police m'a mis au courant. Elle devait t'apporter une photo de l'enfant maltraité, c'est ça ?

— Je l'ai vue le lundi 26 octobre, soit cinq jours avant le drame. Et je l'ai rappelée le jeudi pour lui dire que je ne pouvais rien faire parce que, en dehors de sa déclaration, rien n'attestait qu'un enfant de l'âge de celui qu'elle décrivait existait dans l'entourage proche de ses voisins. C'est là qu'elle m'a parlé de la photo.

— Mais cette photo, personne ne l'a jamais vue.

— Non. Mais je sais qu'elle existe.

— Vraiment ?

— La semaine dernière, Sevran a contacté les labos photo de la ville.

— Sevran reprend l'enquête ?

— Un type a confirmé avoir tiré les clichés flous retrouvés chez ta mère lors de la perquisition. Mais il avait aussi le souvenir d'avoir fait des agrandissements d'une autre photo qui ne figurait pas parmi celles-ci : celle du visage d'un garçon aux cheveux noirs et bouclés, d'environ sept ou huit ans.

— Pour quelle raison la police reprendrait l'enquête ?

— Parce qu'il s'est passé quelque chose à l'ancien domicile des Desmoulins.

Valérie baissa les yeux, embarrassée.

— Est-ce qu'on pourrait aller ailleurs pour en parler ? Devant un café ?

Le bistrot de la place du marché n'était guère amical. En ce jour d'octobre pluvieux, les vitres se couvraient de buée et rien n'aurait pu réchauffer les banquettes en Skaï. Installés au fond de la salle contre la baie vitrée, l'homme et la femme buvaient un café poisseux. Un manteau jeté sur les épaules, Valérie approcha son visage de celui de Martin.

— En temps normal, je n'ai pas le droit d'évoquer des affaires en cours, mais parce que je te connais et parce que je me sens une part de responsabilité, j'ai tenu à t'en parler avant que Sevran ne t'appelle. C'est un bon officier de police. Il fait très bien son boulot. Et j'aime beaucoup travailler avec lui. Mais je pense que, sur cette affaire, il n'a pas eu le nez fin.

— Valérie, dis-moi ce que tu sais.

Elle se redressa et posa les paumes de ses mains sur la table en Formica.

— Philippe Desmoulins a été mis en examen pour violences involontaires et placé sous contrôle judiciaire jusqu'au procès. Seulement, à la demande de son avocat, la mesure de contrôle judiciaire a été levée au bout de sept mois par le juge. Les Desmoulins ont vendu le pavillon et ils ont quitté la région.

— Où sont-ils allés ?

— On n'en sait rien.

— Comment ça ?

— L'adresse qu'ils ont donnée à leur avocat est fausse.

Martin passa une main dans ses cheveux. Il se forma un curieux épi au sommet de son crâne.

— Merde ! Ma mère aurait vu juste ? Ce salaud frappait son gamin ?

— C'est pas tout. Des nouveaux propriétaires ont emménagé en août. Il y a quinze jours, ils ont eu un dégât des eaux. Obligés de refaire le sol de la cuisine, ils contactent une entreprise. Des ouvriers se mettent au boulot et commencent par décoller le parquet flottant. Et là, à l'intérieur d'un placard à balais, ils trouvent une trappe. Une trappe fermée par une serrure.

Martin s'affala sur la banquette.

— La police serait passée à côté de ça ?

— Martin, personne n'a jamais cru à l'existence d'un gamin. La police scientifique n'a rien vu parce qu'elle n'a pas cherché. Les gars de la PTS ont examiné le fond du placard, là où ta maman avait cogné. Ils ont constaté qu'il y avait des parpaings derrière le panneau de bois, et ça s'est arrêté là. Ils n'ont pas sondé le sol. Sur les photos de la scène de crime...

— Tu les as vues ?

— Sevran m'a montré certaines pièces du dossier. On est très copains, ajouta-t-elle en rougissant. Sur un des clichés, on aperçoit des tas de trucs entassés en bas du placard : des produits ménagers, des bassines, des éponges, une pelle, une balayette... Le genre de foutoir que personne n'aurait l'idée de retirer pour voir ce qu'il y a dessous.

Martin inspira profondément et fit un signe au barman.

— Continue, Valérie.

— Les nouveaux propriétaires sont de Paris.

Un jeune couple avec deux enfants. Ils n'étaient pas au courant du drame qui s'est déroulé dans leur pavillon. Tu imagines ? Je ne voudrais pas être à la place de l'agence qui leur a vendu... Mais les types qui travaillent pour l'entreprise, eux, savaient. Et ils ont pensé qu'il était préférable de contacter la police avant de toucher à la trappe.

Martin leva la main plus haut.

— S'il vous plaît ? Un calva.

— Deux ! corrigea Valérie.

Le barman répéta la commande depuis le comptoir. Valérie poursuivit son récit en accéléré :

— Alors Sevran se pointe, et il fait procéder à l'ouverture de la trappe. Elle donne accès à une pièce sans fenêtre, basse de plafond, et qui devait à l'origine servir de réserve. Sur le sol, ils ont trouvé un matelas à moitié brûlé, souillé de saletés et de sang, et aussi une barre de fer... Ils ont fait des tas de prélèvements...

Les deux coudes posés sur la table, Martin dissimulait sa bouche derrière ses poings.

— Le gamin était là.

— Sevran n'en mène pas large, dit Valérie d'une voix atone.

On apporta les petits verres d'alcool. Leur contenu fut avalé en quelques gorgées. Martin remit en place le manteau qui glissait des épaules de son interlocutrice.

— Martin, quand ta mère est venue me voir, je l'ai crue. Sans l'ombre d'un doute. Elle avait confiance en moi. Et puis, après qu'elle a agressé les voisins, j'ai appris par les collègues ce qu'elle avait fait à ton fils. Alors j'ai pensé que l'enfant maltraité, elle l'avait imaginé. Comme tout le monde. Je m'en suis même voulu d'avoir cru à sa fable.

— Tu as fait ton boulot. Tu n'y peux rien.

— On ne sait même pas qui est ce gosse... Dieu sait où il est aujourd'hui, ce qu'il endure...

Elle baissa le front sur son sac à main à la recherche d'un mouchoir.

— Excuse-moi. Je ne pleure jamais, merde... On n'a jamais aidé quelqu'un avec des larmes...

Martin lui caressa la joue doucement.

— La preuve que si.

À 15 heures, un couple de retraités et deux mamans d'origine africaine avec leurs bébés patientaient dans la salle d'attente. Martin s'octroya dix minutes pour appeler Audrette et lui résumer les propos de l'assistante sociale. Il promit de rentrer le plus tôt possible mais ne fut pas en mesure de quitter son cabinet avant 19 h 45. Lorsqu'il arriva chez lui, il s'étonna qu'Audrette n'ait pas songé à brancher l'éclairage extérieur du jardin. L'intérieur de la maison n'était guère plus éclairé. La table n'était pas mise, aucun petit plat ne mijotait dans la cuisine.

— Audrette ? Tu es là ?

Martin fit de la lumière dans la pièce. Audrette était assise dans le canapé, immobile, son ventre rond en évidence.

— Qu'est-ce qui se passe ? s'inquiéta Martin, qu'est-ce que tu faisais dans le noir ?

Il s'agenouilla près d'elle et lui prit les mains.

— Tu ne te sens pas bien ? Tes mains sont brûlantes... C'est le bébé ? Tu as des contractions ?

— Non.

Martin posa une main sur son front, puis il saisit son poignet gauche pour en contrôler le pouls. Audrette dégagea son bras.

— Je vais bien Martin, ce n'est pas ça.

Il se redressa : les yeux cernés et les traits tirés, Audrette semblait accablée.

— Quelque chose est arrivé à tes parents ? questionna-t-il, prenant place à ses côtés.

Elle secoua la tête, fixant du regard son ventre.

— Chérie, tu m'inquiètes, dis-moi ce qui se passe.

— Tout à l'heure, quand tu as téléphoné, tu as parlé de cet enfant que ta mère avait peut-être vu dans le jardin des voisins et qui ressemblait à Bastien.

— Oui ?

— Tu as dit qu'il n'était pas forcément le fruit de son imagination délirante.

— C'est plus que probable, dit-il passant un bras autour des épaules de sa femme.

— Je sais où est la photo que cherche la police.

Martin demanda à Audrette de répéter ce qu'elle venait de dire.

— Tu te souviens le jour où ce flic est venu à la maison pour te dire qu'il mettait fin à l'enquête ?

— Oui.

— Un colis est arrivé de la poste.

— Un colis de tes parents, pour Noël.

Audrette ne répondit pas. Son mari cligna des yeux.

— ... Ma mère ? Maman m'avait envoyé quelque chose ?

— Je ne sais pas ce qui m'est passé par la tête. J'en pouvais plus de ta mère. Elle détruisait notre vie, elle te détruisait. Ce colis qu'elle t'adressait, c'était... Je n'ai pas voulu qu'elle te fasse plus de mal encore. J'ai déchiré un coin du paquet et, quand j'ai vu ces photos...

Elle souleva mollement sa main droite. Audrette tenait deux photographies que son ventre cachait à Martin. L'une était l'agrandissement de l'autre. Il s'empara de l'agrandissement et scruta les contours flous du visage de l'enfant. Cheveux noirs bouclés, joues pâles et creuses.

— Bon Dieu !

— Il ressemble tellement à Bastien...

Martin réprima un haut-le-cœur. Il reposa l'agrandissement sur la table basse et se leva, ne sachant que faire de ses mains.

— Où étaient ces photos ?

— Dans un tiroir de mon bureau, murmura-t-elle. Depuis presque un an.

— Qu'y avait-il d'autre dans ce paquet ?

— Des carnets. Cinq carnets.

— Qu'est-ce que tu en as fait ?

— Ils sont ici, à la maison.

Martin trépignait.

— Coup de bol, tu ne les as pas jetés.

— Soustraire, oui, détruire, non. Ta mère serait encore capable de revenir d'entre les morts pour me punir, ironisa-t-elle.

— Arrête de dire n'importe quoi. Tu les as lus ?

— Je ne les ai pas ouverts. Pas question de lire des choses horribles à propos de notre fils, de toi ou de moi.

Martin essayait de garder son calme, arpentant la pièce de long en large.

— Il y avait une enquête en cours, ma mère était entre la vie et la mort, une vie qu'elle venait de risquer pour sauver celle d'un gosse, et tu ne t'es même pas posé la question de savoir si ces photos et si ces carnets avaient une importance quelconque ?

— J'ai voulu te protéger Martin. Tu n'allais pas bien du tout.

Il lança un regard furibond à Audrette, fit trois pas vers la baie vitrée et y appuya son front.

— J'ai fait ça pour ton bien, je t'assure.

Le contact glacé de la vitre le surprit. Dehors, dans le jardin ténébreux, le spectre bleuté d'un cèdre se déployait.

— Dis-moi où sont les carnets.

— Je les ai mis sur ton bureau.

Martin ramassa les photos d'un geste vif. Audrette s'était relevée. Elle tenait son ventre d'un air coupable.

— Je ne voulais pas... Je suis désolée...

— Pas autant que moi ! cria-t-il en quittant la pièce.

Audrette dîna seule vers 21 heures. Elle apporta à son mari un verre de vin et des sandwichs au pain de mie avant d'aller prendre un bain. À 22 heures, elle repassa prendre l'assiette et le verre vide, puis souhaita doucement bonne nuit à son mari.

Martin, absorbé par sa lecture, ne broncha pas.

Chaque carnet concernait une période donnée. Le plus ancien remontait à janvier 1997, six mois avant qu'Elsa Préau ne décide de mettre fin à ses jours et à ceux de son petit-fils. La couverture de moleskine était fanée et les pages cornées çà et là. Martin ne l'ouvrit pas tout de suite. Il appréhendait cette période et redoutait d'y lire ce qu'Audrette qualifiait de *choses horribles*, préférant s'intéresser aux plus récents.

Trois carnets avaient été rédigés dans cette maison de repos que le Dr Mamnoue lui avait conseillée, à Hyères, où elle passa les dix dernières années. Elle y consignait ses rêves, les menus qu'elle cuisinait dans sa kitchenette, les nuisances de ses voisins dont plaintes et ronflements traversaient les cloisons, l'observation de nombreux oiseaux fréquentant le parc de la résidence, ses comptes rendus de lecture... Beaucoup recoupaient les propos qu'elle tenait dans les lettres adressées alors à son fils deux fois par mois. Martin remarqua un nombre important de notes prises à partir des archives et documentations du service patrimoine de sa ville natale : il y avait là un commentaire concernant un document daté de 1614, remontant au premier registre paroissial. Sa mère se faisait-elle adresser des documents polycopiés par la poste ? De toute évidence, elle avait entamé une recherche en généalogie sur ses ancêtres. Une note était consacrée à Angélique Philippe de Froissy qui épousa en 1718 François Henri, comte de Ségur, ancêtre de Sophie Rostopchine, comtesse de Ségur. Existait-il un lien de parenté entre Elsa Préau avec une grande comtesse de la littérature enfantine ou était-ce pur délire ? Au fil des pages, Martin entrait dans l'intimité d'une mère dont l'esprit s'ouvrait sur mille choses, commentant aussi bien le scandale des prix agricoles qui baissent à la ferme et augmentent en rayon que les causes de la pollution de l'air engendrée par l'activité humaine. Rares étaient les pages où elle évoquait ses souvenirs. Un seul concernait sa grand-mère maternelle, Deborah, lorsque celle-ci emmenait Elsa enfant se promener sur les berges de la Marne le dimanche.

Restait un carnet, rempli d'une écriture nerveuse, dont les notes remontaient à juillet 2009, soit quatre mois avant sa mort. Martin entama sa lecture vers 2 heures du matin.

Tout y était.
Lui.
Audrette.
Les Desmoulins.
Et l'enfant aux cailloux.

Vers 5 heures, Audrette fut réveillée par une contraction. Elle se tourna afin de changer de position et découvrit son mari, assis dans le

fauteuil à côté du lit. Il tenait le carnet le plus ancien, ouvert devant lui. À l'intérieur, servant de marque-page, une carte postale rétro représentait l'ancienne gare de la ville et portait en son verso l'inscription *Pour mon fils incrédule, à ses bons soins.*
— Martin...
Il passa une main dans ses cheveux ébouriffés et toussa.
— Je savais que cela te ferait du mal de lire ces carnets... Viens te coucher. Il est très tard.
Martin se redressa péniblement, souleva le carnet et le tendit à sa femme.
— Il faut que tu lises ça.
— Mais chéri...
— Tu te souviens de ce qu'elle a dit sur toi au tribunal ? grogna-t-il d'une voix cassée, que tu *portais le mal en toi* mais qu'elle te pardonnait parce que tu l'ignorais, un truc comme ça...
— Elle en parle dans son journal ?
— Ce sont des notes qu'elle a prises quelque part dans un bouquin de médecine. Elles remontent à avril 1997.
Audrette obtempéra. Elle plaça deux oreillers derrière son dos, souleva son ventre, y posa le carnet de moleskine et lut :

Pour la majorité des gens atteints de leucémie, il n'y a aucune façon d'en déterminer la cause. Dans certains cas, des facteurs de risques particuliers peuvent être précisés :
  exposition accidentelle à la radioactivité,
  exposition in utero aux rayons X,

exposition à certains produits chimiques (benzène, hydrocarbures aromatiques) ou à certains engrais,

exposition (y compris in utero à de faibles doses) à certains pesticides.

Selon une méta-étude faite sur 31 études épidémiologiques faites entre 1950 et 2009, l'exposition de la mère lors de son travail durant la grossesse doublerait le risque de déclaration d'une leucémie chez l'enfant (augmentation de 40 % chez les agricultrices, qui sembleraient les plus exposées). Ce risque de leucémie infantile augmenterait en cas d'exposition à des insecticides et herbicides (+ 2,7 et + 3,6 respectivement).

Le dernier paragraphe était souligné d'un trait.
Audrette referma le carnet.
Elle posa les mains sur son ventre.
Ingénieur agronome, les herbicides étaient à l'époque son principal sujet d'étude.
— Elle savait pour Bastien, murmura Martin, elle savait même pourquoi il avait déclaré cette maladie.
Audrette fit une grimace et calma la contraction de son utérus par un exercice de respiration.

L'agrandissement remis par Martin au lieutenant Sevran fut intégré au fichier des personnes recherchées. On trouva le portrait affiché dans les commissariats ; l'enfant aux cailloux rejoignait la petite Estelle Mouzin. À leur tour, les médias s'empressèrent de publier la photographie. Quarante-huit heures plus tard, le garçonnet était reconnu par une institutrice exerçant à Auxerre, Mme Le Buisson. Le procureur confia l'affaire à la brigade des mineurs.

À six mois de grossesse, Audrette avait pris dix kilos et se portait si bien qu'il fut difficile à son mari de l'empêcher de courir les magasins de bricolage où elle poussait des caddies encombrés de pots de peinture, frises en papier, guirlandes lumineuses, rideaux et meubles en kit pour la chambre du bébé. Martin la laissait faire, étourdi par l'énergie que dégageait cette femme enceinte à l'appétit de bûcheron. Elle était capable de passer trois heures assise dans le canapé à comparer des nuances de couleur et à les associer – exercice que son mari aurait expédié en deux minutes. L'épanouissement d'Audrette se traduisait par des besoins sexuels dont l'assouvissement était devenu pour elle une nécessité quotidienne. Martin ne savait plus de quelle façon la prendre, perturbé par cet inconnu qu'elle portait en elle et dont ils connaissaient à présent le sexe. Le corps en mutation de son épouse le désorientait, certes, mais recouvrer bientôt son rôle de père était de loin le plus angoissant. N'avait-il pas failli la première fois, impuissant à protéger son fils de la maladie et de la mort ? Martin redoublait d'efforts dans son travail. Il multipliait les visites à domicile, mangeait des sandwichs dans sa voiture à l'heure du déjeuner. Il rentrait à ce point épuisé qu'Audrette n'avait pas d'autre choix que de border son mari, connaissant à son tour le goût de la frustration jadis imposée à son homme.

Puis, un matin, il reçut un appel urgent du commissariat. Sevran avait du neuf.

— Cette affaire va encore être le procès des services sociaux, lui dit-il, venant à sa rencontre dans le hall d'accueil.

Martin le suivit jusqu'à son bureau au premier étage. À 9 heures, le 13, rue Parmentier débordait d'activité. Des officiers de police hommes et femmes se frôlaient dans le couloir étroit, dévisageant Martin au passage. Il régnait dans le bureau de Sevran un ordre inhabituel : les stylos étaient au chaud dans un pot à crayons, les dossiers alignés sur le meuble de rangement et le tapis de souris avait été changé – le nouveau, d'un jaune vif, affichait un smiley. Le lieutenant avait troqué son pull Jacquard contre un pull à col roulé rayé noir et gris. En un an, il y avait eu du changement. Une femme était probablement entrée dans sa vie. Et Martin devinait son prénom.

— Je crois savoir que notre assistante sociale vous a contacté récemment.

— Effectivement. Valérie Tremblay est venue me voir à mon cabinet.

— Ce qu'elle a pu vous dire concernant l'enquête est strictement confidentiel.

— C'est évident.

— Bien.

Le lieutenant marqua une pause. Puis il reprit d'une voix claire :

— Rémi Chaumoi. L'enfant que votre mère a vu dans le jardin de ses voisins s'appelle Rémi Chaumoi.

Martin ferma les yeux.

— Ça va, docteur ? Parce que là, je ne suis qu'au début de l'histoire.

Elle ne s'était pas trompée. Sa mère ne s'était jamais trompée. L'enfant aux cailloux était réel. Le cœur de Martin bridé par le repentir bondit dans sa poitrine. Il rouvrit les yeux.

— Ça va très bien, lieutenant. Je vous écoute.

Sevran raconta ce qu'il savait de l'affaire. Rémi Chaumoi avait été l'élève de Mme Le Buisson en classe de maternelle, de 2004 à 2006. Elle se souvenait parfaitement de lui. L'enfant avait un comportement difficile. Surtout la dernière année. Il était devenu agressif et réagissait mal à l'autorité. Mme Le Buisson avait une fois assisté à une scène d'hystérie après que l'enfant eut été déposé à l'école par sa mère. Lorsqu'on lui avait demandé de retirer son manteau, il avait hurlé et s'était entièrement déshabillé, jetant ses affaires n'importe où dans la classe. La maîtresse l'avait calmé en le berçant dans ses bras. Elle avait alors constaté des traces de coups sur le corps de l'enfant. Les parents furent convoqués par le directeur de l'école et l'on communiqua l'information au service social. Le père ne se présenta pas à la convocation. Le directeur de l'école, M. Tissey, reçut la mère accompagnée de sa fille aînée, laquelle était enceinte. Celui-ci raconta à la police combien l'entretien avait été surréaliste, la mère semblant imputer à sa fille la responsabilité du comportement étrange de l'enfant. Quant aux contusions sur son corps, elles résultaient selon elle de son attitude : il était turbulent, il se cognait partout. Les mêmes propos furent répétés devant l'assistante sociale lors de la convocation de la famille Chaumoi au centre social.

— L'année d'après, l'enfant n'était plus scolarisé. Personne ne s'en soucia. Exceptée l'instit'. Mme Le Buisson recontacta la famille et apprit que l'enfant avait été confié à sa sœur aînée qui venait de se marier et habitait à présent en région parisienne. Fin de l'histoire.

Martin hocha la tête.

— Le troisième enfant était le frère cadet de Mme Desmoulins, murmura-t-il.

— C'est ce que les collègues de la brigade des mineurs ont cru. Jusqu'à ce qu'on aille voir la mère de Rémi à Auxerre.

Le lieutenant s'adossa à son fauteuil et croisa les bras.

— Quand ils lui ont fourré la photo sous le nez, elle a tout de suite reconnu son *petit Rémi* la mère Chaumoi. Elle a d'abord nié savoir où étaient sa fille et son beau-fils. Alors les collègues ont sorti les photos de la cave et du matelas souillé, lâchant le couplet sur la non-assistance à personne en danger. La mère Chaumoi a eu peur que ça lui retombe sur le coin de la figure. Et elle a lâché le morceau : l'adresse des Desmoulins en Belgique. Ils se cachaient à Courtrai. On les a arrêtés il y a trois jours.

— Les enfants étaient avec eux ?

— Les deux petits, oui. Mais pas Rémi Chaumoi.

Sevran saisit une petite règle en bois dans le pot à crayons et l'utilisa pour se gratter la nuque.

— C'est là que ça se corse. La mère Chaumoi a dit autre chose à la brigade des mineurs.

Il replaça la règle dans le pot.

— Rémi n'est pas son fils mais celui de sa fille, Blandine Desmoulins.

— Qu'est-ce que c'est que cette histoire ?

— Rien d'original. Le genre d'affaire sordide qu'on voit passer ici : la gamine découvre qu'elle est en cloque à seize ans, il est trop tard pour avorter. Par honte, par peur des commérages, la famille décide de cacher la grossesse. La gamine accouche chez ses parents et, une semaine plus tard, l'enfant est déclaré au nom de la grand-mère.

— Une primipare qui accouche à domicile ? À seize ans ? C'était médicalement risqué.

— D'après les collègues, dans la famille Chaumoi, c'est pas des prix Nobel de sciences naturelles mais plutôt le genre à se taper des films porno devant les gamins. La baraque où ils habitent n'est pas triste, paraît-il. À part une énorme cuisine aménagée de style rustique qui doit leur coûter bonbon en crédit, tout est insalubre. De la vieille moquette dans toutes les pièces et sur les murs, des fils dénudés qui courent le long des plinthes, des pièces jamais aérées qui sentent le bouc, et une cour transformée en dépotoir où ils élèvent des lapins dans des caddies de supermarché rafistolés.

— Rémi a grandi là, murmura Martin.

— Une jolie pouponnière ! La deuxième n'était pas mal non plus, ironisa-t-il.

— Alors l'enfant serait victime de maltraitance par ses propres parents ?

— Nuance.

L'officier leva l'index de sa main gauche, pointant le plafond.

— Desmoulins n'est pas le père de Rémi. On en a eu confirmation en comparant son ADN prélevé lors de sa première garde à vue au commissariat à celui présent sur le matelas souillé : aucune correspondance.

— Alors, c'est le beau-père qui donnait les coups ?

— Exact. Il ne supportait pas l'idée que sa femme ait connu un homme avant lui. Et c'est le petit qui trinquait.

— Et la mère de Rémi n'a rien fait pour s'y opposer. Il y avait bien un enfant martyr...

— Faut que je prenne un café. Vous en voulez un ?

— Non merci.

— Autre chose ? Un verre d'eau ? Je vous rapporte ça.

Le lieutenant disparut en coup de vent de son bureau, laissant comme à son habitude la porte ouverte. Martin regardait par la fenêtre le ciel devenir gris-bleu.

Ce qu'il entrevoyait parfois de l'intimité de ses patients lors de visites à domicile n'était pas toujours rose. Comme cette jeune femme enceinte de six mois, abandonnée par son mari avec trois enfants. Le père était reparti en Afrique parce qu'il trouvait qu'en région parisienne *il faisait trop froid*. Le Dr Préau l'avait trouvée sur le parking de l'Intermarché, un samedi midi, avec ses trois enfants et son gros ventre, un caddie rempli de pizzas surgelées et de jus de fruits, attendant désespérément un taxi qui ne viendrait pas. Martin avait fait monter toute la famille dans sa voiture, entassant la nourriture dans le coffre, puis il avait conduit la jeune femme chez elle – un logement social fraîchement attribué. Elle était livrée à elle-même, ne savait pas conduire, avait à peine de quoi nourrir ses enfants et personne pour l'aider en dehors de sa mère, laquelle travaillait toute la semaine. Martin passa du temps avec elle à chacune de ses visites. Il l'informa de ses droits et la mit en contact avec les services sociaux. L'enfant était né à terme. Puis le père était revenu. Et Martin n'avait plus revu la jeune femme dans la salle d'attente. Jusqu'à ce qu'il la croise aux urgences de Montfermeil, un soir, le visage tuméfié et une épaule démise.

Sa capacité à occulter ce genre d'expérience était indispensable dans la pratique de son métier. Trop d'empathie tue le médecin, à petit feu. Ce monde de misère humaine dans lequel Martin naviguait recélait tant de violence et de sadisme. Il tentait de soigner, guérissait souvent, mais en rien ne pouvait prétendre protéger autrui contre l'adversité.

— Je vous ai pris de l'Evian. C'est pas la meilleure. Moi je préfère l'eau de Luchon. Mais on n'en trouve pas dans les distributeurs.

Martin saisit la bouteille qu'on lui tendait accompagnée d'un gobelet transparent. Sevran reprit place derrière son bureau en soupirant, tenant dans ses mains un gobelet en plastique fumant. Il le transvasa aussitôt dans son mug Chupa Chups.

— Ce qui nous pose problème, docteur, c'est qu'on ait été pris pour des cons dans cette histoire.

Martin ouvrit la bouteille, sans quitter Sevran des yeux.

— Oui, je vous ai pas encore tout dit, ronchonna-t-il. Ça sera dans les journaux dans les heures qui viennent. Et c'est probablement déjà sur Internet. On a retrouvé Rémi Chaumoi. Enfin, d'après les premières constatations du médecin légiste, il y a de fortes probabilités que ce soit lui.

De l'eau glacée tomba dans le gobelet de Martin. Dehors, il neigeait.

Le cadavre de l'enfant fut localisé exactement là où Laurie l'avait dessiné, là où Elsa Préau le voyait apparaître chaque dimanche, sous le bouleau pleureur, enterré à un mètre de profondeur environ, enveloppé dans une couverture.

Les tests ADN allaient prendre plusieurs semaines. Mais le médecin légiste pouvait d'ores et déjà donner quelques éléments d'information sur l'état général de l'enfant avant sa mort. La mauvaise dentition de Rémi Chaumoi, la présence de fractures anciennes sur le squelette et l'enfoncement de la boîte crânienne – résultant d'un coup violent porté à l'aide d'une barre en métal et cause de la mort – en disaient long sur les carences alimentaires et le calvaire qu'il avait subi. S'il fut difficile de dater exactement le décès, le recoupement de certains éléments conduisit la brigade technique vers une hypothèse – hypothèse que confirmerait plus tard Desmoulins devant le juge. La présence de minuscules taches de sang sur le matelas et les vêtements de l'enfant (ne résultant pas d'une projection mais probablement de l'écoulement de la blessure au bras du beau-père) ainsi qu'une empreinte ensanglantée relevée sur la porte du placard appartenant à Desmoulins (visible sur les clichés, non prise en compte aux premiers jours de l'enquête) permirent d'établir que l'enfant avait été tué dans les minutes qui avaient suivi la chute de Mme Préau dans la cuisine. Le beau-père avait fracassé le crâne de Rémi *pour ne pas que les flics l'entendent crier*, avait-il justifié.

Une question hantait Martin. Pourquoi cette ordure de Desmoulins avait-il prévenu la police ?
— J'ai beaucoup réfléchi à cela, répondit Audrette.
Installée dans un fauteuil en osier au milieu de la chambre du bébé, elle pliait de la layette lilas qu'elle disposait ensuite dans les tiroirs d'une commode vert pomme.
— Quelles sont les options de Philippe Desmoulins : sa bonne femme et ses gamins sont dans le coaltar. Il a un bras en carafe et tient à peine debout. Il ne peut pas faire grand-chose d'autre que d'appeler à l'aide, même s'il prend le risque qu'on découvre le gamin. Tu me passes les grenouillères, s'il te plaît ?
Martin tendit à sa femme le petit paquet de linge tiède, fraîchement repassé. Il frissonna.
— Je comprends pourquoi Sevran n'en menait pas large. Dans cette histoire, les flics auront servi de caution à un homicide.
— Sevran t'a dit ce qu'il y avait au casier judiciaire de Desmoulins ?
— Pas de quoi leur mettre la puce à l'oreille : bagarre d'ado, conduite sous emprise de l'alcool.

— Tiens ! Ça me rappelle quelqu'un. Un fameux 24 décembre, jour de la Sainte-Adèle.

— Je te rappelle que ce jour-là on avait bu tous les deux.

— Tu as vu ? Il se remet à neiger...

Par la fenêtre de la chambre, poussés par le vent, des flocons se dandinaient, virevoltant à la cime des sapins.

— Adèle... Adélie... C'est joli, Adélie, ça me plaît.

— Tu veux donner à notre fille le nom d'une portion du continent antarctique ?

— *En terre Adélie !* 900 000 kilomètres de glace. Un cœur difficile à conquérir... Les Adélie se fêtent le même jour que les Adèle. Qu'est-ce que tu en penses, ma douce ?

Audrette parlait à son ventre en le caressant, presque joyeuse. La trouille de l'enfantement viendrait plus tard, avec la panique d'une contraction bien plus agressive que les précédentes. Martin laissa sa femme à son babillage et quitta la pièce.

En descendant à la buanderie, lui revint en mémoire ce que le Dr Mamnoue lui avait confié à propos d'un rêve de sa mère : celui où une fenêtre *battait* au vent et des rideaux *étaient en colère*, où l'enfant – Bastien ou Rémi – jouait du piano, le visage et la bouche maculés de terre. Avait-elle pressenti un terrible destin ou exprimé sa révolte contre la mort de son petit-fils ainsi que le supposait le psychiatre ? Sa mère ne s'était trompée que sur une chose : les cailloux dans le bocal. Six mois après l'agression au domicile Desmoulins, les résultats des tests ADN étaient tombés. Le sang était celui d'un animal. *Felis silvestris catus*. La piste de l'existence d'un enfant avait alors été définitivement écartée. Martin brancha le fil du fer à repasser, régla la température en position maximum et jeta un drap sur la table à repasser.

Trois jours avant Noël, Martin reçut un appel au cabinet. Les patients étant moins nombreux, il s'adonnait entre deux rendez-vous à la lecture de plaquettes de laboratoires et au classement du courrier en retard.
— Je te dérange ?
— Non, pas du tout. Ça va ?
— Oui. Merci. Je vais quitter le commissariat.
— Ah bon ?
La voix de Valérie Tremblay était bien terne.
— Mon poste d'assistante sociale est transféré à celui de Clichy-Montfermeil, le nouveau commissariat promis par le gouvernement après les émeutes de 2005.
— Ça n'a pas l'air de t'emballer.
— Je ne connais personne là-bas. Je perds tous mes repères. Comme s'ils ne pouvaient pas faire une création de poste. Que vont devenir les gens qui ont besoin de moi ici sur le secteur ? Qui va les recevoir pour les aider ? Mais parlons d'autre chose.

L'assistante sociale n'appelait pas seulement Martin pour lui souhaiter de bonnes fêtes. Elle voulait savoir s'il avait bien reçu le courrier transmis par la brigade de protection des mineurs.

— Ce n'est rien d'important, rassure-toi. C'est de la part de Laurie Desmoulins.

Martin enclencha le haut-parleur du téléphone puis souleva la pile de lettres amassées sur son bureau. Il en fit un tri rapide avant de mettre la main sur une enveloppe en papier kraft à l'en-tête de la République française.

— Je crois que je l'ai. Comment va-t-elle ?

— Elle doit être traumatisée par l'arrestation de ses parents. Elle a été placée dans une famille d'accueil et séparée de son frère.

— Pauvres gosses.

Martin fouilla dans le tiroir de son bureau et trouva le coupe-papier.

— Sevran a eu de ses nouvelles par les enquêteurs de la brigade des mineurs, poursuivit Valérie. Elle n'a pas été très loquace avec la police. Mais les dessins qu'elle fait chez la psychologue sont parlants. Sur l'un d'entre eux, elle s'est représentée, tenant dans la main un téléphone. Une bulle sort de l'appareil et dedans elle a écrit le numéro 119. Ça a permis à la brigade des mineurs de remonter jusqu'à l'écoutant qui a reçu son appel en août dernier.

— Elle avait appelé ce numéro ? demanda Martin, découpant l'enveloppe.

— Oui. Son père commençait à violenter son petit frère. Kévin est dessiné en tout petit à côté d'elle, avec des larmes rouges comme des grosses gouttes de pluie. Sais-tu qui lui avait parlé de ce numéro ?

Martin retira une feuille de l'enveloppe.

— Ma mère, dit-il étonné, découvrant un dessin.

— Oui. La petite n'en avait pas dit assez pour que l'on agisse à l'époque. Elle a très bien compris ce qui s'est passé et pourquoi ses parents sont en prison, même si elle préférerait être auprès d'eux. Mais elle refuse de croire que la vieille dame qui lui donnait des cours de piano est morte.

Le dessin exécuté au crayon de couleur représentait une grande maison avec deux grands yeux. Elle occupait presque entièrement la feuille.

— Ta mère lui avait promis quelque chose que la petite n'a pas oublié…

Devant la porte, Laurie avait représenté son professeur de piano, le visage souriant, un casque de cheveux sur la tête, habillée d'une longue robe violette. Elle tenait à la main un objet que Martin ne reconnut pas immédiatement.

— C'était quoi cette promesse ?
— Lui apprendre à faire des crêpes.

Dans la main d'Elsa Préau, Laurie Desmoulins avait dessiné une poêle à frire. Martin et Valérie se souhaitèrent un joyeux Noël.

Le docteur sortit une boîte de punaises du tiroir de son bureau.

Il en choisit quatre, de couleurs différentes.

Une minute plus tard, le dessin était affiché sur un mur du cabinet.

Le Dr Gérard Préau caressa le cadre en placage de noyer. Il s'accroupit pour tâter plus bas les colonnes à console en crosse feuillagée.
— Une pure merveille, murmura-t-il, admiratif.
Il se releva, frappa ses mains pour en ôter la poussière et regarda son fils, ému.
— Sais-tu pourquoi ta mère tenait tant à ce que j'hérite de son Gaveau ?
— Vous avez fait des trucs sur le piano ?
Le vieil homme sourit. De la vapeur s'échappait de sa bouche. Dans le garage de Martin où l'instrument avait été entreposé, il ne devait pas faire plus de six degrés.
— Plus que cela, répondit-il. Ta mère, à l'époque, m'avait littéralement envoûté.
Il souleva le couvercle et pianota sur les touches recouvertes d'ivoire jauni. Le piano sonnait tristement faux.
— Elsa me fascinait.
— Vraiment ?
— Quelqu'un qui parle aux fantômes a forcément quelque chose de captivant.
Martin remonta le col de sa veste.
— Maman était un peu spéciale.
— C'était une femme exceptionnelle.

— Mais tu l'as quittée.
Le Dr Gérard Préau croisa le regard de son fils.
— Parce qu'elle me l'a demandé, Martin. Et je crois que c'est la plus belle preuve d'amour qu'elle ne m'ait jamais donnée.
Martin raclait la poussière de ses talons, traçant des marques sinueuses sur le sol carrelé.
— Là, papa, il faut que tu m'expliques.
Le père de Martin referma le couvercle du piano et remit en place la housse en plastique destinée à le protéger de la poussière.
— Ta mère était une très bonne mère et une institutrice remarquable. Mais elle aurait rendu cinglé n'importe quel homme partageant sa vie. À commencer par moi. Il lui fallait tout. Nous vivions dans une communion spirituelle épuisante. Elle faisait de moi ce qu'elle voulait. Quand je me suis retrouvé en Algérie, j'ai compris combien notre relation était symbiotique, alimentée par nos propres frustrations, nos souffrances d'enfants, nos espérances, nos aspirations...
Martin eut un rire nerveux.
— C'est bien la première fois que tu parles d'elle comme ça.
Le vieil homme sembla se vexer.
— T'ai-je une fois dit du mal d'elle ?
— ... Non. C'est vrai.
— Je t'ai mis en garde contre ses excès, ses contradictions, mais jamais contre elle-même. Et si la maladie mentale s'est incrustée aussi profondément en elle, c'est parce que la douleur y a creusé un puits abyssal.

Le père de Martin sortit un mouchoir d'une des poches de son manteau et se moucha discrètement.

— Pourquoi tu n'es pas venu à l'enterrement ? demanda brusquement Martin.

— Elle était morte. Je ne vois pas ce que ma présence aurait changé. Et tu semblais très bien t'en sortir tout seul.

Le mouchoir retourna dans la poche.

Martin se raidit.

Quelque chose ne tournait pas rond.

Jamais son père n'avait paru aussi bouleversé à l'évocation de sa mère. Au fil des semaines, après son décès, il n'avait eu de cesse de l'informer par téléphone et par mails des rebondissements de l'affaire, rencontrant de la part de son père une indifférence presque choquante. Voilà qu'à présent il s'émouvait devant ce vieux piano dont personne ne savait que faire, à commencer par lui.

— Elsa t'avait-elle parlé de sa mère ? questionna-t-il alors d'une voix rauque.

— Pas beaucoup. Elle est morte quand maman était très jeune, non ?

— Un peu avant la fin de la guerre. Ta mère avait huit ans.

Gérard Préau fit quelques pas et frissonna.

— Sais-tu ce qui lui est arrivé ?

Martin répéta ce que sa mère lui avait dit. Que sa grand-mère avait un jour quitté la maison pour ne jamais revenir, parce qu'elle était malheureuse avec son mari. Elle avait rejoint un homme quelque part, avec lequel elle avait refait sa vie. Un aventurier, ou bien un riche homme d'affaires.

Son père baissa les yeux sur les boutons beiges de son manteau.

— Ça, c'est la fable qu'elle se racontait. Un jour de mai 1944, ma tante Deborah, la mère d'Elsa, est allée se livrer aux forces de police françaises. L'idée de ne pas avoir suivi ses parents et ses frères et sœurs en déportation lui était devenue insupportable.

— Quoi ?

Le vieil homme ouvrit la porte du garage, laissant pénétrer un vent glacial à l'intérieur. Il fit signe à Martin de le suivre.

— Elle faisait partie des derniers déportés ayant quitté le camp de Drancy. Elle n'a jamais retrouvé les membres de sa famille. Deborah née Mathias a été gazée dès son arrivée à Auschwitz. Un sacrifice inutile.

— Pourquoi ? Pourquoi elle a fait ça ? demanda Martin, ahuri, suivant les pas de son père.

— Elle était juive, Martin. Comme ta mère. Et comme toi.

Il fallut plus d'un café pour réchauffer Martin. Debout dans la cuisine, les mains encore glacées par le froid de décembre, il fixait le contenu de la tasse brûlante entre ses doigts. Son père était occupé à remettre des bûches dans la cheminée du salon. Le crépitement du feu soulignait le silence cotonneux qui régnait dans la maison en l'absence d'Audrette et de Madelyn, la seconde épouse de Gérard, sorties perpétrer d'inutiles achats de Noël au centre commercial Rosny II. Depuis l'arrivée de son père, Martin était amer : il avait fallu qu'Audrette soit enceinte pour que le Dr Gérard Préau daigne rendre visite à son fils. Il y avait bien ces congrès médicaux auxquels le cardiologue se rendait annuellement, prévoyant dans son emploi du temps un déjeuner avec son fils. Rarement, il montrait de l'affection à son égard. Il n'avait pas spécialement encouragé son fils à le rejoindre au Canada lorsqu'à quinze ans celui-ci s'était résolu à quitter sa mère. Il ne l'avait pas non plus empêché de repartir en France huit ans plus tard. Ce fils l'embarrassait. Le Dr Gérard Préau était bien plus démonstratif avec ses autres enfants, ceux que lui avait donnés Madelyn, une secrétaire médicale québécoise rencontrée après son divorce. Quelque chose clochait avec Martin. Son père lui avait pourtant appris à nouer ses lacets et à conduire sur ses genoux. Mais tous deux se livraient une guerre froide obstinée, usant d'armes obsolètes, ignorant l'origine du conflit. Sans doute n'en avait-il pas conscience, mais le père craignait-il, au fond, d'entendre un jour son fils parler aux fantômes ? Quand bien même cela serait vrai, n'avaient-ils pas quelques secrets à partager ?

Martin s'approcha de la cheminée.

— Pourquoi tu ne m'as rien dit avant ? soupira-t-il.

— Parce que ta mère était encore de ce monde et que ce n'était pas sa vérité.

— Mais enfin, je pouvais comprendre...

— Tu aurais fini par lui en parler un jour Martin, et ça lui aurait fait un mal de chien. As-tu une idée de ce qu'elle a enduré pendant des années ? L'abandon d'une mère, y a-t-il quelque chose de plus dévastateur pour un enfant ?

Le tisonnier rougissait au milieu des flammes. Le père de Martin s'appliquait à ce qu'aucun morceau de bois ne soit oublié par leur morsure, rajoutant des brindilles.

— Mon oncle ne savait plus quoi faire avec elle. Elle était régulièrement renvoyée des écoles privées où il l'inscrivait. Elle finit par s'assagir à l'adolescence. Elle cessa d'évoquer sa mère sans pour autant se départir de sa... de sa fantaisie.

Satisfait, il accrocha le tisonnier à son support et remit en place le pare-feu en plexiglas.

— Elsa avait un grain, dit-il avec nostalgie. Un charmant et délicieux petit grain. C'est en cela qu'elle était fascinante et tellement différente des autres... Ta mère voyait des choses que nous n'imaginions pas et qui la rassuraient. Pour elle, il n'y avait pas de frontière entre le réel et l'irréel. Si ta grand-mère venait lui parler la nuit, lui adressait un petit signe à la dérobade sur un quai de gare ou bien esquissait des pas de danse au grenier, c'était tout à fait normal, puisqu'elle était en vie quelque part, au bras d'un bel aventurier.

Le vieil homme se releva, faisant craquer les articulations de ses genoux.

— Elsa était d'une grande beauté et, d'une intelligence rare, dit-il.

Puis il s'installa dans le canapé et, d'un geste affectueux, invita son fils à le rejoindre.

— Tu sais Martin, quand tu es né, ç'a été le plus beau jour de sa vie. Et pour moi aussi. J'étais tellement fier d'avoir épousé cette femme. Mais comment lui pardonner pour Bastien... Ton petit bonhomme...

Martin prit place à côté de son père.

Le Dr Gérard Préau posa une main sur un genou de son fils.

Une chaleur douce chatouillait ses paupières.

Le souffle du feu embrasait les ultimes brindilles.

Dors mon Bastien, dors tranquille.
Mamie Elsa veille sur toi.
Je ne permettrai pas qu'ils te fassent souffrir
comme ils ont fait souffrir ma pauvre maman.
Ils ne te feront pas de piqûre comme ils l'ont fait
à mon père et comme on fait aux bêtes.
Je ne permettrai pas que l'on t'injecte encore
cette saloperie dans le sang qui te donne la nausée
et te fait vomir, mon Bastien.
Tu n'appartiendras jamais au vilain.
Je ne te quitterai pas.
Je les empêcherai de t'approcher.
Je serai toujours à tes côtés.
Tu n'auras jamais plus froid.
Dors tranquille mon chaton.
Mamie Elsa veille sur toi.

Remerciements

L'élaboration de cet ouvrage doit d'abord à la patience et au soutien de ceux qui m'entourent et que j'aime *grand et fort* comme dirait le fiston : mon mari, mes enfants, mes amis. Je tiens à remercier particulièrement mon amie et médecin Françoise Brélivet-Iscache – mon Martin à moi ! – laquelle a bien du mérite à exercer sans filet (et parfois sans remplaçant) le métier de médecin généraliste en Seine-Saint-Denis. Merci également au commandant de police Olivier Martin, au brigadier Pascal Delannoy et à Mme Alexandra Depaule, assistante sociale qui occupa un temps un poste similaire à celui du personnage de Valérie Tremblay au commissariat de Gagny. Tous trois font un travail remarquable auprès d'une population fragilisée sur le plan social, où les violences faites aux femmes prédominent. Puissent-ils continuer à exercer leur métier dans les meilleures conditions possibles. Merci à Jean-Marc Souvira de s'être penché sur ma prose, levant les derniers doutes de l'auteure soucieuse du détail. Et puissent mes adorables voisins me pardonner d'avoir puiser mon inspiration dans leur jardin. Maintenant que J.-B. Pouy m'a percée à jour en révélant la malhonnêteté et la perversité qui me caractérisent, ça va pas être de la tarte de les inviter à boire le thé à la maison.

Il serait injuste de ne pas citer les compositeurs, qui par la force émotionnelle de leurs partitions de films, m'ont donné la note, la couleur des personnages et des événements de ce livre. Elsa Préau doit beaucoup à Alexandre Desplat (*Benjamin Button, The Queen, Et après*), Gabriel Yared (*Chambre 1408*), James Newton Howard (*L'Interprète, La neige tombait sur les cèdres, Le Sixième Sens*). Le spleen et ce fracas intérieur des sentiments propres au personnage de Martin se sont esquissés à l'écoute des musiques signées Terence Blanchard (*Inside Man*), Thomas Newman (*Cinderella Man*) et Deborah Lurie (*Une vie inachevée*). Je n'oublie pas Erik Satie dont Elsa Préau use des partitions comme on lance des passerelles.

Ce roman est né sur une table du Salon du Livre en avril 2009, un dimanche, en fin d'après-midi. J'ai raconté ce que je savais de mon histoire sans en connaître la véritable issue à Céline Thoulouze. Pendant trois bons quarts d'heure. En fait, jusqu'à la fermeture du Salon. Il a fallu nous jeter dehors ! C'est grâce à Céline que ce livre existe. Et comme je n'aurais jamais rencontré Céline sans Nicolas Watrin et Anne-Julie Bémont-Lelièvre, merci à eux.

Le 119-Allô Enfance en Danger est un service d'accueil téléphonique national mis en place par une loi de protection de l'enfance. Il est destiné aux enfants en danger ou en risque de l'être et à toute personne préoccupée par une situation d'enfant en danger ou en risque de l'être.

Le 119 :

- est joignable 24 h sur 24
- est un numéro d'appel gratuit à partir des téléphones fixes, et des cabines téléphoniques
- n'apparaît pas sur les relevés détaillés de téléphone
- est joignable de toute la France et des départements d'outre-mer (Guadeloupe, Guyane, Martinique, La Réunion)
- respecte la confidentialité des appels

Plus d'informations sur le site :
www.allo119.gouv.fr

Photocomposition Nord Compo Multimédia
7, rue de Fives, 59650 Villeneuve-d'Ascq

Achevé d'imprimer par GGP Media GmbH, Pößneck
en avril 2012
pour le compte de France Loisirs,
Paris

N° d'éditeur: 67882
Dépôt légal : mai 2012
Imprimé en Allemagne